As I'm writing this, it's been nearly 5 years since Bestiary was first published—this book is so precious to me. Writing it was a process of liberation. It felt so free, so wild to follow the language & let it lead me to possibility, invention, inheritance. This book is my past, but it is also my horizon. It wrote me as much as I wrote it, and I'm honored that you're holding it.

With love & gratitude—

在我書寫此段文字時，《虎靈寓言》已經出版了五年──這本書對我珍貴無比。它的寫作是一種解放的過程。語言帶著我發現了各種可能、創新、傳統，感覺好自由也好狂野。這本書是我的過去，但也是我的眼界。我書寫了它，它也書寫了我，而我很榮幸你正拿著它。

滿懷愛與感激的
張欣明

張欣明 K-Ming Chang——著
彭臨桂——譯

BESTIARY

媒體盛讚

國家圖書基金會（National Book Foundation）「五位三十五歲以下新興作家」（5 Under 35）獎

二〇二〇年美國小說中心（Center for Fiction）首作小說獎（First Novel Prize）入選

國際筆會／福克納小說獎（PEN/Faulkner Award）入選

張欣明精彩的初試啼聲之作，敘事者為母親、女兒與祖母──這本複調小說裡有一

位步入成年的酷兒、一位臺裔美籍移民的故事、一份家暴紀錄，以及一位長出老虎尾巴的女孩所經歷的神話般旅程。這是最寫實的魔幻寫實主義。

——《洛杉磯時報》(Los Angeles Times)，二〇二〇年最佳書籍

詩人張欣明的首部作品《虎靈寓言》採用不同的敘事方式，充滿魔幻寫實主義，緊緊揪住你的心，逐漸迫使你認真看待身為外國人、原住民、母親、女兒的意義——並且體會個中滋味……《虎靈寓言》在虛實之間遊走，將虛構生物的幻想傳說層層堆疊於最基本的現實上，亦即在新的國度生活，以及為了擁有自己的未來而切斷與過去的聯繫。孩子繼承父母的創傷，也必須達到父母所拉高的道德標準。《虎靈寓言》除了揭露這個家庭的背景，也描繪出臺灣人的身分認同，探索是什麼樣的歷史與恐懼構築了這座島嶼及其人民……海盜、士兵、更早之前就來到這裡的人們、占有臺灣的男人和支撐臺灣的女人，這本動物寓言集所講述的不僅是虎靈，也是這個國家的演變。而在重述許多臺灣傳奇的過程中，張欣明也創作了新的故事，使字裡行間充滿帶有希望的酷兒之愛，包括迷失的海盜在激情之下創造出一位螃蟹女兒，以及年輕女孩們在身體的鹽分中渴望地發現了性與友情。張欣明的詩意將其散文昇華，發明了一種混合的語調，相當適合貫穿這

本小說的魔幻寫實主義⋯⋯時而以符合語法的文句書寫神話，時而用瘋狂的語言呈現青春期的面貌。

——《紐約時報書評》(The New York Times Book Review)

傳統上，動物故事集（bestiary）即為動物手冊，當中包含了真實與虛構的生物。而張欣明的首部小說《虎靈寓言》(Bestiary) 書名就取得恰到好處，因為這也是一本關於真實與虛構生物的手冊——有些是人類，有些是動物，大部分兩者皆是——這些生物出現於家族之中，也出現於家族成員對彼此訴說的故事之中。在他們的故事裡，一切都有生命：地面長出口嘴，河流變成女人，道路化為河流，螃蟹生下女孩，樹木起身前往尋找失落的愛人⋯⋯張欣明能夠藉由文字將平凡或創痛的事件變得唯美，這也提醒了我們，故事其實是我們最好的生存工具。

——美國國家公共廣播電臺（NPR）

《虎靈寓言》跨世代敘述三位臺裔美籍女性的事蹟，模糊了人與動物之間的界線，並探索我們自身的生存故事。

——《華爾街日報》(The Wall Street Journal)

我從未讀過如此與眾不同的小說。張欣明運用神話和再造的語言，並將方言、中

文與英文攙和，徹頭徹尾重新創造了移民小說、酷兒成長以及母女故事的文類。她在女兒、母親、祖母的聲音之間切換，將時間交織安排，並且跨越海洋，描述一家人從臺灣到阿肯色州，最後再到加州的故事。

──《明尼亞波利斯星論壇報》（*Minneapolis Star Tribune*）

張欣明在首部小說《虎靈寓言》中大放異彩⋯⋯驚人的處女作。

──《舊金山紀事報》（*San Francisco Chronicle*）

寫得很美，也怪得很美⋯⋯這是一本感性又充滿寫實魔幻的驚奇之作──描寫數個世代的臺裔美籍女性在阿肯色州過著充滿文化神話與家庭神話的生活──每一行文字都栩栩如生。

──《歐普拉雜誌》（*O, The Oprah Magazine*）

出色卓越的首本小說，令人興奮的閱讀體驗。

──比爾・戈斯坦（Bill Goldstein），美國國家廣播公司（NBC）《週末今日紐約》（*Weekend Today in New York*）

張欣明奇異而迷人的首部作品,以非凡的方式結合了家族史詩與民俗神話⋯⋯寫作風格強烈又有張力,完美地展開這個神奇故事,講述關於身分、創傷、疏離與渴望的現實議題。

——Refinery29 網站

張欣明的第一本小說以奇特的寫作手法搭配魔幻寫實主義,生動地描寫了三位臺裔美籍女性,以及與其生活息息相關的文化故事。

——《新聞週刊》(Newsweek)

張欣明的出道作《虎靈寓言》內容迷人,描繪了數位臺裔美籍女性的複雜家世,以及圍繞著她們發展的故事與魔力。

——浪達文學獎(Lambda Literary)

一部分是神話,一部分是成長小說,一部分是帶有抒情詞句和寓意的酷兒愛情故事,張欣明的第一部小說《虎靈寓言》⋯⋯自成一格。

——《犁頭雜誌》(Ploughshares)

跟家人相處有時就像試圖在飢餓的巨獸嘴裡尋求慰藉。張欣明知道這一點,也毫不

保留地在《虎靈寓言》中呈現出來，以現代方式並置了神祕主義和三代臺裔美籍女性的真實生活。

——《The Racket》

這本小說具有口述歷史的精神，以及人類長出老虎尾巴的想像可能性。

——《BOMB 雜誌》

張欣明的《虎靈寓言》是關於衰亡的書。這位年輕詩人的首部作品極具吸引力，探討了家庭、酷兒特質以及身體……《虎靈寓言》小說是以近來所見最具旋律性又生動鮮明的散文寫成，或許還能重組你的DNA。

——Shondaland.com

朋友們和我認為張欣明是Z世代傑出人物的代表，不過也可以說她的傑出已經跨越了世代分歧。

——《The Rumpus》

《虎靈寓言》在文學界掀起一陣話題，其來有自。光是閱讀開頭片段就讓人覺得這不像作者的第一本小說。先前以詩人身分發表作品的張欣明，採用豐富生動的寫作風格，讀來卻不盛氣凌人。她避免了其他抒情小說可能落入的陷阱，亦即最初幾頁所創

造出的深度雖然誘人，卻可能在接下來的章節對讀者造成負擔。這令人想到了與張欣明同為詩人的王鷗行（Ocean Vuong）：王鷗行的首部作品《此生，你我皆短暫燦爛》（On Earth We Are Briefly Gorgeous）跟《虎靈寓言》均為抒情文體，也寫到了幾個同樣的主題。不過要說的話，《虎靈寓言》在結構上更有野心且更具實驗性：它的章節傳達了將口述故事轉換成書寫文字時的難處。我們能在整本書中感受到語言的不足；它缺乏彈性，亦無法完整呈現故事的現實。《虎靈寓言》正是在這樣的語言限制中表達了它真正的力量。隨著家族神話顯現於**女兒**的生活，她也在無形中明白了這些神話的意義。張欣明讓我們知道自己是如何在潛意識中受到家族歷史的約束，當話語未能表達那樣的連結，我們的身體就會挺身而出。

——《亞洲書評》（Asian Review of Books）

二十二歲的張欣明在寫作中展現出超齡的智慧……她在小說的散文各處發揮了身為詩人的經驗——她處理換行的方式完美至極，每一個明喻都會迫使你暫停，以及在阿嬤的信件中運用空白等工具營造其性格和語氣。讀者能夠感受到書頁中的每一次結巴，以及翻譯無法完全傳達意義的每一個場合。《虎靈寓言》是一個現代故事，著重於美國同化、酷兒之愛以及成年的過程……張欣明將現實與超現實混合，傳達出一種希望感——

在這樣的世界裡,男孩可以從屋頂飛走,女孩能夠長出老虎尾巴保護自己——但卻也呈現了一個關於虐待與同化的生動故事,範圍不僅限於家庭,更擴大到國家。《虎靈寓言》讓昨天的回聲跟今天的現實相互碰撞,而我希望未來這位年輕作家還能繼續寫出打動人心的故事。

——《偏鋒雜誌》(Slant Magazine)

張欣明的首部小說《虎靈寓言》就像爆開的美味水果⋯⋯酷兒成長故事加上多世代成員對於家庭創傷的描述,這種組合並非新鮮事:例如艾莉森・貝克德爾(Alison Bechdel)的《歡樂之家》(Fun Home)、克莉絲汀・阿內特(Kristen Arnett)的《Mostly Dead Things》、托拜厄斯・沃夫(Tobias Wolf)的《這個男孩的生活》(This Boy's Life)、歐各思坦・柏洛斯(Augusten Burroughs)的《一刀未剪的童年》(Running with Scissors)⋯⋯不勝枚舉。然而,張欣明不僅強調這兩種元素的交織性,更採用了鮮活、世俗的語言⋯⋯她的抒情意象暗示著更好的未來,而《虎靈寓言》也暗示了張欣明將會有更多偉大作品。

——《洛杉磯時報》(Los Angeles Times)

極為創新的首部作品。

——MsMagazine.com

張欣明首本小說《虎靈寓言》有強烈的原創性，講述三代臺灣女性的故事⋯⋯其中充滿了暴力、歷史、原始情緒，我從未讀過這樣的佳作。

——Alma.com

年輕的酷兒之愛、家族祕密，以及還有一個長出老虎尾巴的女孩，而這一切都是由一個語言痴迷者來講述？太誘人了。

——Literary Hub

張欣明是一位極具天賦的臺裔美籍年輕作家，以狂野的風格描寫了三代女性，而她們之中有老虎、蛇和鳥⋯祖國的故事。

——《The Millions》線上文學雜誌

一本發自內心的著作，這種全新的文學之聲將大放異彩。

——《Kirkus Reviews》（星級評價好書）

生動的首部寓言作品⋯⋯其散文充滿了意象。張欣明的狂野故事出色地描寫了一個家庭掙扎著要在美國找到歸屬感，並徹底深入探索身體及其轉變所帶來的不安。

——《出版人週刊》（Publishers Weekly）

在《虎靈寓言》中，張欣明以同樣的力道翻轉了世界和語言。每一頁都節奏鮮明、令人著迷、機智至極。這部初試啼聲之作想像力天馬行空，散文體流利生動。張欣明不僅是文學景觀中的新聲音；她正在創造全新的文學景觀。

——T・綺拉・麥登（T Kira Madden），《無父女孩部落萬歲》（*Long Live the Tribe of Fatherless Girls*）作者

《虎靈寓言》的創意十分驚人。張欣明的文字凶猛而具生命力，將個人與文化的歷史和記憶這些原料混合，塑造成濃厚豐富的詩、寓言以及神話。我在閱讀這本小說時徹底沉浸其中，那是一片充滿驚喜的叢林，有無數個渴望、痛苦與光明的片刻。

——國家圖書獎得主游朝凱（Charles Yu），《內景唐人街》（*Interior Chinatown*）作者

毫不畏懼地檢視牢不可破的關係。或許你想別過頭，但張欣明不會讓你這麼做。

——西亞・林（Thea Lim），《分鐘海洋》（*An Ocean of Minutes*）作者

張欣明的散文令人陶醉、大肆蹂躪、橫衝直撞。這部處女作就是一道閃電。在我閱讀時，世界變得更明亮了。

——凱莉・林克（Kelly Link），《惹上麻煩》（Get in Trouble）作者

《虎靈寓言》運用魔幻般並充滿活力的語言，將臺灣、祖先、世代創傷、移民、愛等元素融合，創造出一個既神奇卻又真實的世界。這本尖刻而動人的小說無法一言蔽之——你必須親自閱讀，因為張欣明具有無畏且卓越的才能。

——楊小娜（Shawna Yang Ryan），《綠島》（Green Island）作者

在《虎靈寓言》中，張欣明不僅向早期出色的亞裔美國文學致敬，更加以創新並挑戰極限。這是一本富有創意的小說，揭露了人生的美好與汙穢。而且不將這兩者區分開來。張欣明打破了我們對於親屬關係、傳承以及說故事方式的期望。除了《虎靈寓言》這本初作，我們未來一定也會看到這位作家推出更多作品。

——珍妮・海君・威爾斯（Jenny Heijun Wills），《姊姊。不一定非得有血緣關係》（Older Sister: Not Necessarily Related.）作者

《虎靈寓言》既像史詩又帶有親密感,將神話帶入內心生活,描繪體內有老虎、鳥、魚的女人及女孩會是什麼樣貌。張欣明運用才華揭露了藏在我們心裡的聲音。她在書頁中發揮了魔力。

——茱莉亞・菲利普斯（Julia Phillips），國家圖書獎（National Book Award）決選書籍《消失的她們》（Disappearing Earth）作者

張欣明具有驚人的天賦,是我最喜歡的新興作家。她熟諳渴望和祕密的語言。這本書富有智慧;扣人心弦;既神祕又危險;充滿了超現實的美,值得一讀再讀。

——國家圖書獎得主賈斯汀・托雷斯（Justin Torres），《獸之心》（We the Animals）作者

《虎靈寓言》是以史詩的規模打造而成：書中的原創故事感覺格外古老,卻又極具當代風格。張欣明很清楚婚姻、移民、酷兒成年等家庭生活有時就像一種既狂野又溫柔的神話,會被家中成員不斷地翻轉再翻轉。我真希望自己成長時聽過這些寓言。

——伊萊恩・卡斯提洛（Elaine Castillo），《America Is Not the Heart》作者

閱讀張欣明，就像透過新鮮、超現實的特藝彩色來看世界。她的作品充滿令人目眩神迷的想像力，以機智伶俐的聲音描寫酷兒移民、青春期，並且用意想不到的全新方式對家庭與歸屬感提出質疑。既狂野又抒情，天馬行空卻動人無比。快去讀吧！

——夏琳・泰奧（Sharlene Teo），《Ponti》作者

激烈而滑稽，充滿魔幻與勇氣，《虎靈寓言》是我許久以來讀過最深入探討愛與歸屬的作品。家庭、移民、酷兒、魔幻寫實——這些標籤都無法完整代表這本驚人的小說所帶有的能量，雖然它描寫了這一切，背後卻帶有更多涵義。張欣明創造出了非凡之作。

——歐大旭（Tash Aw），《倖存者，如我們》（We, the Survivors）作者

《虎靈寓言》透過許多個聲音講述，是一種酷兒式的跨國童話故事，其中富有誘惑力的女主角是一位剛出櫃的臺裔美國人。作者採用的散文風格跟故事本身一樣極具創意，令人驚嘆不已。在書中的世界，女性身體擁有強大的力量，而世代之間的界線布滿了漏洞且不斷變化。張欣明堪稱湯婷婷（Maxine Hong Kingston）、露易絲安・山中（Lois-Ann Yamanaka）、牙買加・金凱德（Jamaica Kincaid）的後繼者，是二十一世紀

這本書令我震驚，使我不安，也讓我嫉妒張欣明的才華。《虎靈寓言》是一顆閃閃發光，精雕細琢的寶石。我可以閱讀張欣明的散文一整天卻仍然無比讚嘆；你會想要爬進這些句子，仔細品嘗，為了享受語言的愉悅而一讀再讀。

——李潔珂（Jessica J. Lee），《轉身》（Turning）及《山與林的深處》（Two Trees Make a Forest）作者

的女戰士——一部分為先知，一部分為見證者，善良而慷慨。

——珍妮佛・曾（Jennifer Tseng），《真弓與快樂之海》（Mayumi and the Sea of Happiness）作者

小說界出現了驚人而無畏的新聲音——我不敢說自己看懂了全部，但我很欣賞作者結合了民間傳說以及意想不到的語言風格。能讓身為讀者的我失去平衡，這絕對是個驚喜。

——艾蜜莉・克羅（Emily Crowe），麻薩諸塞州普萊恩維爾（Plainville），An Unlikely Story 複合式書店

張欣明的《虎靈寓言》運用肉體來呈現詩意，書中藉由母親傳給女兒的民間故事講述一個臺灣家庭三代女性的成長、創傷、關懷及生存──作者也讓我們見識了可以用什麼方式重寫這些最基本的故事。張欣明不僅透過家庭觀點書寫女性之間的愛，更描繪出一種酷兒之愛。這為女人的傳奇性帶來了全新意義。

──凱特‧查普曼（Cat Chapman），佛羅里達州坦帕（Tampa），Oxford Exchange 書店

這本小說採用將詩與散文交織書寫的實驗形式，閱讀起來雖有難度卻相當充實。張欣明在這個酷兒成長故事中，流暢地融入了傳統、家庭關係以及神話。我從未讀過如此獨樹一格的作品，書中有如一個完全不同的國度，比我們的日常生活更加魔幻奇異。

──梅哈納‧坎德勒（Meghana Kandlur），伊利諾州芝加哥，學院合作書店（The Seminary Co-op Bookstore）

目次

媒體盛讚 ... 003

母親　西遊記（一） ... 027

女兒　虎姑婆（一） ... 041

葫蘆裡的女孩 ... 049

女兒　虎姑婆（二） ... 067

女兒　虎姑婆（三） ... 081

女兒　虎姑婆（四） ... 091

女兒　動物寓言集 ... 109

女兒　生日 ... 133

女兒　故事回到班身上 ... 145

祖母　信件一：河流無須負責 ... 155

女兒　媽祖 ... 161

祖母　信件二：吃掉雲朵	181
女兒　海盜寓言	185
祖母　信件三：打了一個結	209
祖母　信件（　）：我是駕駛	213
母親　西遊記（二）	219
女兒　故事回到班身上	249
祖母　信件五：我替妳命名	253
母親　兔月（一）	263
女兒　兔月（二）	285
女兒　鳥的誕生	311
誌謝	331

CONTENTS

虎靈寓言
BESTIARY

張欣明 K-Ming Chang｜著

獻給媽媽

「河流之名即其所言。」

——李立揚（Li-Young Lee）

「此處有許多詳細的疑慮。」

——湯婷婷（Maxine Hong Kingston）

母親

西遊記（一）

又名：讓我唯一的女兒警惕的故事

寓意：別把任何東西埋起來。

爸不知道他把黃金埋在哪裡。媽追著他到處跑，一邊用湯杓打他。妳從未參加過葬禮，不過場面看起來就是像這個樣子：我們四人在後院裡，挖掘著自己的影子消逝之處。爸拿鏟子，媽拿湯杓，我和姊共用一根湯匙。我們不想使用那些東西：尿桶、一根偷來的馬桶吸把、禱告時用的雙手。我們甚至用上了教會女士送的鍋鏟——她給我們之前，還為東方人到底會不會用鍋鏟這件事爭論了好幾天。結論是她們認為我們不會用，但應該要學著用。因此我們收集了許多鍋鏟，有各種尺寸、金屬材質和顏色。媽誤以為那些是蒼蠅拍。她會根據我們犯下的罪行輕重，選擇拿哪一根鍋鏟打我們。妳應該要慶幸我只用雙手教訓妳。我看妳怎麼操勞雙手都毫不在乎，可是總

有一天妳會用它們埋藏某個東西。總有一天這個故事會像彈簧刀一樣打開。妳的手會想要密謀挖出自己的洞，到時候我可不來救妳。

這一年妳還沒出生，所以我來敘述給妳聽吧：一九八○年整年都在下雨。阿肯色州的雨就是這樣下的，有如炮火般擊打著地面。這個故事過了幾年後，妳在一個完全相反的城市出生，那裡唯一可靠的雨水來源就是妳的尿。妳問祖父為什麼會把他的黃金埋起來後又忘記這件事，我說他的頭骨裡裝滿了蛇而不是腦袋。他已經完全沒有記憶了。有一次，他尿得院子裡到處都是，而我們就沿著尿出的小河走。希望那些尿會聚集到黃金的墓地。他膀胱裡的黃金會指引我們找到它被埋藏的親戚。不過他的尿河直接流進屋內，讓那裡淹滿了發酵的陽光。

𝄞

教會女士帶給我們好幾盤方糖和一罐跟尿液顏色一樣深的蜂蜜時，我媽跟她們說東方人才不會把茶弄甜。不會把任何東西弄成甜的。我們比較喜歡鹹、酸、苦，這些都是血液、精液、膽汁中的有效成分。來自身體的味道。

爸說他很快就會找出黃金。媽又扁了他一頓，這次用的是一雙高跟鞋（也是教會女士送的禮物）。爸說鳥兒會告訴他黃金到底埋在哪裡。媽拿了個花盆丟他的頭（種子是教會女士給的）。爸的鏟子掘得太深，挖到了水。但那不是水，而是汙水管，結果房東叫我們賠償損失。那個月剩下的日子裡，我們就踩在所有人的屎尿中，仍然確信爸會想起來，仍然確信記憶具有感染力。如果站得離他夠近，我們就能記起他忘掉的事。

黃金是爸從大陸帶來這座島的。士兵就是用這種方式賄賂想竊取他們身體的大海。他拿了跟自己小指一樣寬的一根金條來付過路費，然後吞掉剩下的，而黃金就被他肚子裡的酸液漂成了銀色。

在戰時，土地是以能夠埋葬的骨骸數目來計量。房子就跟毀掉它的炸彈等值。黃金可以用於任何國家、任何年代、任何餘生。太陽每天早上都會拉出黃金。就連媽也看錯了美國硬幣背面上的標語：**我們信仰黃金**①。所以她才覺得我們能夠融入這個國家。她仍然認為我們能夠買到這個國家的信任。

---

① 譯注：此處原文為 IN GOLD WE TRUST。硬幣背面的標語則為 IN GOD WE TRUST（我們信仰上帝）。

母親　西遊記（一）

在島上賭博了二十年後，爸輸掉了所有的黃金，還一次一次又一次想再贏回來。他們認識的時候，媽已經生過三個孩子，而且有一位每週都會變成亮乳白色雨水回來找她的亡夫。當地的男人說她腰部以下已經是廢墟了，不過腰部以上還可以。她穿著一件粗厚的裙子，包得活像個尼姑。我們被她留下，帶到這裡，後來又跟爸生了兩個。我就是後來那兩個孩子中的第二個。媽把三個女兒捐給了她的父母，挨她的揍。

媽嫁給他時，他大了二十歲。把妳在我身體之外生活的年數當成種子，種出兩倍的分量：那些灌木叢就是妳祖父跟祖母之間的歲數差距。只不過媽並非以年紀而是用語言來計量她的生命：從靛青色原野出生且擁有藍屁股、魚眼睛的她說泰雅語（Tayal）跟宜蘭混合語，戰爭期間說日語，在國民黨吞噬的城市裡則說華語。每一種語言都穿戴在她的身上，彷彿緊扣住她喉嚨的衣領。有一次，爸要她教他寫下她從傳教士那裡學會的泰雅語字母。但她說他那雙手不是用來寫字的⋯它們是為了戰爭而生，只適合握住槍桿子跟他的屌。姊覺得這很有趣，可是我沒笑。我的手也一樣。妳出生時，我發現妳太像祖父了⋯押韻般的髮線和魚鉤狀的手指，那種手指勾住了我的頭髮、我的影子，還有天空。妳會對所有男人握起月亮般大的拳頭，甚至包括妳哥，他曾試圖把妳埋進一盆土裡，想讓妳長回樹的樣子。妳以為埋葬是為已死之物畫上句點。然而埋葬卻是開始⋯要

虎靈寓言 BESTIARY －030－

種植任何東西之前，妳必須先為其種子挖掘墳墓。準備替生長出的東西命名。

幾十年前在宜蘭，爸拉出了他最後一根金條，以及一長條的海水和淤泥。他把黃金埋在這裡，就在這座我們從未擁有而且又距離妳出生地非常遙遠的院子裡。媽喜歡阿肯色州（Arkansas）是因為它的發音像方舟（Ark），也就是諾亞方舟。媽說的話幾乎全來自《聖經》。大部分都是單音節的英文字⋯Job（工作）、Ark（方舟）、Lot（羅得）、Wife（妻子）、Smite（擊打）。

要找到黃金，唯一的辦法就是射開爸的頭骨，取出他埋藏黃金的記憶。媽試過一次。她拿獵槍指著爸的頭，然後用力踩地板說了一聲砰，認為這樣能讓記憶從他的腦袋排出。結果，爸尿了出來，姊還得去拿一件衣服擦地板。看來爸需要一場戰爭才能刺激他。除非要買一艘船或者結婚，否則爸是不會把任何東西挖出來的。我們得在一個星期內租用一場戰爭來家裡。媽說要不然黃金就會一直埋藏著，我們也得把擁有的一切拿去餵那些布滿苔蘚彷彿長了陰毛的樹。

姊提議我們將爸頭下腳上吊起來，如此他全部的記憶就會逆流而上，聚集在他的頭骨裡。我們得用某種方式撐下他的頭。我告訴姊這樣行不通，不過她一直有在十哩外的高中上解剖課，這表示她知道怎麼畫出人體，這也表示她曾經畫過一根陰莖給我，不但

加上血管跟所有細節，還向我展示它可以進入哪些洞裡。她脫下褲子給我看。我問她我身上所有的洞會通往何處，她說要是我挖進我雙腿之間的黑暗地帶，就會發現有一個寶寶像蘿蔔一樣等著我拔起。（別擔心，妳不是我撿來的。妳是像肉食動物那樣懷胎生下的。）

媽從我們的白樺樹刨下軟木，再像臭鼬一樣噴灑上香水製作成香，一次點燃一大堆。煙會讓蚊子無法跟我們的血結合。

我們依序向神和觀音祈求。祈求爸的黃金如雨般落下，或者就像金屬材質的灌木顫動著從土裡冒出，生長出上百根樹枝。

我們考慮了其他對策：要是我們借到一部推土機，就可以讓整片庭院像硬幣一樣翻面。可是我們需要錢才能那麼做，而我們的錢就跟屍體一樣被埋葬了。

在小溪邊，姊教我讀《聖經》。我們坐在一叢掛著蘋果的樹林下。樹枝在風中鼓掌時，放掉了手裡的東西，害我們被拳頭般硬的水果砸得腦震盪。上星期，雨水在我們的

屋頂上挖出一個洞,淹沒了一切,於是我們把《聖經》放到一根樹枝上晾乾,頁面彷如飛蛾般拍動著。我只能念出簡單的字,不會專有名詞,也不會動詞。姊說要流暢就要遺忘。她說我得忘記我的嘴巴是什麼,然後把舌頭當成鞭子一樣甩動。當我把 tongue(舌頭)這個詞念成兩個音節,姊就把我的臉壓進泥巴裡。

我從河岸起身時,把舌頭上的泥巴吞掉了。姊說她有一次看見兩個女孩的鬼魂在溪裡親親。我誤會了她的意思,以為她是指她們在清理小溪。為什麼?我說。姊說,因為有個神讓她們想要,卻沒告訴她們那叫什麼。我想媽也是那樣,無法說出她的需求。

姊跟我爬上樹假裝成猴子,盪來盪去偷鄰居的杏子,就像孫悟空到神仙的蟠桃園裡偷走那些吃了可以長生不老的桃子。他因此受到了懲罰,但我們記不得是什麼,所以我們毫不留情地把杏子整顆吞下。我們拉出了果核,後來沖馬桶時,果核就在水管裡敲得咯咯響。媽受不了我們從院子回來時弄得一身髒,但她那種人可是會把天空說成汙漬,還會試圖把瘀傷漂白。

兩個月前,教會的人替我們裝了一個馬桶。一開始我們是腳踩在馬桶座上蹲著用的。姊跟我們說這樣錯了:我們應該讓屁股坐進那個圓圈裡。別笑——以前妳也不知道怎麼做,當時我告訴妳馬桶是大海的耳朵,即使是現在,我偶爾也會看見妳把頭放進

- 033 -　母親　西遊記(一)

去，跟另一個國家交談。

舊殖民餐館（Old Colonial Diner）有個男孩教姊怎麼用收音機、掃帚、硬紙板、銅線製作金屬探測器。我不會告訴妳全部的細節，以免妳想要自己打造一個。為了回報這件事，姊讓他在餐館後面摸她。姊在水槽洗碗盤，他就站在她背後，用三根手指像蜘蛛一樣在她體內遊走。他的指甲勾到了她的陰毛，結果讓她發出嘶的一聲，把水龍頭轉得更熱，燙掉了她的繭。

我們在房子後面的庭院用金屬探測器尋找黃金。姊拿掃帚，我拿收音機。銅線纏繞在掃帚兩端，收音機用膠帶黏在其中一端，多餘的銅線彷彿一團頭髮，尾巴似的在地上拖行。姊把收音機調到AM，結果晨間新聞聽起來就像有人被勒住，全都是靜電干擾，彷彿在我們嘴裡悶響的大海聲。

我們整理泥土。耙成一排一排的，然後沿著移動。在我皮膚上取暖的收音機播報著天氣：下午天空會用雨詛咒我們，明天早上的雨甚至更多。姊拿掃帚掠過土壤，用碎

裂的一端畫著半圓形，就算我沒講話，她也發出噓聲要我安靜。當我們接近金屬，收音機就會嘎嘎產生另一種聲音，是以黃金的頻率唱出的歌曲。一開始我什麼都沒聽見，後來靜電聲變得更高也更刺耳，幾乎就像是媽的聲音。影子似乎無法在我們身處的這塊方形土地上存活。雖然我們空手挖，就發現了一塊很舊的割草機刀片。收音機又唱出了三個地點，可是我們挖得愈迅速，心裡也愈快屈服於懷疑：黃金沒有了。在這個地方，五顆用過的子彈、一個狗哨、一塊鋸片、一些零錢、一段腳踏車鏈條、一根攪拌器、一塊空白的狗牌。子彈像狗眼睛一樣閃閃發亮，讓我的腳趾記起了被射到那時候，那種疼痛已經變得過久，駐留於我的脊椎。

姊又發現了兩顆子彈，放到我們的金屬廢物堆裡。我們從未見親眼見過那些黃金，而雖然我們都沒說出來，但我們知道這裡什麼都沒有。收音機繼續播放土壤唱出的女高音，我們在靜電聲變大的地方卻只挖掘到黑暗。姊丟下掃帚，雙腳用力踩上去。它有如骨頭一下就碎裂了。我希望其實沒有東西，姊說，可是我不同意。就算黃金現在被當成是跟骨頭和子彈一樣的東西，我也覺得有東西可以失去總比什麼都沒有來得好。不過姊說黃金最好還是埋著，就像在子宮裡一樣安全，而我們這輩子就是為了等待它出生。姊跟我把找到的一切都埋回去。我們彷彿打擾了一片墓地，粗魯地翻找著不屬於我們的生

活。我留下狗牌，決心要刻上一個值得帶回家的名字。

我們在臥室找到爸，他趴在床墊上，滿臉的口水光澤看起來像冰糖。姊說，我們應該趁他睡覺時探測他體內的金屬。說不定黃金還藏在他的身體裡。說不定他下船之後忘記把它拉出來了。我將掃帚移到他的肚子、雙手、頭、屁股和雙腳上方。我記得他第一次給我們看彈片的時候。他的背上繡著子彈碎片，只有一些外露出來，大部分都在皮膚底下。我們曾在他睡覺時碰那些地方看看會不會痛，結果他連動都沒動。他變成了混種的生物，為了對付媽而長出保護層。

我揮動掃帚，從頭到屁股又來回掃描了爸一次，結果他全身上下都唱起歌來。電線冒出煙霧，收音機乘著每一個或高或低的音符，將皮膚底下的子彈轉譯成一首歌並叫醒了他。他張開眼睛，子彈碎片立刻變得有磁力，把他整個人抬起來移向我們的手。我考慮用掃帚將爸的身體往下壓，把他打成跟桃子的果肉那般軟，然後分析他像鳥一樣的骨頭，尋找可能仍在他肚子裡起伏晃動的黃金。但是他體內完全沒有能讓我們用來花費的

虎靈寓言 BESTIARY　　- 036 -

東西，除非悲傷能夠當成貨幣。

✤

為了尋找家裡的黃金，媽開始把東西丟出窗外。我們拆下全部的窗玻璃，免得被媽一直用拳頭打，打到玻璃後面的天空瘀青。結果雨水不請自來了。由於水災發生得太突然，所以我們根本不知道那是來自我們的體內或體外，不知道那是因為下雨還是因為我們尿出來了。

媽唯一不會丟的東西，是廚房那張三隻腳的牌桌，桌面擺著一張相片，裡頭是我還在島上那些同母異父的姊姊，此外還有一條手帕，上面沾了因時間久遠而變成深褐色的血跡，另外則是一塊尺寸跟我大拇指差不多的白玉。我以為那是一座祭壇，不過姊姊說祭壇是給死人用的，而姊姊們還活著，就跟趁大家睡覺時享用我們的鼻屎乾那些蒼蠅一樣有活力。其中一位現在可能已經結婚，要不然至少也懷孕了。有一位還在由我的阿姨扶養。妳永遠不會見到那些姨婆，因為我都還來不及記住名字她們就死了：一場颱風撕去了最年長那位的雙腿，所以她整天都得給人背著，而年紀最輕那位姨婆挑辣椒挑到手上

- 037 -　母親　西遊記（一）

沾黏著籽，會讓她觸碰到的每一個人皮膚灼傷。

在牌桌上的相片中，媽肚子裡懷著姊，手上還抓著兩個寶寶，彷彿她們是已經拔掉插銷的手榴彈。她正等著這張相片拍完，然後就要把她們遠遠丟出畫面之外。還有一個身穿白色洋裝的女孩站在她前方。相片被水弄得太皺了，完全看不清楚她們的臉，而且年紀最大的女孩沒對到焦，變成像是樹的一道條紋。媽從不提起相片或桌子的事，這令我們覺得更加難受。有一次在晚餐時，姊問起了她們的名字。那天晚上媽把姊鎖在屋外，到了早上，她就像個走失的孩子蜷縮在門墊上，一隻手臂插進信箱裡，彷彿想讓自己變成紙摺的女兒。

媽站在那張不是祭壇的桌子前，左手拳頭握著手帕，右手拳頭握著玉。我們最熟悉的神就是她的拳頭了。媽從不看那張相片。她轉身面向廚房的窗戶，看著蚊子變得跟月亮一樣肥，光線則替她臉上所有的皺紋都撒了鹽。她向我不知道名字的姊姊們祈禱。她的祈禱中沒有神。

姊跟我生來就是小偷。我們一出生就讓母親誕生於這個國家，讓我們的姊姊變成孤兒。妳不知道我生來就是黃金的事，不知道為本來可以擁有的東西感到悲傷是怎麼回事。妳祖母的悲傷長出了形體。她把它當作另一個孩子養，愛那個孩子勝於我跟我姊，而且那個孩子

今天她抱怨自己嫁給了一個人孔，一座會讓回憶陷落的豎井，一個只能看到頭頂天空的男人。可是爸比她認為的還聰明。有一次我們被搶了，結果小偷不知道要用挖的。找不到任何值得帶走的東西。只有門不見了。我們確定他們一定從家裡拿了某個東西，但不知道該找什麼。該怎麼找已經不在的東西呢？

媽在煮我們偷的杏子時，從不問我們是哪裡弄來的。她知道我們什麼都沒有，正因如此她才不讓我們坐椅子，除非她先用紗布把椅子包起來，或是先把我們擦乾淨。要是我們有照片也不能掛在牆上，而且我們也不能把所有的行李都打開整理──她還會覺得我們必須歸還所有的東西。姊的嘴巴仍然吸附著姊姊這個詞，但她在夢境之外已經不會再問她們的名字了。姊上教堂以後英語就變得很好，甚至開始能讀出我們家外面的廣告牌。其中一個是離婚律師的電話號碼。一個是保釋公司。還有一個是賭場，那讓爸很心動，後來媽拿布籃丟他，叫他坐下，要不然她就會剪掉他的蛋蛋，縫在他的耳垂上。姊跟我忍不住想像爸把蛋蛋當成耳環戴的樣子，結果我們笑到尿了出來，在大腿上染出了對稱的汙跡。

永遠不會離開她。

- 039 -　　母親　西遊記（一）

我們挖了好多棵樹的底下，後來替它們取了綽號：膝蓋彎曲的。像酒鬼一樣搖搖晃晃的。有著女人屁股的。它們下方都沒有黃金。最後是地震迴地找到了黃金：我整段期間都在睡，可是姊說感覺像整片地面自己動了起來，要把自己的皮膚刮回原狀，並且重新整理自己的器官。

在我們家的門廊上，有一塊木地板條裂開，抖落了彷彿瘡痂的苔蘚。光線從那裡冒出來，於是我們像飛蛾一樣聚集到裂縫旁。門廊底下是一根手指般大小的黃金，被令人眼花繚亂的蒼蠅圍繞著，斜放在一張包肉紙上。媽在廚房桌上手舞足蹈了整整一個小時，將地心引力拋在腳下。她把黃金疊在不是祭壇的桌子上，就擺在相框裡那張暗淡模糊的照片旁邊。黃金太暴露了，就像直接看著某人的骨頭。我們現在全都看著那裡的黃金和照片，目光就在明亮與陰影、報酬與代價之間來回移動。

虎靈寓言 BESTIARY - 040 -

女兒

虎姑婆（一）

加州，一個世代後

在好幾代母親以前，有隻虎靈想要住進女人的體內。某天晚上，月亮呈現跟乳頭一樣的褐色時，虎靈把自己編成了一道光繩，下降到一個女人的嘴裡，沿著繩子進入她的喉嚨，然後使用虎姑婆這個名字。不過擁有身體的代價是飢餓。只要去獵殺，虎姑婆就可以繼續待在那個女人的身體裡。聞到孩子們帶有汗味的腳趾時，她的肚腹會變硬成一隻急切的甲蟲，迅速從喉嚨跑出，如同一位尋找鹽的偵察兵。渴望著腳趾的她，會在夜晚爬進孩子們的臥房。她用牙齒擰下沉睡女兒們的腳趾，把肉吸食乾淨，剩餘的關節便成了花生。

每天早晨，虎姑婆都會到市場鑑定從河裡捕撈來的魚，那些魚的身體看起來就像上了油的蛋白石。一位漁夫的妻子聞到空氣中有種煙

燻味，於是轉頭看著虎姑婆，問她在吃什麼。

花生，虎姑婆邊說邊用牙齒剝去那些堅果／骨頭的外殼。

漁夫之妻問虎姑婆願不願意分給她吃。

虎姑婆笑了。妳要付多少買一個？

漁夫之妻給了個價格。

虎姑婆一邊剝去另一顆堅果的外殼，一邊說：那才不夠我過生活呢。她笑著，然後她的黑色辮子鬆開變成灰燼，燒焦了空氣。

隔天早上，村裡所有孩子醒來後，發現自己的每一隻腳都少了一根趾頭。在他們枕頭底下都有一枚生鏽變黑如血跡的五分錢硬幣。

雖然漁夫之妻沒有孩子，不過當她聽見發生的事，立刻就想起市場裡那個用牙齒咬開花生殼的女人。她打開家門時，發現門口放著一個皮袋。她撕開袋子，散落出好幾十根腳趾，全都去掉骨頭並撒上了鹽。

母親拉起被單蓋住我們兩個，一邊告訴我這個故事，一邊往下爬，緊握住我的腳，然後送進她的嘴裡。我的腳趾就像她口中的小魚蠕動著，在她流動的口水裡游泳。我在黑暗之中看著她臉上的地形重新排列：她額頭上那些皺構成的山脈，她的下唇向下勾起了一個故事。我求她別吃掉我的腳趾，於是她放開了我的腳，可是有一天晚上她在故事結束時咬了我的拇趾。她的牙齒像箍冠一樣圍住它，力道彷彿擱在皮膚上而不會咬破，可是我感覺到她在顫抖，有某種我看不見的東西抑制著她的下巴。隔天早上，我的腳趾出現了一個白圈，經過好幾個月才總算恢復血色。

某些夜晚我會醒來，發現母親的手指在我耳朵邊搜尋，用她鉤狀的小指指甲摳出耳垢。她喜歡開玩笑說自己是在挖金礦。她舉起宛如獨木舟的小指指甲，將滿載的砂礫送往她的嘴巴。我使勁拉住她的手腕說：不，不，不不不。但她還是吃了下去，在我說噁心的時候笑起來。我以前餓的時候就常吃自己的耳垢，她說。所以我什麼都聽得很清楚。母親說要是我讓耳垢住在體內，最後它會長出甲蟲的腳，跑進我的大腦，像炸彈碎片一樣窩在那裡。她說她把我的耳道吃乾淨是在救我，這樣才能讓陽光鑽進我的頭骨，照亮我所有記憶。

- 043 -　**女兒**　虎姑婆（一）

在我跟哥哥共用的臥室裡，母親向我們訴說了關於阿肯色州／雨、她姊姊／我阿姨、她媽／我阿嬤、她爸／我阿公的故事。一場地震如何歸還了我祖父埋藏的兩根金條，以及他們怎麼利用黃金前往洛杉磯。我是在破裂之中出生的：母親將阿嬤和阿公留在洛杉磯，搬到往北六個小時車程的地方，把哥哥跟我種到沒被記憶鹽漬的土壤裡。她用斜線概括自己的一生，對她而言一切都是選擇：離開／留下。母親／女兒。愛／生活。

她告訴我她那雙手的歷史：她第一份工作是跟姊姊在養雞場。那裡沒有窗戶，小雞出生時眼睛空洞彷彿鈕釦孔。不必看見，不必藉由光線學習。她的任務是每個星期耙起鋸木屑，然後鋪上新的一層。鋸木屑不會沉落：它進入了她的眼睛她的鼻孔她的肛門。她的屎添加了鋸木屑，而她拉出來會流血。它甚至散布於她的子宮壁，所以生我時才會痛。母親說鋸木屑沒地方去，只能進入她的身體。當她用耙子整理，鋸木屑就如同灰燼在她周圍升起。就像在自己被火葬的時候醒來。她會踢那些母雞，直到後來她姊說這樣會弄破牠們體內的蛋，害牠們再也生不出完整的蛋。

有一次母親踢掉了雞舍牆壁的一塊木板，好讓鋸木屑飄出去。一隻盲眼的母雞從窄

縫逃走，溜進了樹林裡，於是她撒謊說有一隻浣熊拆掉了雞舍的木板。

我告訴我媽有多少隻母雞跑掉都不要緊，她說。我說我們可以把全部的蛋都埋起來，那些家禽就會長回來了。那年夏天稍晚，母親和她姊姊看見失蹤的母雞從樹林飛起，在樹木之間穿梭，越過了雞舍的屋頂。母親說她一直懷疑小雞在假裝自己不會飛，牠們的翅膀就像武器一樣藏了起來。她說逃脫的母雞想必搞上了一隻紅尾鵟，因而創造出獨特的物種。她看見那些雞鵟啄著樹根，牠們就散布在屋子後方的森林，身上長滿粗毛，體型跟狗一樣大。她看見牠們一整群解決了一隻蛇，把牠壓制在土地上。我以為只有神能創造新的物種，我說。那麼我們一定是神了，她說。我想像她的母雞飛越加州，像飛機一樣發出光澤，懷著身孕，尋找可以產下我們的地方。

母親說母雞如果跟自己的蛋獨處太久，就會把它們吃掉。要是她睡得比太陽更晚，就收集不到雞蛋了。母親張開嘴巴，帶著的時候醒來，她說。我的手指深入她喉嚨，接著我摸到了一根羽毛的柄，把它拔了出來。我在她咳嗽時清理掉羽鞘上的口水。我問她那是什麼用途，她說，它們就是那樣傳達的。我告訴她這是一根普通的雞羽毛，不能飛，可是她說要融入空氣之中很簡單。妳只需相信自己的骨頭是中空的，裡頭沒有骨髓沒有母親沒有記憶。

- 045 - **女兒**　虎姑婆（一）

母親總是穿著襪口有蕾絲的白色襪子，我問我哥，他說她長的可能是魚鰭而不是腳，為了確認這一點，我們趁她睡覺時在她的襪子上剪了洞。我們沿著腳底部分切開她的襪子，然後拉開露出她的石頭腳底板。她左腳上最小的三根腳趾不見了。沒有傷口，沒有疤或縫合的痕跡，只有像是長了年輪的殘肢。在那些套筒般的空間裡，本來可能長著三根腳趾。我哥跟我跑回床上，把剪刀藏到我們的床墊下。隔天早上，母親穿了一雙新的襪子。

它們去哪裡了？我們問，結果母親不肯回答。我問她是不是虎姑婆害的，她說並非一切都是故事。經過幾個星期，我們發現了一個綜合餅乾盒，就在裝著我的出生證明和她的縫紉工具那個餅乾盒後面，而母親把這兩個盒子都放在食品儲藏室，跟其他不能吃的東西擺在一起：毯子、電池、淘汰的刀子、一根鈦金屬球棒。盒蓋上壓印著一隻卡通熊，藍色顏料已經磨損掉了。

盒子裡有些硬化的環狀灰燼，中心部分是褐色的石頭。一開始我們以為那些東西是某種蛹，那些覆蓋著樹皮的管子喀噠作響，似乎內部有東西想要孵化。不過它們仍然生

虎靈寓言 BESTIARY　- 046 -

長著趾甲,在盒子的體溫下化成了焦糖。

我們找到了她的腳趾。它們發出嗡嗡聲,彷彿抓住了我們的心,而我們也覺得還有機會能把它們縫回去。我們拿給她看,她卻說,我不想要回它們。我哥跟我為腳趾舉辦了一場葬禮,甚至寫了一段悼詞:我們母親的腳趾長眠於此。願土壤吃光它們,再把它們拉出來變成美麗的樹,而且聞起來就像我們的腳。

母親發現後,就拿了一條濕襪子抽打我們,然後叫我們帶她去那個地方,看著我們把它們挖出來。一個禮拜沒修剪的腳趾甲長了六吋長,那些如琺瑯般的劍活活刺穿了蛀蟲。她把腳趾放回餅乾盒,用銼刀鬧割掉它們的趾甲,接著拿膠帶把盒子封緊,說她之後還會需要它們。我問她需要它們做什麼,她說無論任何損失都有期限,一定比我們想的還要更久,而她的腳趾有朝一日會找到其他血液來源,也會有一張新的嘴巴來為它們新陳代謝。

- 047 -　**女兒**　虎姑婆(一)

女兒

葫蘆裡的女孩

仍在加州

我生下來就有一顆葫蘆形狀的頭：在我的骨頭還是乳汁時，母親把它捏回成了一顆球體。我的頭部左側仍然有她的手紋。母親開玩笑說要是她以前摔到我，我就會裂開成兩個對稱的碗，讓滿頭的黑色種子撒落出來。

每天晚上，我會盤腿坐在地板，她則在一張比我高的椅子坐著，用膝蓋夾住我的頭塑形，好放進她的掌心。她會用手指蘸馬油霜為我的髮絲施肥。她以膝蓋骨擠壓我的太陽穴，擠出我的眼淚後，會像貓一樣舔我的臉，然後說她快好了。她得確保讓我的頭夠圓，這樣才會記得誰愛我，這樣才夠堅固，能夠承載她要放進來的故事。

最後我的葫蘆汁都排光了⋯我尿的量比我哥多一倍，而且噴灑的力道很強，母親說要是

我知道如何瞄準，那麼光靠我一個人就可以解決加州的乾旱了。我總是在流汗，皮膚像一片片大海不斷變動。母親每天都得把我當成毛巾擰乾兩次。早在我們有房子住以前，夜間我都睡在一張床墊上，夾在母親和父親之間，我哥則睡在房間最角落的一張日式折疊床墊。每天晚上，我身邊都會有個水池像裙子般展開，弄濕整張床墊也弄醒母親，而她夢到了有一颱風把咬著她乳頭的我拉開。母親害怕我的血管裡全都是鹽，害怕我的骨頭只會產生水而不是血液。為了證明我會流血，她用一根煮過的縫紉針刺穿我的血管。血呈螺旋形噴出，在她的手上確認了顏色。

我是在一場暴風雨之夜被懷上的，也因此我的體內才會有太多水：母親的身體彷彿排水溝聚集了雨水，而我就是在她破裂時生下的。我出生之後，在少數那些下雨的夜裡，她會拜託父親別碰她，深怕他的身體不知又會帶來什麼怪天氣。

我的父親是水神，可以讓任何東西生長。哥哥跟我出生前，他曾在學校主修雨水。他最愛的是灌溉系統、溝渠和軟管——能夠使水遷移的任何方式。至於渴，他只會交給

別人處理。灌溉是手術。就像穿透身體的血管，他說，接著雙手拿起鏟子示範如何挖開一切，如何翻散乾渴已久的土壤。母親說我想要這個世界沒有水，他則笑著說她對河有偏見，無論流動或枯竭的都一樣，因為她曾經差點在一條河中溺死。可是他不怕河。他會控制它們。那時，他經常告訴母親：我會成為神，把河注入沙漠，把湖引進旱地，把鹽誘出海水。後來我哥出生，他就從學校輟學，到一處長得像搬運建築木材的工作。那種工作擰出了他身體的所有水分。我第二個出生，是個長得像洪水的女兒，那時他每天都很晚才回家，避開他下雨的範圍，還用一把眉毛剪修剪了地毯。

他離開房間去洗澡，在浴室待了好幾個鐘頭，久到我以為他是不是也變成水，流進排水管了，於是我在他下雨下得到處是的地板上爬行，用舌頭觸碰他的汗水，根據味道猜測他的身體到過哪裡。我對哥說他去過海灘，而且誘拐了海裡所有的鹽，綁架到這裡當人質。

下班後，父親會在我們公寓大樓共用的庭院澆水，挖出筆直到無法成為血管的溝渠。下雨的時候，他說，就不會淹水了。水會被引到外面。我問他怎麼知道水要去哪裡，而他指向一群長著手指形狀花朵的灌木叢。水會跟隨需求，他說。如果身體真的大

部分都是水,我,那怎麼會燒起來?父親說了些關於部分與總和的事⋯水是部分而身體是總和,但我不想算數學,於是跑回家裡。

我第一次看見他安裝水管時,問他手裡拿著什麼,他想嚇我,就說那是一條蛇。在學校時,老師跟我們說蛇代表誘惑,而且夏娃(Eve)很邪惡,我便想到父親捧著那條綠色水管,餵養著不屬於他的灌木叢,還剝去一朵花的花瓣,把它們當成郵票舔了舔,壓在我的臉頰上。當他打開水管,水就從開口噴出來,可真是個奇蹟。我記得他拿那條水管抽打到我哥翻白眼,金屬管口部分擊中了眉心。我記得他說:對不起,可是只有這樣你才會成長。

&

母親在一家製造影印機的公司找到了工作。每天早上,她會開車往西去一棟高聳到把天空都磨得光滑的大樓。她整天坐在一張桌子前,用帶有口音的語調接聽客服電話。有個行銷部門的女人說,妳唯一沒被炒魷魚的理由,就是因為妳屬於少數族群。

他們把母親升職為接待員後,她就能夠正式使用黑白影印機拷貝在辦公室傳閱的通

告：請勿使用芳香劑。請勿攜帶堅果或甲殼類食物進入公用廚房。請勿將生理用品沖入馬桶。她把生理寫成了生裡。

被開除的那一天，她清空了冰箱裡吃到一半的凱撒沙拉和顏色變得蠟黃的火腿三明治，裝進手提包帶回家，在替我們煮完魚丸湯之後就拿來當成晚餐。她只吃剩飯剩菜，會把鍋子裡一絲絲的鍋巴拉起來，還會把我沒吃乾淨的骨頭拿去吸食骨髓。我在節食，她開玩笑說。一種叫做生命的節食方式。

母親那天被開除是因為影印了我的出生證明，當時她看著綠色雷射彷彿在清潔窗戶似的掃過玻璃板。玻璃是藍白色的，跟冰一樣涼。母親的臉頰在好幾層脂粉底下就像顆膨脹的葫蘆。影印完我的出生證明正反面後，母親想起在電視上看過一則報導，是一間檔案館被燒毀，所有市民的身分都化成煙了──雖然已經沒有能再為我影印的了，她還是又按下了啟動鈕。雷射光束輕快掠過時，她把熱熱的臉頰貼到了玻璃上。印出來的成品是她右臉頰的地圖，那些網狀靜脈曲張的血管有如支流，而且從鼻子到耳朵方向有一道逐漸變藍的瘀傷。她用雙手把影本舉到日光燈下。摺起來。她摸自己的臉頰，再摸紙上的臉頰。她無法分辨何者是證據，何者是罪行。

母親總會掩飾我們的罪行⋯有一次，一隻糖漬蝦從我嘴裡掉出來弄髒了地毯，於是

她丟了塊餐巾蓋上去，免得父親看見。她在我睡覺時把地毯上的醬汁弄掉了，不過漂白劑的效果太強，反而讓那個地方顯得更明亮，顯得太過蒼白，變成了照射我那片汙跡的聚光燈。

母親會一邊做菜，一邊對我說著她所謂來自《聖經》的故事，可是那些故事我之後在任何譯本裡都找不到。父親叫母親給我們講一個大陸人的故事，而她說的是孟姜女，一個從葫蘆出生的女孩。

故事一開始有兩戶比鄰而居的人家，一戶以水果聞名，另一戶則以花朵聞名。在他們的庭院之間有一棵葫蘆樹，樹幹寬大到連風都無法圍繞一圈。雖然樹根是在孟家的土地上生長，不過大部分枝葉都跨進了姜家的庭院──其中一根樹枝長出了最大的葫蘆，色澤金黃到連飛過的鳥兒都瞎掉了。

孟家和姜家每天都在為了那顆金色葫蘆的所有權而爭吵，而它也逐漸長成一個嬰兒的大小，汁液飽脹，脆弱到只要一陣微風就會流出液體。最後它落地時，外皮分開露出

了一個孩子,是女兒。他們因為這個奇蹟而哭泣。孟家堅持替她取名為孟女,姜家想要叫她姜女。女孩在他們爭執的期間挨餓了兩天,後來才有某個人說,她會在他們做出決定之前餓死。於是他們給了她孟姜女這個名字,代表她是兩個家庭的女兒,是兩道血脈的女兒。

這故事錯了,我告訴母親。如果她真的是女兒,那麼兩家人都不會想要她。她要成為母親才能擠出奶水,她得當上新娘才能被交易。母親從沒說完這個故事。我從未問過她是不是想要我,以及我是不是那種會成為戰場,讓大家爭搶的女兒。後來母親說:記住,他們爭搶的不是那個女孩。是葫蘆。

也許葫蘆皮打開的時候,他們哭泣並不是為了歡慶她的出生,而是在哀悼他們失去了黃金。他們咒罵地心引力的偷竊。我記得看過有些家族的人會在餐廳搶著付帳,說不定那就是孟家和姜家在爭執的:他們拉不下臉讓對方付這筆帳。拉不下臉說女兒是他們還得起的債。

一到週日，母親就會用掃帚的一端戳醒我們，叫我們去打掃每個房間，除了得用保鮮膜把沙發包起來，還要在窗戶上吐口水，藉此潤滑穿透進入的光線。為了讓我說乾淨的語言：每週以鹽水漱口兩次。為了防止牙齒飛走：每天晚上都要用舌頭清點它們。她把碗盤洗得好亮，結果我們吃飯的時候還得瞇起眼睛；她對水槽裡的一把刀唱著歌，彷彿是為了要成為它的刀身而在試鏡。對這個國家而言我們永遠不夠乾淨，她說。

每個禮拜，父親都會指責她愛那間公寓比愛她丈夫還多，她願意跪下打掃，卻從不為了他跪著。母親說維持整潔的家象徵富有，而維持與丈夫的關係象徵愚蠢。每當父親舉起他的手，母親也一定會舉起其他東西──一個花瓶、一根筷子、一顆沙發墊──不是為了擋開，而是要在半空中對決，要回擊他。父親脫下皮帶時，我們就去抓另一端固定住，讓它恢復重力。有時候他用皮帶打我們就只是為了聽我們求他住手。這是我唯一能給你們的東西，他說。不是錢或房子。就只有這個，他的手在我們頭上揮舞，就只有這個：他的憐憫。

在某些星期日，母親擦乾淨公寓裡每一張跟我們屁股親熱過的沙發後，父親會教我們用米紙、免洗筷跟細繩製作風箏，我們的手臂則充當線軸。他叫我們替風箏畫上眼睛，否則它們自己飛的時候就會看不見去路。風箏在後院把我拉得踮起了腳尖，那些紙

虎靈寓言　BESTIARY　- 056 -

做的翅膀薄到星星都能夠穿透冒出了。父親講了幾個故事給我聽，包括飛越一座鹽湖，他的風箏切開了天空的肚腹，以及風勢強勁到能夠一把將孩子拉上雲朵。父親踩在我的腳上固定住我。哥哥的風箏被樹木和電線刺穿，細繩突然掙脫了他的手，而我卻能讓風箏飛上好幾個小時，就連在晚上也可以，我的紙風箏變成了第二個月亮，是人造光源。

父親醒著跟我一起看。他告訴我風箏曾經用於戰爭。有一次，一支進逼的軍隊在城外紮營。軍隊四面八方都被一片濃得像奶水的霧圍住。為了欺騙敵人，城裡的人將孩子綁到紙風箏上，再給他們葫蘆絲，讓他們在飛行時吹奏。被霧籠罩的軍隊聽見孩子們在空中演奏音樂，便以為自己遭到包圍。那些人不到一個鐘頭就棄械投降。城市因為一群年紀最小的成員而得救了。

我的風箏在上空對我眨眼：它能看見自己被放飛，也能看見父親把我放到他的肩骨上。你在讓我飛，我說。他抓住我兩邊的腳踝——一手各抓一邊——彷彿風會將我吹走似的。是為了飛上天嚇敵人。我聽錯了他的話，把我的皮膚想像成是風箏，想像有什麼東西能夠傷害我，撕裂我：風、被弄濕、穿衣服時。

有一次我把上衣前後穿反，結果父親就罵我粗心，抓著領子把我拖回屋裡。他問要是別人在外面看到我頭擺錯了方向會怎麼想。我在廚房練習穿衣服，不停脫掉又穿上，直到

- 057 -
女兒 葫蘆裡的女孩

我再也沒力氣讓雙手高舉過頭,而那件上衣在我試圖舉起時顫動著,就像一面戰敗投降的旗幟。

我也想教父親做點東西,所以向他示範如何製作我們在一年級學過的襪偶。首先是把襪子套住拳頭,要讓它說話就張開手,並且眨一眨鈕釦眼睛。父親說我應該替它割出一張真的嘴巴,可以吃東西的那種。要讓任何事情成真,就必須屠殺。於是我拿了他一條長度足以套到我前臂的白襪子,用剪刀在上面剪出一個嘴巴。母親說他會因此宰了我,但他反而跟我坐在廚房,把能夠塞進我拳頭的所有東西都拿來餵了:一根找到的魚骨頭、一顆之前滾到櫃子底下的桃核、他的大拇指。我用手指咬住,然後扭轉他的拇指,弄得他猛然把手抽回去。雖然我不感到抱歉,但還是用襪子的嘴巴吹了吹他的大拇指。結果它仍然瘀青了。

我看見襪子嘴巴比我原本的嘴巴更有力,接下來幾個星期便一直用拳頭說話,還把拳頭湊向母親的耳朵,要她用它打電話給我。她把我的拳頭當成貝殼拿到耳邊,然後輕

聲應答。由於只有我的手腕聽見她說話，所以上床睡覺時，我就在黑暗中把手放在雙腿之間撥號，試圖重播內容，等待她的聲音從我身上傳出。

在簽證過期之前幾週，父親決定去某個親戚位於江蘇省的吃角子老虎機工廠工作幾年，工作內容是在那裡檢查機器，確認沒問題之後就送到澳門。父親的英語幾乎都是在天黑後到公園跟大學生玩德州撲克時學的：Hit me（發牌）。Raise（加注）。Stay。Stay（跟注）。晚上，他會用撲克牌的花色替所有星座重新命名，指出天空中有一個黑桃、一個梅花，還有一個紅心，然後告訴我們他贏得最大賭注的故事。錢就跟月亮一樣，他這麼說。到了早上都會消失。

父親要去機場的那一晚，我們吃了一整條炸魚、一道稀薄到我們還未吞下就在舌頭上蒸發掉的湯，以及煮至半透明彷彿鬼魂的菜。我們把手肘擺在桌上吃著，沒有說話。母親在後院抓了蟋蟀，拿去用芝麻油煎熟。父親在餐桌上我們讓手裡的刀子代為講述。我們向前傾，像是在打包行李一樣把東西裝進肚子裡⋯⋯將一片片豬肉對折，放進嘴巴密封起

來。魚代表好運。他會把好運帶在身體裡，然後在另一個國家把它的骨頭拉出來。母親用完洗碗精，又不想付水費的時候，就會直接向碗盤吐口水。抹去他留在所有盤子上的飢餓。

父親在整理要帶去大陸的行李時，把蒸汽熨斗燙過的白襯衫對稱堆疊好。他拿了其中一條仿皮皮帶，另一條則留在衣櫃裡，在沒有他的安撫下乖乖待著。他打包的東西包括給所有親戚的禮物、印著卡通角色的OK繃、盒裝穀片、拋棄式除塵撢。哥哥跟我坐到他的手提箱上，好讓他拉起拉鍊，而就在箱子關上前，我看見一片白色的東西從兩件襯衫之間滑了出來。那是一張畫著眼睛的紙，是尚未完成的風箏。

在我們載他去機場途中，我計算他要飛行的時數，算出他會在我醒來的時候降落。那晚我沒睡，一直告訴自己只要我不醒來，他就不會降落：我們的父親永遠在飛行。那天晚上，我在雨中放風箏時，看見紙張皺縮成一個拳頭後就墜落了。父親從空中說我們會再製作新的風箏，而且大到可以繫在我們的背上飛到國外。那晚失去風箏後，我就待在外頭一直等到早上想看它再度出現，彷彿光線能夠找回失物。經過好幾年，我才明白風箏只是一種木偶，只能假裝自己在飛行。真正的飛行不需要繩線。鳥兒才不會跟女孩綁在一起，女孩只會用繩線拉下牠們，女孩是天空的對立面。

虎靈寓言　BESTIARY　- 060 -

父親每個星期會從大陸打電話來，但無話可說。我們接聽時，他那裡快了十二個鐘頭，等於是從我們的未來通話。我們將聽筒拉向母親，連螺旋形的電話線都扯直了。有時候是父親的室友跟我們說話──我們不知道名字的親戚。他抱怨父親完全不講話，沉默都使他的喉嚨收縮到像一條線那麼細了。這讓母親很擔心，但讓我很安心：這表示我可以捲起線把他拉回身邊。我將電話線纏在手腕上，把他的聲音當成風箏線用力拉緊，可是卻無法將他拉回我眼前的天空。

孟姜女生長的速度跟樹一樣，而且只能用土壤、淤泥、水，並把殺蟲劑當成醋來餵養。兩家人輪流替她澆水，但一年卻長不到一吋。等她長成女孩時，她的母親和父親們都死了。她活得比家族第二代更久，然後是第三代，每一代人都留下了一份如何照顧葫蘆女孩的書面說明：隨時都要把她腰部以下埋在土裡。讓她的臉面向太陽。撫摸她的根促進生長。替她澆水。每週為她修剪頭髮兩次。如果看到她皮膚上有苔蘚，就用掃帚拍掉。孟姜女種植在孟家和姜家庭院之間挖出的一條溝裡。她的身體是中空的，而住在附

近的男孩都很喜歡偷溜進來。他們替她刻出一對耳孔，朝裡面大喊，聽見了自己名字的回音。他們一起閧問彼此敢不敢砍下她，帶她回家，把自己種進她的身體。

我爸，母親說，出生在江蘇，那裡有女兒樹。每個家庭只要有女兒出生，就會在屋外種下一棵樟樹。它的樹枝會跟她的骨頭同時生長。有時候樹幹會長出鱗片並冒出一顆像魚那樣的膠凍狀眼睛，有時候樹幹的中央會長出一張嘴，從那裡生出鳥兒，只是這種鳥沒有羽毛，只有皮膚，跟拳頭一樣不會飛。當媒婆經過你家，看見樹已經長得跟腰一樣寬，她就會知道你該把女兒嫁出去了。那棵女兒樹被砍下，雕鑿成箱子裝放她的衣物和寢具。母親出生時，阿公試圖在他們住的眷村外頭種一棵樟樹，不過那裡的土壤混進了海水，帶有太多鹽分。那棵樹生了鹽病，樹幹一直在剝落。每一天，阿公都會用雙手測量樹的腰圍，但始終都只跟他的手腕一樣寬。母親鬆了一口氣：只要那棵樹不長大到該嫁的時候，她就不必離開家裡。

某天早上阿公砍了樹，把樹幹當成一根箭桿從地面輕鬆拔起，而它僅有的兩根樹枝交纏在一起，就像母親出生時的雙腿。在他赤手空拳將樹撕碎之後，母親試著拔掉他手心裡那些如眼睫毛般細小的刺，可是碎片潛進了他的血液，木頭和骨髓融合在一起了。所以他才會這麼易燃，所以他的記憶都已化為煙霧。所以他不能觸碰火爐、報紙、我們

的頭髮、這個故事,任何能夠轉化成火的東西。

※

每次父親從大陸寄錢過來,我們就會把一半的錢摺好,放進祖母床底下用膠帶黏住的鞋盒,剩下的則拿去支付遲交的房租。母親的月經晚了三個月。我正睡在父親的位置,是床墊上被月亮照著的那一側。一道鮮血在我們之間流動,而我醒來時兩隻手腕都是紅的。我檢查身上哪裡有傷口,但什麼都沒發現。母親在床上坐起,用一隻拳頭塞住她的胯下。她叫我去拿水桶。我跑到廚房,將一桶鹽水倒進水槽,然後用裙子的褶邊把桶裡的一圈鹽巴擦掉。我把水桶拿給她,後來整晚她都蹲在上面,她的血就對著桶裡咆哮,發出像是狗被困住時的叫聲。空氣化為鹽巴,在我的嘴脣與眼睛周圍結晶。我繼續睡,醒來時發現母親還蹲在地板,腰部以下赤裸,凝視著下方像是鏡子的血。到了早上,我幫她一起把桶子提到浴室洗手臺,一起把桶裡的血倒掉。雖然血只有兩吋深,不過卻跟骨頭一樣重。彷彿死亡有一種隱藏的密度。我們一起把桶裡的血倒掉。後來,我抱怨說洗手臺排水不正常,覺得底下有東西堵塞住了。我也曾看見母親用湯匙將牛肉湯舀

- 063 -　**女兒**　葫蘆裡的女孩

進洗手臺，餵著像是嘴巴的排水口。

在我的版本中，孟姜女娶了另一棵樹。另一棵樹就像她也是個女兒，樹枝軟到無法用於鞭打，樹幹也被開了洞作為巢穴。那棵樹跟骨頭一樣有骨髓。故事鍍上了銀色，變成一面鏡子⋯⋯有一天，孟姜女在地底下伸展她的根時，碰到了另一棵樹的根，那棵樹沒有影子──是一棵骨頭樹──後來她們兩個透過摩擦結婚了。她們用樹枝擊打對方，藉此創造了火。跟孟姜女不同的是，那棵樹最後生長到超出了土地，樹根分岔變成人類的腳，果實成熟化為一張臉。骨頭樹打扮成男孩的模樣，成為一位園丁，用一把銀色大剪刀守護著孟姜女。

後來，帝國徵召了骨頭樹去建造長城。為了在夜間繼續施工，長城裝進了許多屍體──很多人都精疲力盡而死。骨頭是一種光的來源。到了仲冬，骨頭樹在長城上工作時死去，而她的骨頭冰冷到粉碎成了糖。下一位工人將砂石鋪過她的屍體，然後繼續前進，建造長城的下一段脊椎。

虎靈寓言 BESTIARY －064－

骨頭樹沒回家，於是孟姜女決定一路往北走到長城去找她的妻子。她拔起自己的根，帶了兩個囊袋的水和一顆打火石。她抵達北方時已經是隔年冬天，而她眼窩中的眼睛凍成了果核：她只能向前看。她到了排列於城牆底部的營火處。為了保暖，人們就睡在挖空的馬屍之中，還把牠們的腸子當成圍巾。

孟姜女搜索了上千哩的營地，翻開每一隻馬的肚腹查看裡頭懷著什麼人。在母親那個版本的故事中，孟姜女哭倒了長城，因此又有一個世代的人必須捐出骨頭重建。她的河沖散了城市的脊柱，淹沒了上百萬人，每具屍體都醃漬在她的鹽分中。那條河沖出了她妻子的頭骨。頭骨在河裡上下擺動。她撈起它，拿到她的唇邊。在她有生之年，就一直用它來喝水。在她有生之年，軍隊不停到各個城市追捕她，因為這個女人的悲傷具有神力。她能夠讓體內的水變成武器，毀掉一整個國家。

- 065 -　**女兒**　葫蘆裡的女孩

女兒

虎姑婆（二）

我醒來發現自己長了尾巴的一個星期前，母親在外頭的前院跟新鄰居吵架，說他的尤加利樹超過了界限。它的影子弄傷了我們家側牆，整面都變成了像茄子那麼黑。它的汁液流得跟鼻血一樣快，在我們的車道上變硬形成了金色玻璃碎片。這是我第一次住進房子裡——我們在父親去大陸之後搬進來，用一個氣泡袋包裹將鑰匙寄給他，裡面還放了好幾顆我最近掉的乳牙。這棟屋子有被煙燻出傷痕的窗戶、一片稀疏的草坪，還有松鼠死在牆內，引來了蒼蠅參加葬禮。我們的房租是用父親從大陸寄來的現金信封袋支付。屋裡的每一道鉸鏈都是鬆的，門板脫落的頻率也跟掉乳牙差不多。每到晚上，我們都要把窗戶關閉釘牢，防止它們在乾熱的天氣中打開喘氣。城裡唯一的雜貨店

室內昏暗到必須自己帶手電筒。窗玻璃上貼了好幾百張廣告單跟海報，所以光線透不進去：擋住店鋪的，是許多失蹤女兒的面孔，以及保證能預測加州樂透號碼的本地靈媒海報。折價券從停車場成群結隊溜走，它們提供的折扣可以買枇杷膏、拖鞋，還有看起來像舌頭的肉乾，那種東西在我哥跟我的嘴裡不會發出聲音，所以我們舔過以後就失望地放回盒子了。

☙

母親選擇這座城市，是因為距離洛杉磯和阿公開車就能到，但又位於阿嬤北邊夠遠的地方，讓她們只能透過電話聯繫：

媽　對　在家

今天　有沒有穿內褲　拉屎

爸　　還沒到

虎靈寓言　BESTIARY　- 068 -

今天母親指著我們那條混凝土車道的裂縫，上個星期難得下雨之後，裡面就淹水了。

她用她的鋼絲梳丟鄰居，結果他一直看著自己的信箱沒回頭，於是她說：看那些！你的樹根害我這裡變峽谷了！鄰居用四川話咒罵她，我覺得那種方言聽起來就像鴨子被活生生去骨的聲音。不要這麼種族歧視，我哥說。如果他是大陸人就不算種族歧視，我說。

母親厭惡大陸人已經到了病態的程度：她聲稱自己每次跟大陸人說話就會起疹子或掉牙齒。她抓著我的大拇指去摩擦她補牙的銀粉，然後說，這就是親吻大陸人、嫁給大陸人的下場。不要這種族歧視，我說。記住：妳就是從我牙齒這個洞出生的。我說，但阿公一出生就是大陸人啊，母親說，阿公根本不知道他有出生。

母親的牙齒因為謊言而變得易碎。她有那些蛀洞才不是因為親吻了父親，而是她剛到洛杉磯時在31冰淇淋（Baskin-Robbins）工作，每一天都吃冰淇淋當晚餐。我們不怪母親滿口謊言：有時我們愛聽到把它們當成了事實。例如，她並不是泰雅族酋長的最後一位孫女，而是低階戰士的後代，她出生時舌頭底下就有一顆鯊魚牙齒。另一個例子：母親有一次要逃離一支軍隊追捕，爬上一棵樹，樹枝太軟斷掉了，結果插穿兩個士兵的身體，因此讓那座島上的戒嚴永遠結束了。至少關於樹的那部分是事實。她手腕上有一圈像手鐲的疤痕，那裡的骨頭想要掙脫皮膚。她想像士兵們被叉成一串，而她的傷就潛

伏在他們體內。

那個大陸人搬到隔壁時，母親說，這條該死的街就好像在實行戒嚴。他跟我們一樣是租客，不過他會準時交租金，而我先生則要花上一整個月的時間在紙條上寫藉口：我先生在大陸工作，錢被大海吞掉了。我先生是一隻失業的浣熊。我們打算在屋頂放火，用信號通知他回家。我們的俄國房東也曾在軍隊追捕下倖存，所以出於同情讓我們延後交租。她跟我母親藉由交換故事來和好，譬如丈夫種樹是要吊死他們的母親。譬如士兵穿上條紋制服，讓敵人看了暈眩至死。我喜歡中國人。我愛中國，房東每個月都這麼告訴我們，彷彿是要讓自己相信我們賣給她的故事確實有價值。

哥哥跟我替鄰居取了個綽號叫鴨叔，只要他開口說話，我們就會用腋下擠壓出像鴨叫的呱呱聲。有一次母親威脅他，把生肉掛在樹枝上，將浣熊、土狼跟蒼蠅吸引到他的院子裡，而鴨叔的報復方式是偷走我們前門的門把，將鴿子哄誘進我們家，還拿一根耙子裝扮成女人，把它插在草坪上，假冒成我們的鬼。他們吵架時，身體會以相同的角度往前傾向對方，他們的影子則在人行道上交纏著。母親會放慢說話速度，嘲弄他的嘴型。別碰我家，她說。那根本不是妳家，他說。而她的報復則是給我哥喝一大堆百事可

樂跟Hong Van牌仙草凍,再給他二十五分錢,要他在鴨叔家的範圍裡尿尿,就在他看得見的地方。鴨叔指控她利用我哥,她告訴他是一隻狗尿的。一定是隻聰明的狗,鴨叔說,因為她在我門上尿了自己的姓名縮寫。

隔天早上,母親用一根金屬線和她的意志力砍斷了樹,用金屬線鋸穿了樹幹。她拿了一支彎掉的螺絲起子威脅鴨叔,直到他撤退回到家裡,鎖上了門。她跨進鴨叔的前院,開始用金屬線鋸樹。等到房東來的時候,那棵樹已經像一根骨頭般斷開了。我們又被要求搬走,還得賠償破壞植物的損失。結果,是鴨叔跟房東談了幾個鐘頭。後來我們被准許留下了。你說了什麼?我問他。我們站在他的前院裡,樹樁就在我們中間,又濕又有疙瘩,就像一個瘡。鴨叔是我見過最高的男人,他的身體就像他自己的家。

我說她是種族主義者,還告訴她砍樹是一種文化行為,他說。

什麼是「文化行為」?我說。

就像葬禮或婚禮,他說。就像妳。

就這樣,母親轉而感謝鴨叔讓我們能繼續住在我們負擔不起的家中⋯⋯母親見過他把鑰匙埋在前門附近的灌木叢底下,於是她用手指關節敲著土壤,然後將鑰匙當成種子一

- 071 -　　**女兒**　虎姑婆(二)

樣連根拔起。她用濕濕的手指打開他的前門，找到他的房間，那個房間沒有門，只有薄薄的門簾。鴨叔正在門簾後方換上他的工作服——一件繡著他名字的西裝背心——而母親在他身體上看見了整座城市的地圖。皮膚是潮濕的街道，油滑的額頭伸入天空。鴨叔看見她出現在門口時並不驚訝：那就像在看他自己，就像看見自己的臉縫在水面上。

那次之後，我們就在鴨叔的點心餐廳免費吃東西，但是餐廳的名稱太普通了，我們一直記不起來。那裡的食物油膩到我們都還沒吞就直接滑進喉嚨。哥哥跟我想要討厭鴨叔，可是他的四川口音聽起來像鄉巴佬，聲音又很尖，讓我們笑到喉嚨都要打結了。他甚至還答應要教我們獵鴨——從鞋盒剪下靶子，再讓我們用他的BB槍射。我很怕會發生逆火，所以只作勢扣下扳機，然後用嘴巴發出槍聲。鴨叔假裝相信我，說我殺了好多隻。可是我並沒有瞄準任何東西，子彈跟我們的沉默一樣並未用盡，那些鴨子也只是假想的。

我們的城市上輩子是垃圾掩埋場。每到夏天，空氣聞起來就像經過了我們的腸子，

又熱又酸又糊。哥哥跟我會爭論那種臭味到底是壞掉的梅子、我們的屁，還是我們的父親在這個國家過期了。在我出生之前，這座城市為了建造道路而夷平了垃圾堆。垃圾掩埋場就活在我們的下方，消化著自己，收縮著肚子。土壤軟到無法承受重量，房子每年都愈陷愈深，陷進它們的糞便裡。我哥跟我在後院裡往下挖，想找出是什麼正在死去。母親買了潛水面罩讓我們在外面戴著，彷彿透過比較小的開口呼吸就能縮減氣味。我們放學以後到後院會合，然後用腳趾在泥土中挖洞。先前的草坪早已變成鬼魂，大部分的草都被高溫跟我們的腳弄斷了。我們在草地裡發現聞起來彷彿才剛死去的垃圾：汽水罐拉環、像是有尿液住在裡頭的啤酒瓶。哥哥說我們大概什麼也找不到，但我說重點是洞。我從某個地方學到，掩埋垃圾的土壤會把氣體困住，要是我們不挖洞讓土地放出它的屁，這整座城市就會爆炸：房子就像被打掉的牙齒。隆起的柏油路有如烏鴉群。我們又在泥土中探查了三個洞，後來他問我那種氣體是什麼顏色，我說，就跟我們的氣息一樣。因此它才會致命⋯它的味道偽裝成我們的舌頭。我們進屋時，她用力把在你體內變成刀片。母親從廚房的窗戶看著我們挖出剩下的洞。然而我們還是繼續挖掘，拯救我們擦洗掉一層皮，害我們痛得連睡覺都沒辦法蓋被子。城市免受過去的脹氣所害。

- 073 -　女兒　虎姑婆（二）

我們用雙手挖，然後等到晚上，這時垃圾掩埋場的氣味就只跟我們的口氣一樣臭了。哥哥先跪下去。他將手心捧成碗的形狀，一把一把地拋到背後成一堆。我也跪下跟著他做，可是我的手在泥土裡磨蹭太久了。哥哥現在已經挖到手肘的深度，泥土像袖子一樣覆蓋著他的手，但我頂多只能挖到一顆拳頭那麼深。吐口水讓土變軟，他說。我模仿他嘴巴的動作，朝洞裡吐了一口唾液。哥哥是從父親那裡學會吐口水的：舌頭在嘴裡往後縮，再像鞭子一樣把口水甩出去。母親每次都會因此搧他耳光。有一次他在教堂吐口水，那坨唾液就像硬幣一樣正面朝上落在她睡覺期間每小時吞口水兩次，有時候她還用頭巾當成嘴套。我說。我們以前從未見過她流口水，她的枕頭每天早上都很乾淨。

我們朝土裡吐口水之後，挖洞就變得像是把手伸進彼此的嘴巴。我們休息了一下跟阿蛇玩，這是父親替那條水管取的名字。我們放開水管，假裝牠是活的，有很多血和一根脊椎。我們比賽誰敢跳過牠的身體，誰敢觸碰牠沒有牙齒的嘴巴。我們用牠纏繞脖子，假裝被勒住了。母親叫我們絕對不能打開阿蛇，因為我們正處於乾旱。我們把阿蛇水，我們就會被罰錢。但我們覺得如果水來自天上，應該要是免費的才對。我們把阿蛇的嘴巴插進洞裡，灌到水淹出來為止。土壤在我們的腳踝周圍翻滾攪動。等到水深及一

個拳頭高時，我們開始跳起舞來。草就像指南針一樣在水面上旋轉。

我們讓水一直流到母親回家為止。阿蛇的身體會直接將大海的水傳送過來。我們把自己的汗誤認成了海裡的鹽。我們笑著示意母親走出紗門進入院子，她的雙腳就像魚一樣點亮了水面。她踩進我們挖的其中一個洞，猛向前一肚子摔進水裡。泥巴伸出拳頭戳進她的喉嚨。她的手腳瘋狂揮動，彷彿體內深處有某個東西被偷走並釋放到陰影之中，而她只能透過嘴巴的鰓裂喘息。我們大笑起來，以為她正假裝成魚的樣子。她要我們用手指勾進她的嘴巴，把她從泥漿中拉出來。她的四肢亂揮，劃傷了水面。看見水反彈在她臉上跟她胸口時，我們才明白她溺水了。我們將她翻過身躺著，舔她的臉把她弄醒。

她站起來，嘴唇收縮露出牙齒。我以為她會對我們兩個破口大罵，會違反自己的規定把我們弄髒。她握住我的手，看著泥巴在我的指甲底下徘徊，土壤擠進我的掌紋之中。她說我挖得太深了：挖掘是手術，而我忘記要麻醉身體了。千萬別把任何東西埋起來，她說，除非妳想要讓死亡消耗它。她開始講起一個故事，內容是她父親把黃金埋在阿肯色州的家中院子裡，然而我告訴她這不一樣：我們又不是在埋東西。我們做的正好相反：誕生。她注視院子，看著我們辛苦熬出的湯，那些洞的嘴巴正在大口吞下水，同時又吐出更多水。我知道她伸手要拿什麼，但我還來不及替它取新的名字：哥哥跟我見

- 075 -　女兒　虎姑婆（二）

過父親做同樣的動作，他用雙手扣住了阿蛇的脖子。

母親揮動阿蛇。我躲開牠熱辣並發出嘶嘶聲的錫嘴。只有她能讓阿蛇活起來，她還會把自己的血借給牠。阿蛇沒咬到我的屁股，但擊中了我的肩骨發出響聲。父親一開始喜歡下手輕一些，先讓我們的皮膚適應，接著他就會讓阿蛇如光速般猛烈甩動，打算擊中一切。如果說父親把痛苦當成複數，那麼母親就是單數了。她在哪裡？每當她在心裡擱淺，好幾個鐘頭不說話，從某個不認識我們的地方上岸，哥哥跟我就會這麼問。在記憶裡，我說。在另一種人生中，會有某件事提醒她要遠離水，而我們並不相信她，還把院子裝滿了水，也藉此提醒她的肺部有洞。

阿蛇抬起頭咬中我股溝上方的下背部時，我跪到了地上。哥哥在泥漿中某處裝死，假裝成一條翻肚的魚。

她在空中揮動阿蛇，先用牠套住太陽，接著再抽打我的背。我拱起背部把骨頭當成碉堡，然後祈禱自己可以跟腳下的水交換皮膚。她用她的名字稱呼我，在我身上揍著她自己。我知道說什麼能讓她住手：我一叫她阿嬤，阿蛇就不再屈伸牠的脊椎了。牠的銀色嘴巴被甩開，在某個地方變成了太陽。阿嬤，我又說了一次。母親丟下阿蛇，說，那不是我。我說，我知道我知道我知道。我的手臂像蛇一樣環抱住她的腰，嘴脣停在她肚

臍上，像揮拳一樣用力親下去。把她當成我的獵物。

她把我餵給阿蛇吃之後，我屁股上被阿蛇那顆銀色的頭咬到之處結了一塊痂。我用手指推開痂，發現底下有個洞，跟我的手指一樣深，跟手套的孔洞一樣沒有血。我將食指伸進去，試圖判斷它是哪種洞。我能說出洞的名稱：井、子宮、傷口；我哥用鉛筆在牆上戳出的開口，他以為牆壁會自己結疤，結果卻沒有，於是他用鼻屎乾塞進去，讓它們硬化變成石頭；湖、海──這表示世界絕大部分都是一個洞，這表示我來自於洞、動物地道、肛門、地圖。我的手指在屁股上方那個洞裡轉動，心想這肯定是一道斷層線的開端，是我的脊椎發生了地殼移動。

我想過要告訴母親，可是她每次都說洞很危險，只會導致消失。它們是造成損失的最大原因。但我告訴她，我們家院子那些洞跟她的喉嚨方向平行，深度相同，也一樣黑暗。把它們當成是在對妳致敬吧，我在隔天說，而此時院子裡的洪水全都蒸發了。不過她把它們看作了出生的洞，彷彿我是接生了某種災難的產婆。我看著她在院子裡一一查

- 077 -　女兒　虎姑婆（二）

看每個洞,好像那些都是某種捕捉動物的陷阱。當她開始把土踢回洞裡,我就到外面抓住她的腳踝阻止她。

她扭開她的腳,一屁股坐到地上,然後說:在挖洞之前,妳必須知道妳擁有的是誰的手。妳阿嬤,她說,在管教方面就跟河流一樣有耐力。我們站在廚房窗戶旁看著外面的洞時,她說我應該要做好準備,因為阿嬤晚上會來吃我們的腳趾。她會從哪裡來?我說,接著她就指向那些洞。我笑起來,說沒有任何女人可以通過那種大小的洞。要是阿嬤像樹一樣笨重地從那裡出現,我們就一起砍倒她,把那個女人跟她體內的老虎分開。妳是我的母親,我說,妳本來就該讓我準備好應付未來。

可是有誰,她說,能讓妳準備好應付過去呢?

行走的樹:我母親親自訴說的故事

關於阿肯色州,我所記得的是天氣。就跟島上一樣。我們把所有的錢存下來搭飛機,結果抵達了我們才離開的地方。那裡在下雨,下著我們的汗水。我們的血變成鏡子的顏色,蚊子則跟我們的皮膚交配。我能夠說出每一個品種的樹名,模仿它們口渴的

姿態。我們離開宜蘭的時候是颱風季節，而颱風好像把我們裝上了馬鞍，騎著我們來到這裡。我們的屁股以風的形式逃到了這裡。阿肯色州在內陸，跟那座島相反，可是這裡的天氣一模一樣。此處非常潮濕，空氣中充滿白髮般的蒸汽，我們的膝蓋都被煮熟了。還有那裡的樹，它們看起來就跟宜蘭的樹沒兩樣，大屁股，長滿關節，停在上頭的鳥就像鬍子。在我出生的地方有個故事。是關於能夠行走的樹。每到晚上，它們會用樹根站起來，離開土壤。它們會穿過河流，捲起所有的水，讓河變得口乾舌燥。它們會走到城市，跪進水泥裡，將自己種在街道上。它們會走向大海，把自己挖空變成獨木舟，用它們的肚子在水面滑行。它們會一直走一直走。到了早上，那些樹絕對不會留在原處。而姊姊們跟我會去尋找其他的樹。我們去問所有鄰居他們看見了什麼。可是樹就這樣失蹤了。走掉了。它們會側躺著，或是抱在一起圍成一圈，或者全部消失只剩下一棵樹。地上有很多洞，原本是樹根所在之處。它們很深，深到我爸得用豬血在洞口畫圈，警告孩子們別靠近，免得摔進去。有一次一隻公牛走進了其中一個樹洞，結果腿都摔斷了。我爸拿他的軍用手槍殺了牠。就在額頭，這裡，我指的地方。牛不像豬，牠們死的時候不會發出聲音。牠們只會直接倒下。就跟樹一樣。我父親會讓牛操勞過度，以至於牠們都被累

-079- 女兒 虎姑婆（二）

死。就在耕田的時候直接倒下。而且牠們身上根本沒有肉可以吃。只有髖骨跟牛皮,也許還有一顆白齒。我們能吃的只有眼睛。我姊說,我敢打賭要是我們種下那些眼睛,就會長出一隻新的牛。可是動物又不像樹,牠們不會長回來。這是我學會的。在阿肯色州,沒有其他跟我們同種的人。有些男人會帶槍,但他們不像爸是軍人。他們看著我們的樣子,就像覺得我們是應該射殺的斷腿動物,這並不是因為他們恨我們,而是因為他們想拯救掉進洞裡的我們。其他家庭都有轎車或卡車,他們會開車去買食物。至於我們,我們就用走的。我們會走上好幾哩。我們走到雜貨店,買了肉罐頭,後來才發現那是貓食。為什麼貓有專屬的食物。為什麼我們的飢餓就不特別?貓食其實還不難吃。嚐起來不像其他味道。我們自從降落於此之後就無法再品嘗了。我們不習慣這裡的口味。當我們的舌頭往後縮,停在喉嚨後方,然後用力抽打,切斷了名字。我們走到雙腳像魚一樣跳動。我們就像那些牛走著⋯⋯走向死亡。

女兒

虎姑婆（三）

母親在天空換穿上別的顏色之前就準備好要去上班了。她最新的工作是在足浴館,那裡的遮光窗上有結成塊的灰塵,外頭的招牌寫著：**樹木從根部死去──人類從腳部老去！！！！！**我討厭腳,她邊說邊扣著Polo衫的釦子,那件衣服上還有一個腳印的標誌。它們看起來就像去皮的魚,死在我的手裡。我只想切開它們,挑掉它們的骨頭。我在替一隻腳上油的時候,會假裝自己是在活活油炸它。

她拿我來練習按摩,把我的腳踝浸在一桶自來水裡,然後摩擦我長繭的雙腳。她說腳底每個區域都對應著我體內的器官：我的頭是大腳趾,我的肺是拇趾外翻的地方,我的心則是腳後跟,所以我應該要注意自己會踩到什麼。

今天我背後的洞長出了一株樹苗⋯⋯就跟我

哥晨勃時一樣硬，彷彿一種刺激。那是一條尾巴，橘底黑圈，毛纏結在一種糖漿之中，那種液體濃到無法變成血，卻也淡到無法成為柏油。嘗起來是煙味。尾巴的長度和寬度跟我的前臂相當，可是中心的部分會痛，就像我的骨頭長得比我還快。尾巴的根部拉掉尾巴，可是上面的毛太油滑了抓不住。尾巴一定跟我的骨頭交配了，它播下的種將會穿破我的皮膚，長出爪子或犬齒。明天母親就會騎著我在家裡到處去，而我是她偷偷放進獵獸體內的女兒。我就叫妳別挖那些洞了，她會邊說邊撫摸我的脖子，然後用一把園藝剪切除我的卵巢。唯一自然的洞就是妳用來拉屎的那一個。

哥哥叫我站起來，檢查我的褲子後面，然後說除非刻意尋找，否則沒人會注意到我的尾巴，而且根本沒人會看我的扁屁股，就算它著火了也一樣。虎姑婆是我全身骨頭的新統治者。我告訴他尾巴的問題不如症狀嚴重：我正在變成老虎。我在浴室裡用力想從那樣。它正在生長，有如一顆壞掉的牙齒脈動著。哥哥在我們一起睡的床墊上轉過身來，看見我把尾巴當成脖子使勁扭緊，試圖用拳頭勒死它。他笑得太用力了，結果最後一顆乳牙飛出去，擊落了吊扇。

她告訴我要小心可能會進入洞的東西，但我比較害怕會從洞出來的東西。有一次，她對我念了好幾天，一直強調千萬不能讓男人進我的房間。可是我房間裡就住著一個

虎靈寓言　BESTIARY　- 082 -

啊！我說。母親說兄弟在結婚之前都不算男人，而我哥永遠不會結婚，因為他不被允許愛別的女人勝過母親。我聽到了，哥哥說。我已經決定不愛任何人了。這樣對每一個人都公平。她還說了其他的話：衛生棉條是美國人的宣傳手法。那條垂在妳體外的線就像手榴彈的插銷。妳一把它拉出來，妳的體內就會開始進入一段戒嚴時期。

隔天早上我還是一樣。披著女孩的外表。我的皮膚仍然是我的皮膚。也許我得等一段時間才會變形：母親總說月亮不會一天就變白。我本想把院子裡所有的洞都縫補起來，不過它們背著我繁殖了⋯我猜不到是什麼肉了它們。

那天晚上，我在睡覺時聽見一種哼聲。那陣聲音擾亂了黑暗。我的尾巴撞擊床墊，於是我伸出拳頭勒住它，逼它安靜下來。哼聲聽起來像是我發出的，不過我一起身，就被它吸引得出神了。

當時還不算晚，天空有口臭味，如雀斑分布的星星彷彿舌頭上的白色細菌。自從長出尾巴之後，我的夜視能力就變得更好了⋯我的眼睛會鎖定溫度。我每次都能看出臉

- 083 - **女兒** 虎姑婆（三）

孔的外形，但永遠看不到嘴巴。我可以看見身體的外形，卻看不出對方跟我的距離。我跪在土裡，耳朵輕移到其中一個洞的上方。它有我的牙齒。它呼出的高溫有如子彈。那個洞像男人一樣對我吹口哨。我站起來。那些洞像裙子一樣展開，沒出聲地說著尚未具有意義的話語。我望向最靠近自己的洞裡，然後把手伸進去。經過一分鐘後，那個洞鬆開了我的手腕，接著嘔吐出我的拳頭。那些洞再次安靜下來時，嘴脣之間悄悄冒出了蒸汽，而我也回到屋裡，把雙手當成燈籠提在前方走著。我的手到手腕部分都很乾淨，看不出它們剛才進入過什麼地方。到了早上，我告訴哥哥關於那些洞以及它們呼吸的事。

他要我帶他去看，於是我們一起到院子裡。它們聞起來好臭，我說。因為掩埋了垃圾，我哥說。因為它們是屍體，我說。

哥哥彎下腰檢查每一個洞，最深的就跟我們的腿一樣長。在中間那排的中心，有一個洞是方形，看起來像一扇窗，也像代表嘴巴的那個字：口。

我對著它祈禱：親愛的上帝，請將我的尾巴當成開關切換，要不要把我變成老虎都行，我不在乎，反正選一個就是了。讓我成為獨一無二的物種，她的飢餓沒有名字，只是一個洞，她的過去沒有名字，卻仍在發生。

母親從不承認拿了鴨叔的錢，可是今年我們所有的帳單都能準時支付，他還買了一輛全新的低底盤汽車，在街上潛行時完全不會擾動空氣。他的餐廳現在開了三間，每個地方都採用一樣的仿製水晶吊燈、紅色地毯、穿西裝背心的服務生，以及鍍金亮到你得別開眼睛才能點餐的點心推車。母親開始在他離這裡最近的一間餐廳兼職當女服務生，她會把小費收集到身上那件鑲金仿皮褲的腰帶裡。

換班休息時，母親會在收據背後寫字，列出父親可能發生的婚外情：他老闆的新接待員是個來自鄉下的婊子。打掃他宿舍的女人是個來自鄉下的婊子。電話接線生是個來自鄉下的婊子。他每天都會打給她，假裝要求轉接電話，後來有一天他表達了愛意，就像撥打了免費電話。她的聲音變成一隻蠢鴿子，而她在試圖飛進他臥室的時候撞上了玻璃。她死了，而他娶了窗戶上的血跡。

在跟父親講電話時，母親的聲音會像個碗一樣變得深沉，裡面的內容物因為太深而無法理解。我們今天去了動物園。妹妹第一次看見老虎，結果尿褲子了。哥哥尿在他的美式剉冰上，放進褲子，在鳥園裡邊跑邊喊著**新鮮的尿尿冰！免費享用**。

跟鴨叔在動物園時，我認出了老虎尾巴的環狀花紋，就跟我睡覺時擋住的尾巴一模一樣。我睡覺會把尾巴放在床單上，害怕我的身體要是被它觸碰就會遭到汙染，變成一隻野獸。我醒來時嘴裡會有母親被咬斷的腳。我叫哥哥在我身邊時要小心：我會在他睡覺的時候獵殺他。保護好你的腳，用膠帶把它們黏在床墊上，我說。早上要數自己的腳趾。我在他醒來之前大聲地數，在數到十之前不准自己呼吸或在房間裡尋找光線。每天早上我都大聲說出自己的飢餓，替我未來的身體練習：今天我想要吃掉母親。我會盡量把她吃進肚子裡，然後重新生下她。我會吃掉她，再讓她擁有新的未來。

鴨叔帶了三個保鮮盒，裡面裝著點心、肉上面放豆子的燒賣，快要撐破外皮的蝦餃。我們推擠開一個白人家庭坐在野餐桌旁，用手拿的方式吃光全部，還把手指舔到都發光了。在老虎展示區預定有一場餵食秀，於是我們往回走，看著動物園管理員把冷凍肉排固定在一根三十呎長的竿子上。他將竿子伸進柵欄，越過壕溝，移向裡面那片棕褐色的場地和人造石穴。老虎正側躺著打瞌睡，連看都沒看在十呎外揮舞的肉旗。

哥哥用力踢柵欄。老虎繼續睡。其他人都離開要去看三點的海豹餵食秀，但我們還是留下來看。那天我們是最後離開老虎的人，肉排已經解凍，變成一塊有硬皮的腐肉。我們繼續看著，確信只要待得夠久，老虎就會徹底喚醒牠它的臭味穿過柵欄撲向我們。

的飢餓，向我們展示野外的做法。那塊肉排會反轉變成牛，然後走進老虎的嘴裡。結果，我們在夜晚打開紫色的斗篷時開車回家。鴨叔說，在中國，老虎都是真的，才不像這裡隔那麼遠。你可以付錢讓人把一隻綁起來的山羊丟進去，他們還會讓你從巴士上近距離看。在中國這幾個字讓母親握著方向盤的手僵住了，而她一直加速，直到我們底下的路都變成了雨水。在中國，老虎早就絕種了。野外已經沒有能夠繁殖的了。

鴨叔的餐廳在經濟衰退期間倒閉了。我聽到電視上說衰退（recession）這個詞，還以為意思是下課休息（recess），只有在那種時候，老師才不會把尺塞進你嘴裡量，說你的口音還差了那麼一吋。但衰退的意思並不是自由，除非自由的意思是沒人付得起鴨叔有一種特製的黑醬——發酵大蒜——可是祕密配方被另一家連鎖餐廳偷走了。他把剩下的食譜都賣掉了。那個時候，鴨叔都沒睡覺，他的脖子細到一顆拳頭就能握住，他的牙齒因為夢遊撞上自己的樹而變成了鋸齒狀。就連他的聲音也不像鴨子了，反而比較像槍。

希望尾巴消失的祈禱：每天晚上念兩次，每天早上念一次

（在家裡數好每根腳趾之前念）

親愛的上帝　親愛的大霸尖山　請讓我的皮膚撤回所有疤痕所有尾巴　讓我的牙齒跟蝴蝶一樣善良無害　讓我的尾巴變成保險絲　要是我點燃它　火焰就會消除我親愛的大霸尖山　如果妳像我阿嬤說的孕育了我們所有人　親愛的大霸尖山　親愛的婆婆請讓全世界的小孩都消失吧　這樣我就只能吃掉自己了　親愛的大霸尖山　親愛的祖先　你們曾經用矛把荷蘭人當點心一樣刺穿　他們可是用裝著屁的袋子轟走了清朝他們把所有日本士兵都變成了肚腹有洞的珠子　他們把我的尾巴當成雨傘打開　讓我獲得保護而非獵殺的能力　遠離女孩女孩女孩女孩　請別再拖延了　如果我一定得變身　就讓我的物種變成一扇窗　一塊草本肥皂　我知道這個故事　妳聽不懂

喔　大霸尖山的乳頭　我們所有人的嘴　請別讓我的身體　困在神話之外

但虎姑婆是一次長出一隻肢體還是一口氣全長出來　我已經具有　她的哪一部分

鴨叔還沒離開的時候，我們曾在他最大的那間餐廳吃東西，位置在一小時路程外的一家購物中心，那裡有賣仿冒電話和酸梅。從玻璃雙扇門進去之前，鴨叔先跟我們說了

規定：不能吐掉任何東西，就算你們噎到了也一樣。不能把麵條整根吞下去後又從鼻子拉出來。不能把你們的任何衣物脫掉放在桌子上。不能造成干擾。紅色地毯讓我流下眼淚，塑膠吊燈低到我們得彎身通行。好幾十臺點心推車就像旋轉木馬一樣在室內繞行。哥哥跟我指著迅速在身邊經過的一切，桌面擁擠到我們必須吃快一點才不會讓它被壓垮。我把嘴裡塞滿了水煮花生，然後吐向哥哥的頭。妳違反了規定，母親一邊說一邊用力捏緊我的嘴脣。鴨叔說他會讓我們吃到嫌自己的嘴巴不夠大。我嘗到了血味，但不知是從哪一道菜來的。

用完餐後，鴨叔說他一直在等著要給我們驚喜。我投資了一樣東西，他說。他向服務生比了個手勢，對方點點頭便走進廚房。四位服務生用推車推出來一個魚缸。魚缸至少跟我一樣高，水染成藍色，藍到幾乎不透明。裡頭空無一物，只有一條紅色緞帶漂浮著，若隱若現。龍魚，母親說，此時我靠近玻璃，才看出那是一條魚，那條緞帶不斷地自己纏繞又解開，有一顆眼睛就像珠子一樣縫在上面。

這要一萬美金，鴨叔說，可是我用半價就買到了。我聽說在父親去的大陸那裡，大飯店都會養龍魚。牠們是從河中偷抓來的。牠們的鱗片愈光亮，就能為主人帶來愈多好運。這條龍魚跟我的手臂一樣長，不停在魚缸裡來回游動。

鴨叔在經濟衰退期間破產後，就將魚缸退回去了。他把龍魚裝進袋子帶回家，放進了馬桶。他說他要把牠沖回大海，但我們都知道鹽分會殺死牠。哥哥跟我拿了個桶子從馬桶把牠撈出來，然後在我們家廚房的水槽放滿水後倒進去，看著牠試圖纏住自己。

我們拿牠去賣一萬美金吧，哥哥說。母親說那條魚是假的。光線一照到牠身上，她就知道了：魚鱗是畫上去的，大概是用指甲油吧。她在他離開的那天晚上宰了牠，刮掉牠被染色的外殼，而我們也看到了牠真正的鱗片，那是一種像煙霧的顏色。

鴨叔離開前的那一晚，我們看見母親跨坐於他在院子裡砍倒的尤加利樹樹樁上。她的手指彎成鉤狀伸向天空，而我們一整個晚上都在等它吸引到東西。接近早上時，有一架飛機劃開了黑暗。它飛得很低，一直追著光線。它著火了，我邊說邊想著鴨叔就在裡面。要是她說星星是魚。可是它們不會動，我們說。因為它們想要被抓到，母親說。

我們把飛機的肚子當成魚切開，他就會披著內臟全身油亮地掉出來。我覺得只有她當餌不公平，於是我也朝天空伸出舌頭，讓它像蟲一樣蠕動，引誘著所有失去的一切。

女兒

虎姑婆（四）

沒有父親的代價：隔絕水公司的通知，用蘇打粉洗澡）。隔絕電力公司的通知（不理的話：房子會挨餓到變成一片黑）。沒有除蟲的人（用膠帶殺螞蟻，用醋殺白蟻，用我們的雙手殺老鼠）。我父親已經兩個星期沒來電，接著又過了好幾個月，後來樹木都開始長出新鬍子了。那年秋天，父親不再寄錢或打電話了，於是母親替我們買了飛往大陸的機票，說她要不就是帶他回家，要不就是在那裡殺了他⋯⋯她還沒確定對他來說哪一種懲罰比較嚴重。

我們在一個上海男人家裡的客廳拍了護照用的相片，之前我父親就曾為了想更快拿到簽證而賄賂他。男人說我得在照片裡露出耳朵，於是用寬厚的大拇指把我的頭髮塞到耳後。他

我們在黑暗中打包行李，母親還一邊咒罵父親的親戚跟他們的工廠，說父親一定是死了，父親一定忘了我們，父親沒打電話回來，父親一定另組了家庭，在另一個女人的雙腿之間祈禱。哥哥求她打開燈，可是她不想我們看見她的臉，看見那愈來愈像恐懼的樣貌。我假裝我們住在地底，長著像電燈泡的頭，這是我們為了前往地表而打包。搭飛機時，我頭靠著母親的頭睡覺，醒來時太陽正像顆蛋黃在窗外跑。建築物刺進了天空。那裡非常潮濕，我甚至可以用空氣嗽口，然後吐出水。哥哥跟我睡在旅館房間的地板，母親則是睡在皮膚色的床上。被單薄到讓光線滲進了我們的夢裡。我們的影子像鯊魚在地面游動。在江蘇的第一晚，我夢見母親跪在我身旁，一隻手握成拳頭塞進我的嘴巴，另一隻手壓著我的鼻子，把空氣囚禁在我的胸口裡。我醒來時以為自己的舌頭乾到變成蟋蟀，跳出了嘴巴，於是我爬到房間裡每個堆滿灰塵的角落尋找它。

到了早上，我們搭計程車到城市邊緣，父親跟他的兩位親戚就在那裡經營吃角子老虎機工廠。烏雲擦掉了天空灑出的光線。我們在計程車上看著母親進入街上每一棟公寓大樓，一再問著父親的名字，直到有人跟我們說他已經離開了。吃角子老虎機的製造商

虎靈寓言 BESTIARY －092－

幾個月前就停產了，大部分的工人都在晚上被趕出城，除了自己的牙齒以外什麼也沒帶走。他們猜測父親回去了他出生的城市，那裡就在西方，比任何叫得出名字的水體都還要遠。

我們搭夜間列車到安徽。哥哥跟我想要回家，在外頭走路跟呼吸兩個鐘頭後，我們的鼻屎乾都變成黑色的了。我們想知道為什麼在旅館外面乞討的男孩們全都少了一樣的身體部位：一隻左手，或是兩隻腳，或是舌頭。我把這誤認成一種親屬關係，以為那些沒有腳的男孩是藉由某種方式展示自己的痛苦來相認。不過母親告訴我，那是因為幫派會買小孩，用同樣的方式傷害他們，再讓他們互相搭配到外面用自己的新身體賺取同情。他們敲打計程車的車窗，那些司機則把他們罵走。

母親什麼都沒給他們。她關門時夾到了其中一個男孩的手指，他的手在車門的鉸鏈處發紫。他的一片指甲掉在母親大腿上，她直接把它彈開。我從座椅的縫隙中拔起那片指甲，當成許願用的硬幣丟向窗外。母親用力打我的手，說別碰那些男孩的指甲，因為他們很髒，我們又不知道他們摸過什麼。我提醒她，她可是靠摸別人的腳維生；腳趾甲可是她的領域。她抓住我的小指，扯掉上面的指甲，動作快到我根本沒流血，那種痛就像一顆明亮的珠子，在我舌頭上來回滾動，弄得我嘗不出任何味道了。別拿我們跟

- 093 - **女兒** 虎姑婆（四）

他們比，她說。另一個男孩的手腕從車窗縫擠進來，打開了手心，母親則是朝那裡吐了口水。

我們在一棟公寓頂樓找到父親，那時母親敲門敲了好久，敲到指節都一個接一個裂開了。他開了門。公寓裡熱得要命，而父親光著腿：我從來沒看過他的膝蓋骨跟他大腿上的毛。

他一見到母親就往後退。在他右手裡有一顆削了皮的蘋果正在燃燒。母親抓住我們的肩膀，把我們的身體推到她前方，讓我們被天花板下方搖擺著的電燈泡照亮。這就是她要帶我們一起來的原因：為了說看看你留給我什麼。

父親吃著蘋果，說他很快就會有新工作。他說，在大陸仍然能得到神的恩賜。美國就只會壓榨我們。母親說他被詛咒了：每一個國家他都負擔不起。她叫他回家。他說我們不應該來的。蘋果讓他的牙齒發亮了。汗水有如亮片裝飾著他的上唇。他叫母親進去臥室，把她鎖在裡面，然後輪流抽打哥哥跟我，而我們則是在沙發上蜷縮起身子。他用

了湯匙、檯燈的電線、有汗味的乾硬上衣。這是在懲罰我們，也是在懲罰母親。哥哥跟我來回滾動身體時，頭撞在了一起。他的頭骨聽起來是空心的，我的則充滿了水。為了轉移注意力，我讓舌頭在嘴巴裡劇烈攪動，同時嘗著自己的血。

被鎖在臥室的母親哀求著想出來。她說，我們以為你死了。你死了。母親總會說，大聲說出祈禱會讓心願無法成真，因為聲音會跟聽者相互抵消。她這是藉由說出他死了來讓他活著。父親打完以後，把頭靠在我脖子上哭了起來。他那吃到一半的蘋果在地上變成一團鮮豔的果泥。他每次都說打我們的時候自己也會痛，而我們的每一道瘀傷都會在他背後投射出一片身體般大的影子。哥哥趴在陽臺的欄杆向外嘔吐，他的肚子裡有一顆彗星。嘔吐物中的血就跟彩色紙屑一樣鮮明。

🎵

在父親那棟公寓的屋頂上可以看見一座模仿長城的遊樂園。它的形狀像脊椎。哥哥在旁邊踱步，父親則讓我坐到他大腿上，說這個地方最適合放風箏了。他讓我看一道已經完全生鏽的欄杆，那裡能讓我一次綁上好幾條風箏線。他要我留下來。我可以跟他一

- 095 - 女兒 虎姑婆（四）

起住，母親跟哥哥則是回家，回去那個讓我得不到名字的國家。他說他正在學做菜，接著讓我看他前臂上的疤痕，那些是他把平底鍋的油倒掉時燙傷的。我沒有說話，於是他帶我到屋頂邊緣，指著遠處的東西考我，要我用中文說出名稱：天空。雲。鳥。車子。斑馬線。飛機。晚上。小孩。然後他指著自己。男人，我說。他緊握住我的手腕，用力到我覺得骨頭就像打火石那樣摩擦，在我的皮膚下生起了火。不對，他說。父親。

他要我不斷重複念，一直到晚上才停。我們回到他的公寓後，父親打開了臥室的門鎖，讓我跟母親一起躺在有他味道的床上，再拉起被單蓋住我們的頭，彷彿蓋著屍體那樣。我假裝被單是水，而我們正在床上涉水，在這裡聲音是石頭，會被吞沒與沉沒。

父親小時候在德州時，自己到公立泳池學會了游泳，那裡的白人小孩會擠在深水區玩鬼抓人，他們的泳褲都是原色，而他們那些有條紋跟花樣的毛巾擺出來就像外國國旗。父親先從淺水區開始，在那裡就連嬰兒都能自己浮起來，不必父母幫忙。即使他躺著，水還是會像被單一樣淹沒他，將他拖向深處。於是他放棄漂浮，決定學著讓肚子靠近池底游，就像側著身體生活的底棲魚類。父親在家裡的浴室訓練自己憋氣，他用一個洗菜盆在廚房的水龍頭裝了水，再將淋浴間有限供應的熱水混進去。他把頭埋進水裡，感覺水撥開了他的嘴巴。第一次練習時，他吞下了半盆水，其他的則是吐出來。他一直

練到讓喉嚨跟鼻孔都能夠閉上。下一次去游泳池的時候,他已經可以在泳池底部坐上好幾個小時,假裝自己是坐在瀑布下方學習忘掉痛苦的和尚。再下一次,他就游了。

他沿著深水區的地板蜿蜒游動,閉著眼睛穿梭於人們的小腿間。他在小孩子之中滑行,鼻子撞到了某人的腳踝。有個人在水面上說,天哪,底下有東西,而疏散了泳池所有人的救生員,竟然誤以為水下的父親是某種逃脫的爬行動物。

幾年前在加州,父親就是這樣教我們游泳的:他拿了根小黃瓜堵塞住水槽,將裡面放滿水,再把我們兩個的頭壓下去。我聽見哥哥在水裡吐氣,他的肺部失去了空氣,我的舌頭則是腫脹成一個口塞。我們一掙扎,他就會把我們的頭壓得更深,一隻手把哥哥的手腕一樣從他背後,另一隻非慣用手則是抓住我。哥哥先撐不住,跪了下去,水就像緞帶一樣從他的肺部流出。我把我的空氣深埋進肚子裡。等我終於抬起頭時,我的手腕也被放開了。父親站在我後面,哥哥則是跪在他旁邊,頸部以上都濕了。我跪到哥哥身邊。下次要久一點,父親說。憋得愈久,游得愈遠。他把一條廚房抹布扭成繩子,放到水槽裡浸濕,然後抽打我們,直到抹布乾掉為止。

- 097 -　**女兒**　虎姑婆（四）

夜晚膝蓋上的月亮像是撞傷的顏色。哥哥醒來時，看見一個白色風箏靠在床邊的牆壁上。那是父親留給我的，好讓我在醒來看到光線之前先看到它：他把風箏裝進行李，一路從加州帶來了這裡。或許他認為這會使我想起我們一起放風箏的時刻，或者也可能是他覺得我會把那片白紙誤認成鬼，於是趕快離開。哥哥一見到風箏，就把它撕毀了。他折斷用免洗筷製作成的骨架。住手，拜託停下來，我說，然後跑過去想盡量救回風箏，可是什麼都救不到。我蹲在鋪著地毯的地板上，小心地把風箏的碎紙屑掃到膝蓋旁堆在一起。在我上方的哥哥不能呼吸，空氣沒辦法離開他的肺。

我問哥哥為什麼，同時抬頭看著他被陰影籠罩的臉。哥哥沒回答。他只說，為什麼他要把那個帶來這裡？我想告訴他，因為他想念我不想念你。因為他知道我也能飛。然而，我卻只是彎著腰從地板之間挑起紙屑。我不想讓父親發現碎片，以為是我做的。

回去床上，我說，但哥哥只是看著我。公寓裡仍然很黑，不過外面天空正開始變成十美分硬幣的顏色。

我們的父親站在臥室門口。他很放鬆，雙手垂在身體兩側，我想告訴他，我們可以

虎靈寓言 BESTIARY　- 098 -

去屋頂。我們可以藉由風箏騎上天空。他的目光集中在我們後面的牆壁上。原本風箏在的地方。父親先看著我,然後看著哥哥。哥哥現在發抖起來,退進了自己的影子中。我開口用自己的話語擋在他們之間:我弄壞了風箏。是我做的。我把手伸進口袋抓出一把紙屑,舉到光線下。紙張從我手中散落,我的指間下起了雪。

我告訴父親我撕毀了風箏,因為我還在生氣他不回家,也無法忍受看到他親自製作的任何東西。床上的被單在動,是母親醒來了。她看見我們三個人站在房間另一端角落,父親的雙手放在哥哥肩膀上,叫他跪下。他指著碎片說。

哥哥的膝蓋彎到一半就停住了。我看得出他用力想站直。他說不要。母親從床上起身,張開手掌,像是要過來撫摸我們。她閉著嘴巴很安靜。我一直說是我做的,我做的,是我,不過父親沒有看我。

哥哥跪到地上。我聽見他膝蓋的骨頭聲。哥哥的上臂很濕;原來之前我把他的汗水看成了影子。房間被日光照亮時,他彷彿祈禱般低下頭靠向地板。他用舌頭壓住地面上的一張碎紙。我想像那會像威化餅一樣溶解,結果它還留在那裡,濕濕的固定住。哥哥抬起頭。他站起來吐了口口水。我們聽見它著陸的聲音⋯⋯一坨口水擊中了父親的臉頰。母親伸手摸著自己的臉。

父親一把抓住哥哥的藍色上衣想舉起他。可是哥哥用力扭開了。他的骨頭一直都跟鳥一樣，在父親的手裡輕到都要飛起來了。他跑向門口，穿越走廊，然後從樓梯上到屋頂。後來我問他為何要往上跑而不是往下，他卻什麼都不告訴我。

樓梯間很暗，彷彿再次把黑夜的開關打開，不過大家還是跟著他上去了。我們在屋頂上散開，這裡跟停車場一樣大，晾衣繩掛著又重又濕就像肉的衣物。有人才剛燒過某種東西，空氣中充滿了閒言閒語的煙霧。屋頂的中心有一座用合板跟保鮮膜搭建成的雞舍，裡頭的兩隻母雞看起來像是死了。我哥就站在屋頂的最邊緣。那裡的欄杆將影子彎曲，繞住他的手腕。

最接近他的人是我。我用大拇指勾住哥哥牛仔褲後方的皮帶環，可是他已經爬過欄杆，鐵鏽還脫落黏在他手上。我靠上前到看得見為止。他不算是跳，比較像是衝過天空。他不是從空中掉落，而是變成了空氣。接著父親來到我身後，抓住我的頭髮把我拉起來，然後說回來這裡，回來。我不知道他是在對哥哥還是對我說話。母親一上來屋頂就沒再動過了。她變成一座鹽製的塑像，在我的眼中凝固，不過我看見她正在說些什麼，應該是想用意志力讓他長出翅膀。

這棟建築至少有一百層樓，而我們第一次透過計程車的車窗看見它時，哥哥說那就

虎靈寓言 BESTIARY　　- 100 -

像一根勃起的大雞雞。天空中的大雞雞。我叫他閉嘴，那才不是，它很美，上面一樣又一排的窗戶就像眼睛一樣打開著。你不會想住在那種地方嗎，我問他。全世界都在你的窗裡。我哥說，不，我絕對不要住在他住的地方。

然而這棟建築卻不夠高了。我想要它永遠沒有盡頭，我想要地面就跟歷史一樣遙遠。看著這一切發生的母親，一定會把故事說得更精彩⋯⋯她會說父親喜愛風箏到自己都變成了風箏，而我哥則是借來了新的骨頭。我們兩人看著父親跟哥哥落下，就像他們的腳踝被一條風箏線綁在一起，猛然被拉了下去。我伸手抓他的腳踝，可是他的想望太沉重了，我承受不住。

父親緊跟著哥哥掉落到一半時，他們的身體開始上升了。兩人如風箏般水平停留在半空，接著就拍動起來，乘著風往上方飛出，彷彿刀在空中劃出弧線。哥哥穿過一片雲，向上經過母親跟我所在的屋頂，這時我們的手正抓著欄杆，嘴巴張大成跟警報器一樣的圓形。

父親掌握住另一陣風，適度揮動手腳，懸浮於屋頂和街道的中間。接著他向左彎，繞了這棟建築一圈後就往上升。霧霾讓他的身體在空中變成一道汙跡，使得母親跟我一度忘了他們是人。我們看著他們，那就像兩個正在飛的風箏。母親小時候看過鬥風箏，

為了割斷彼此的風箏線，人們會將玻璃粉塗在線上。輸掉的風箏被割斷線，就像灰燼一樣落回地面。

父親和哥哥把天空背在背上。他們朝著對方傾斜、繞圈，從地面看的話，他們很像是在戰鬥或跳舞。他們的下腹部出現了風箏線，彷彿被拉開的絲線不斷下降。那兩條線懸在空中，跟雨絲一樣明顯。母親跟我伸出手抓住線的安全繩，擺動手腕讓他們搭配風向，哄誘他們飛向被啄出來的太陽，操縱他們前往我們無法跟隨的地方。

哥哥先降落。我們在屋頂上等了幾個鐘頭，脖子因為一直看著天空都軟掉了。他下來的時候是中午。他在屋頂上盤旋，接著風就把他交還給我們。他的肚子重重著地，並且擦傷了下巴。後來那裡結的痂看起來就像鬍子的影子。

我們看著父親飛進又飛出視線，他的四肢展開有如天空中的海星。我們沒等他下來。我們把他留在半空中，直接離開屋頂，這時哥哥下巴的血都流進了手心。母親站到街上攔了一輛計程車。我透過車窗看天空。那棟建築像一根手指擺動著。我想確認父親

是不是還在建築上方的空中某處,但我所看到的許多形體都只是鳥。

父親終於回到加州,但不是用飛的。是從窗戶回來的。他在太平洋的某處弄丟了鑰匙,而我們又都沒聽見他用拳頭敲到門都快壞掉的聲音。即將天亮時,他決定打破那扇唯一臨街的窗戶,讓碎玻璃像禮服般飄落。他把鞋子留在草坪,翻過窗戶,降落在屋內的地毯上。碎片割去了他腳上的皮膚。他先到我們的房間,這間臥室的牆壁上覆滿了蒼蠅,所以我每次醒來時嘴裡都塞滿了蒼蠅卵。哥哥每天晚上都尿濕我們的床墊,他會夢到自己是園丁,正拿著水管澆花,那些花的刺是舌頭,全都在舔著他的陰莖,直到它流血為止。

母親一聽見我們的房間裡有個男人,就抓起床邊桌上的花瓶跑過來。她擋在我們臥室門口,睡袍有如蒼白的翅膀展開,看起來比較像一隻蛾,而不是我們的母親。他轉身面向她。她用花瓶丟他,結果花瓶砸在另一邊牆上,碎玻璃就像鹽把地毯弄鹹了。後來,她聲稱自己沒看見他的臉。她以為他是掠食者,要在我們睡覺時剝了我們的皮。我

- 103 -　女兒　虎姑婆(四)

們等到天亮才清理碎玻璃，大家全都跪在地上，像拔草一樣拔起玻璃，我拔起一塊碎屑時割傷了大拇指，一滴滴的血落在地毯上，就算母親在傷口塗了一堆泥巴，用嘴吸乾那裡的血，還拿繩子在我的大拇指根部打了個結，血仍然流了好幾天才停。

父親在家裡實施階級制：他的碗盤在水槽裡要疊在我們上方，他的拖鞋擺放在最靠近門的位置，他的桌位面向窗子，我們的則面向牆壁。我本來在睡覺時會吸大拇指，一直吸到骨頭，可是現在父親會在上頭塗生薑根，讓我的嘴巴刺痛醒來。會痛就有用，他說。之前他每星期六都會去的那間撞球館，現在變成了一座公園，那裡有幾個跟盤子一樣大的池塘，還有被過度餵養的鴨子在噴泉附近築巢。每次我們過去，他都叫我不要碰鴨子。母親會聞出小孩被別的動物碰過，接著她就不會再餵牠了。一隻手是由它握持的東西所擁有，一隻手就是一整個國家。我問為什麼，他說觸碰代表了地盤。一隻手就是一整個國家。睡前，我碰了自己的腋下、屁股縫、像花生的腳趾、尾巴。曾經有隻鳥在我身上啄出來的肚臍。我全都碰了兩次。把我身上的每個部位都命名為夜之居民。

父親回家的第一週，我的尾巴長出了自己的骨頭。一道瘀青就像鷹架搭上了我的脊椎。晚上，母親會跟著父親進入他房間的人造黑暗之中——他將包肉紙黏在所有窗戶上，因為變態可能會偷看。晚上⋯⋯會聽到她下巴將牙齒關起來的聲音。我並不是因為這個東西才別開頭：是因為父親相對的沉默，因為那種性愛聽起來不像兩個軀體加在一起，而是減掉其中一個。

晚上，我去找櫃子裡的餅乾罐，我的耳朵一直被裡頭碰撞著的腳趾吸引。那些腳趾正在爭搶地盤，彷彿各自所屬的身體是敵人。我一拳敲在蓋子上，結果它們射了出來，像子彈衝破了蓋子。其中一個飛進又飛出我的嘴巴，挑逗我的牙齒去咬它。

在父親回家之前，母親晚上都會陪我。我們會在沙發上看《慾望師奶》（Desperate Housewives），那張沙發一碰到我們的體溫就會像麵包一樣膨脹起來。我會用中文替對話配音，母親則把嘴裡的五香花生吐向螢幕上的所有金髮女人。我問她想要娶其中哪一位妻子，她說蓋比（Gaby）⋯⋯她穿豹紋，這表示她一定跟虎姑婆有關係。兩者都有一段飢餓的歷史。

晚上，我的夢境將《慾望師奶》的情節跟虎姑婆拼貼在一起⋯⋯在這個夢中，蓋比

- 105 -　**女兒**　虎姑婆（四）

跟她的景觀設計師在主臥室裡做愛，她的丈夫則是在外工作。不過景觀設計師的陰莖進入她體內時在頂部長出了一圈犬齒，他的手掌則變成爪子。景觀設計師試圖吞下自己的爪子，可是為時已晚。她丈夫回家後發現一隻老虎在主臥室裡踱步，還想用牠的鼻子推開窗戶。他的太太在地上，有一部割草機一邊繞著她轉，一邊剝掉了地毯。我向母親講述這個夢時，她就把錄下的每一集內容都刪掉了。我們喜歡蓋比的原因在於她是唯一跟我們有著同樣頭髮的人。她有最大的櫃子，比我們的臥室還大。電視螢幕上有一條裂縫，所以每個場景都有光漏出來，為影像加上條紋，把她的臉弄成我的樣子。我想用舌頭在蓋比的皮膚上滑動，將她的汗水撞離皮膚，看起來就像長了翅膀的結晶鹽。結果，我只是在她的臉出現時舔著螢幕，在她的牙齒上嘗到自己的血。

∽

我知道一個故事：在某個朝代，有一位父親生病了，女兒就割下自己大腿的一塊肉，炒了以後餵給父親吃。有些女兒甚至會獻出自己的膝蓋。割股⋯⋯為了治癒比你更早出生的人。父親捏了捏我膝蓋上方的肉，然後說⋯⋯要是我生病了，妳會給我這個嗎？他

虎靈寓言 BESTIARY　　- 106 -

說他需要我的那塊肉。那是他回家的第二天，當時我們在廚房。父親花了好幾個小時將水槽裝滿水又放掉，不斷在水面潦草寫著自己的名字。我告訴他水絕對不會記住的。他往後退，捧著自己的肋骨，假裝要咳出自己的拳頭。

我快死了，他邊說邊表演著身體側面有一道傷口的樣子，我沒獻出自己的小腿，反而從廚房跑到客廳，讓他走在自己假裝的血泊中。我的尾巴像保險絲在屁股之間燃燒，高溫逐漸傳到根部，讓我的下背部感到一陣揮之不去的痛。我向前屈身，隆起背部，直到手掌貼住硬木地板，四肢著地，而我的尾巴就在雙腿之間輕輕揮動著。我聽見父親在我後方的廚房裡，他背對我站著，於是我起身，看著他的後頸，上面的血管就像活著的蛇。母親有一次告訴我，蛇是從一個神被切斷的手指演變而成，那個神住在月亮上，她剪去了自己的手指扔到地球上，作為試圖偷走太陽的自我懲罰。當我看著父親，我心想，每一條蛇一定都為了血而到處流浪，想尋找自己是從哪隻手被割下的。當我看著父親，我的尾巴就像鞭子一樣捲開，在半空中偵察，然後舔著我的腿讓我前進。它猛撞我的膝蓋，一邊唱一邊懇求：讓我的嘴扣住他的脖子，用我的牙齒解開他的血管。把他的雙手埋在院子裡，因為他從我身邊偷走了母親。

然而，我還是考慮著用什麼方式煮自己的膝蓋來治療他最好。就算他的血是蛇變

- 107 -　**女兒**　虎姑婆（四）

成的，我在我的故事中還是必須救他。他轉過身，看見我正在揉自己的膝蓋，並且蹲低身體想舔掉我在地上的影子，他便露出笑容，問我是不是在祈禱。幾行疲倦的皺紋聚集在他眉毛上方。汗水如漏油般讓他的皮膚發出光澤。在他的嘴巴深處，臼齒戴著銀色帽子，蓋住了裡頭的光線，於是我別開眼神。我想起有一次他解開了我纏在一棵樹上的風箏線：他告訴我，割斷線是救不了風箏的。它只會逃離我。於是他爬上樹，從樹皮解下風箏線，我才終於能把風箏拉回來，讓它脫離天空的掌握。

我跑向浴室，坐在馬桶上，讓尾巴懸垂下去，它的痛也因為水的輕撫而逐漸消退。在洗手臺上方的鏡子裡，有一道陰影把我的臉分成兩半，而我的尾巴就像手一樣纏繞住我的大腿，讓我膝蓋以上的部分都窒息了。它不肯放開我的腿，直到我答應要讓它替我獵食，為我傷痛。

虎靈寓言 BESTIARY　　-108-

女兒

動物寓言集

我哥跟其他年紀較大的男孩會朝占滿了天空和擋球柵欄的烏鴉揮棒。我每天都會看他們玩，還會繞著棒球場走好幾圈，一邊測量我胃口的半徑，一邊也想挑戰陽光，看它敢不敢把我的皮膚鞭打出條紋。我的尾巴會像避雷針一樣學習，吸收那些男孩手上的溫度，然後它就會脫離身體變成一根球棒。成為我手中的武器。今天，有隻烏鴉用一隻腳緊抓著擊球籠的側面，牠的左邊翅膀長了膿包，呈現粉紅色。一個男孩扭動身體準備揮擊。那隻烏鴉顫抖著身體在理毛，太陽照著牠還完好的翅膀。我站在邊線上，大喊著想警告牠離開柵欄。

可是棒子來得太快，烏鴉就像一顆拳頭皺縮起來，撞凹了地面。男孩把球棒當成指揮棒

- 109 -　女兒　動物寓言集

般轉動,然後繞墨包跑了一圈,在本壘板上把血擦掉。我的尾巴很想插手這件事,它在我的脊椎邊緣來回擺動,速度跟我的脈搏一致。它想跳進球場吃掉那些男孩,讓他們斷掉的腳在場上就像魚一樣軟弱地跳動。到時老師們就得燒掉屍體,然後打電話給我母親,而她會把我的手腳綁在柱子上,採收我的骨髓,將我蒸餾成老虎酒。我別過頭,努力平靜下來。

天空撞傷變成夜晚時,我才回頭看見那隻烏鴉張開翅膀和腳倒在土裡,就跟牠的影子一樣扁平。有人用羽毛在烏鴉周圍豎起一圈柵欄,在屍體旁圍起了犯罪現場。是班(Ben)做的,班就像黏在我們膝蓋上的瀝青,班住在這座被乾旱麻醉的城市,班會在攀爬架上像鐘一樣擺動,班留著蘑菇頭,班彷彿是我們頭頂上那顆如屁眼般皺縮的太陽。那個女孩家鄉在寧夏,是年中時來的,她可以把西瓜子吐得非常遠,能掠過大海,在另一個國家種下。她戴著頭盔從擊球籠出現。她的手心裡有一顆梅子。她一口咬下去,把果核吐在我腳邊。那是我以後會挖出的化石,時間可追溯至今日:我的渴望之誕生。她的另一隻手裡握著一根羽毛,如同一把出鞘的刀。她有我母親所謂的蘿蔔腳踝,骨頭粗厚又覆蓋著一層泥土,好像不到一個小時前才剛從土裡拔出來,從她的頭髮開始誕生於半空中。我的尾巴在裙子底下像指南針一樣移動,緊緊對準她的方

向。我雙腿緊閉，免得讓她看見。

她摘下棒球頭盔時，汗水讓短髮黏住脖子，彷彿上了一層亮光漆。她的眉毛很直，在額頭上就像連字號，我好想用手指畫一條線把它們連接起來。根據我的計算：她的膚色比我淺了一點五度，跟太陽的距離比我近了兩吋。她的一邊眼睛是單眼皮，另一邊是雙眼皮，我母親稱之為龍鳳眼：一隻眼睛看東西會覺得比較遠，另一隻眼睛看東西會覺得比較近。我遠在球場的另一側，但又近到足以被她的氣息烤熟。我想成為她眼中的樣子：擁有多個身體，無處不在，這麼一來她隨時踏出每一步都會抵達我。

班蹲在沙子裡，裙子朝太陽的方向掀起。我看著她彎曲的小腿毛，然後看著自己無毛的皮膚。我在烏鴉屍體周圍擺了更多羽毛。我問她想做什麼，她說，不讓太陽照到牠的傷口。我說牠已經死了，她說再看一遍。

我注視班的影子，盡量不去看她的臉，看著那四顆痣從她的下巴一路延伸到下脣。那個墜飾躲進了她上衣的領口裡，而我的目光一直嘗試突破那道邊界。

我們中間的那隻鳥身上少了羽毛，周圍有一圈血就像護城河，牠的心臟則是在身體旁邊。我查看烏鴉的胸部想尋找傷口，應該有個洞讓心臟就像鈕釦一樣彈出來，可是什

-111- 女兒 動物寓言集

麼都沒發現。沙子裡那顆心臟跟我的拇指一樣大，它正在跳動，顏色發青。我不知道心臟可以在身體外跳動，然而班似乎並不意外。我們看著它跳動卻什麼也抽送不到，它的外表起了皺紋，每一次跳動的力道都讓自己滾動得離身體愈來愈遠。

班靠近跪下。我以為她可能會從沙子裡舔起心臟吞掉。結果她說，我們必須把它放回裡面。我問她要怎麼做：又沒有洞可以將它推進去。她說，我們要餵給牠。她的手指已經打開了鳥嘴。我用拇指跟食指捏起心臟，在指間滾動著，那就像一顆被太陽曬壞的血莓果。班叫我快一點，那隻鳥已經打開了，於是我把莓果心臟塞進牠的兩片嘴巴之間。我們等待牠醒來。烏鴉在沙裡抽動，作嘔了一聲，接著心臟就落入牠體內的黑暗之中。班將牠捧在手裡，走向梧桐樹，那棵樹就在充當我們教室的拖車前方。不過那隻鳥想要張開牠有如彈簧刀的翅膀，抽打著她的手，讓她不得不在我們抵達樹之前就放開牠。烏鴉向後飛，在前方的是尾巴而不是頭⋯⋯班肯定是把天空當成了電視螢幕，倒帶播放牠的飛行。

那是我們一起走路回家的第一天。班住在城的另一邊，那裡沒有垃圾掩埋場，而且還有很多待出售的空地。我們的城市永遠處於青春期，新的建築、學校、公園、垃圾掩埋場就像青春痘突起，然後又逐漸變得平坦，而街道都被那些建設的影子留下了疤痕。

虎靈寓言 BESTIARY　- 112 -

我沒告訴她我往南走太遠了。我應該要在家裡，不是在人行道上看著我們影子的肩骨相碰。她脖子上掛的墜飾甩了出來，而她將它塞回上衣裡。她一邊走，我一邊考慮要偷走墜飾，從項鍊用力扯下它，然後吸吮它，直到我的嘴巴都變成了銀色。我想要擁有跟她皮膚同樣溫度的東西，當成她觸碰過的護身符。

每過一個街區我就會停下來看她。城市的景觀彷彿皇冠戴在她頭上，各式建築從她的頭骨冒出。我們走到街區盡頭時，班蹲到路面上。她開始咳嗽，沙子隨即從她嘴裡噴出，在人行道灑了一地黃金。她站起來後，我問她是不是吞下了棒球場的沙子。她笑著搖頭，說她肚子裡有一片沙暴，偶爾沙子會通過她的腸子，把她的腸胃沖刷得像玻璃一樣乾淨。

班告訴我她是在什麼天氣裡醞釀而成：我是在一場沙暴期間被懷上的，她說。在她出生的寧夏，沙子會在天空變成一塊毛皮，讓大家好幾個月什麼都看不見。他們會把圍巾弄濕圍在嘴邊，而沙子會剝去他們的門牙、他們的睫毛。我問班要怎麼知道誰是誰，她的回答是閉上眼睛，伸出雙臂。我們就像這樣走路。她揉著我的臉頰，弄出了酒窩。她的觸碰比語言更能定義我。我想說我能理解她肚子裡的沙：我的體內也有一股超乎常人的飢餓。

碰到那些羽毛，我說，妳覺得我們會生病嗎？那年年初，電視上一再警告大家有亞洲禽流感，而老師們來學校時也都戴著有風扇呼呼轉的面罩。你們這裡人太多了，我們不想生病。他們說，物種的疾病會互傳，而SARS是來自蝙蝠跟其他有翅膀的東西。他們說，當鳥跟人靠得太近，其中一方就會生病。

班說她對禽流感免疫。她的祖母就死於禽流感，而她接觸過病毒，這表示我現在也暴露其中了。她說我想要的話可以逃走，但我還是留下來，問她症狀有哪些。

她告訴我，一開始會慢慢顯現：首先妳的腋下會長出羽毛。那很癢。接著妳的嘴唇會突出變成鳥嘴，到時候妳就只能吃沙子、種子跟手指甲。最後一個症狀是飛行。想要安全一點的話，就要由妳親近的家人在只有天空的地方釋放妳，這樣妳才不會被電話線電死，才不會把窗戶誤認為母親。

我在一處斑馬線的燈號轉換之前看著她。班的卡介苗疤在右上臂，那個疫苗疤痕的大小跟形狀都很像我的拇指印。疤痕讓她的皮膚看起來彷彿蛋白石，它還會根據一天的時間、季節以及她跟光源的相對位置而改變色度。我的母親也有一個，就在她左手臂上，我很喜歡它在寒冷時皺縮起來像乳頭的樣子。我母親的卡介苗疤是湖的形狀，一副等著被進入的樣子。我也想要一個，我想從班的手臂上挖出那個疤，然後把它的珍珠吞

我們在人行道某處停下，兩側各是一間針灸診所跟一間海產店——海產店的招牌上面說，如果你要買蝦，就得自己從一個兒童泳池裡釣。班朝一棟公寓大樓點了點頭，那棟建築本來是白色，現在已經像牙齒變黃了。她沒看我就走上樓梯，還用一隻手輕撫掉欄杆上的鏽。走到一半時，她轉過頭來低頭看著我。我的祖母，她從上方說，其實沒死。

後來我才知道，她的祖母在寧夏養駱駝詐騙觀光客，搭一趟就要收費一百美金。她的家人聽起來跟我家人一樣說話不正經。我想著把所有關於我祖母的故事都告訴她，說我阿嬷擁有一顆被砍下來的頭，而且能用縫紉機把一隻雞的頭縫回去。班會知道該怎麼傾斜調整我的話語，該從哪個角度聽進去。她的牙齒像星星一樣只會在晚上出現，她的笑容就像朝眼睛丟一把鹽那樣令人刺痛。

我獨自走了兩個小時才回到家。城市在黑暗中會展現不同的樣貌，街道則在我腳下液化。我迷了路，繞過自己家兩次才從廚房窗戶認出母親的頭。母親問我知不知道世界上有叫男人的東西。知道，我說，接著就在她描述我的所有死狀之前上床去。在黑暗中，我允許自己記起班的臉孔，還有她那像蛾一樣拍打著我臉頰的氣息。我想舔拭她那受到太陽溺愛的後頸。在黑暗中，我可以觸摸自己的任何地方，並且假裝我的手就是她

的手。我可以假裝自己的聲音源於外界，來自貓頭鷹。

隔天早上，我將尾巴塞進內褲之前，先讓它停留在我手上，感覺像是拿著刀柄。它看起來變得不一樣了，彷彿被磨尖，沿著骨頭削切。班很早就到了學校，她倚靠在擋球網上等著我。她用一種我不知道的方言打招呼，我以英語回答。我彎著身子從球員休息區的噴泉式飲水機喝水，故意吞得很慢，這樣她就必須看著我，看著飲水機如鳥盆般聚集著水，看著我的舌頭在水流中進進出出。

❧

我們每天都露出自己的肩胛骨，把T恤打結秀出肚臍，我們在走廊上並肩而行時，手肘就像打火石那樣摩擦，我們在操場摔角摔到皮膚都被地上的樹皮塊燙出了火花。我們把彼此舔到就像蠟燭只剩下燭芯。我們一起拋棄了英語這個第二語言。在歷史課上，我們不想背歷屆總統的順序，而是拿開國元勳來玩做愛／結婚／殺掉的遊戲，最後則決定殺光他們。我們蹲坐在棒球場看著低於建議閱讀年齡的書。瑪德琳（Madeline）系列是我的最愛，因為我喜歡假裝自己是個法國孤兒，跟一群沒有父親的女孩在大教堂裡吃

虎靈寓言 BESTIARY - 116 -

著奶油麵包當早餐,其中唯一的男孩則擁有一座斷頭臺。我告訴班,斷頭臺讓我最有共鳴:我也是地心引力的直系後代,生下我的那些女人之於她們的國家,就有如刀片之於身體。瑪德琳系列中的女孩全都有黑色蝴蝶結髮飾,於是我自己也綁了一個,但這跟我的髮色一樣,所以很不顯眼。

在系列的第一本書中,瑪德琳掉進了河裡,被一條狗救起來。她養了這條狗,替她取命為小聖徒。母親發現我藏在家裡馬桶後方的書,看了每一本的圖片,然後就撕下書頁,說我太小了看不懂。例如,她說我還太年輕,不明白河流是什麼意思,也不知道它能模糊成什麼形狀。她撕掉小聖徒咬住瑪德琳的脖子把她從水中救出那一頁:我跟班就在操場重演過這個場景。她躺在碎石上手腳亂揮假裝溺水了,而我將她翻過來,咬住她鍍著汗水的脖子,我的牙齒還把那裡的骨頭咬到變得軟嫩。我把她拉到鋪著樹皮塊的岸邊,透過鼻子喘氣,感受她的脈搏在我口中噴發出類似梨子的香甜氣息。

班最愛的書,是從老師包包裡偷來的平裝本言情小說,不過她把 breast(乳房)的發音念成了 beast(野獸),而且我們兩個都不明白乳頭怎麼會是粉紅色的,除非它擦破皮或生了病⋯⋯就像紅眼症(pink eye),我說。粉紅乳頭。這會傳染。我們看完書後都發誓絕對不會摩擦自己的乳頭,免得產生沙門氏菌的症狀。我們猜測這些書中的女人

- 117 -
女兒 動物寓言集

出生之前在她們母親的體內都沒烹調好。

老師告訴我們，文法是語言的神，然而班卻是她自己的神。我們只聽助理老師科爾珊（Kersaint）小姐的話，她是海地人，會教我們用法語和混合語唱的歌，也會讓我們用粉筆在自己的手臂上畫條紋，而不是一整個小時都叫我們抄句子。科爾珊小姐上課時不使用黑板，而是拿紅色馬克筆寫在有鳥屎污跡的窗玻璃上。她說我們應該永遠面向外頭，朝著樹的方向學習。班跟我什麼問題都會問她：為什麼 water（水）是名詞也是動詞？我們要怎麼知道自己處於哪個時態？什麼算是代名詞？在我們的語言中，所有代名詞都是一樣的發音。一棵樹和一個女孩都是以相同的方式召喚。科爾珊小姐說，在這個語言裡，樹會被分配到不同的國家，屍體則用不同的方式埋葬。

我們因為從不使用複數而被另一個老師找麻煩。我說中文字沒有複數形式，她說，這樣妳怎麼知道那是一個還是多個東西？我說，一即是多。班還有個問題是不會不會把國家跟人的名字首字母寫成大寫。老師問她為什麼選了個男孩的名字，她說，我喜歡班是因為它已經是縮寫。這麼一來，你們就不能再把我縮寫了。在課堂上，她會問這種問題：海是多久以前加入鹽的？結果只有我回答：好久以前，是女媧做的。因為不這麼做的話，海就會像牛奶一樣壞掉。鹽保存了它。她會記錯慣用語⋯I've got butterflies in my bladder。或是：A bird in the hand is worth more in the soup。[1]

我們會故意在文章中拼錯所有的字來引誘老師,這樣我們就可以一起有休息時間。

我們會這麼寫：Baba's a good sky and mama's a good kook We be leave in rein carnation We were born hear so you cant depart us.[2] 我們的文章都被寫了紅字退回：**加強妳的文法。改善妳的拼字。懇求妳的神。我們要讓妳看看句子是怎麼寫的。**

我模仿班在每個句子結尾加上 -er,這讓我覺得像貓的叫聲,聽起來很陌生。她的口音是一把斧頭:mother(母親)簡稱為 moth(蛾),country(國家)簡稱為 cunt(女性陰部)。老師會玩一種遊戲,指著投影螢幕上的物品圖片,要我們說出名稱——apple(蘋果)、bus(公車)、cat(貓)、doctor(醫生)——可是班有她自己的字彙,大部分都取自不同鳥群經過停車場時所發出的聲音。班告訴我,牠們發出的聲音取決於鳥群的密度,以及牠們是否土生土長於這裡的天氣。任何聲音她只要聽過一次

---

[1] 譯注:「正確」用法是 butterflies in my "stomach" 跟 a bird in the hand is worth two in the bush。

[2] 譯注:「正確」的拼寫應該是:Baba's a good guy and mama's a good cook We believe in reincarnation We were born here so you can't depart us。

就能跟著發出，她會讓聲音穿過左耳，再從嘴巴抽出來。中午時，她走過來偷走我以減免午餐費資格拿到的熱狗麵包，把它撕成小碎塊餵給烏鴉吃。牠們走向長椅，啄她的腳踝，並且張開鳥嘴，彷彿要說出她的名字。

班最喜歡的動物是食蟻獸（anteater），但她把牠發音成 antie tear（阿姨的眼淚）。我最喜歡的動物是一隻白老虎，因為我出生於虎年，而且我認為只要生出來很白，機遇一定會比較好。我想的沒錯：被困禁的白老虎壽命比較長。我們在學校的圖書館（其實就只是教室後面角落多擺了一座書架）把國家地理百科的內容完整記住，也把我們物種的名稱讀錯了。我們念到 Homo 的 Ho 時不是像念 home 那樣，而是用了 hostage 的發音。

介紹大貓的整版文章是我們的最愛：我們想要有手電筒般的眼睛，可以在晚上打開。我們會到浴室關掉燈光，在黑暗中尋找自己的臉孔。在黑暗中，她一把握住我的辮子，然後當成一束花交回給我。我告訴班我最喜歡的動物是老虎，她說老虎在神話中一向都是男人。有什麼動物是女人？我問，而她說出的動物都有翅膀：鶴、鳳凰、鵝。從母親的故事中，我知道蛇也是女人，會在月亮的肉下方蛻皮。

每次班跟我蹺課，我們都會到廁所比較胸部。那裡有三個錫牆隔間，還有一個口水永遠流不停的水龍頭。磁磚地板上的坑洞裡都有尿。我們抓著彼此的手，把馬桶當成

自己出生的島，保持平衡各站在馬桶座上的一側。我們掀起上衣。我們相信我們的乳頭有一天會張開變成眼睛。我們母親穿的胸罩就是眼罩，以防她們的眼睛乳頭一直照到光線。我的乳頭顏色比較深，她的比較多毛：我想要一直計算那些毛。我覺得我可以讓自己的乳頭像眼睛般眨啊眨，也能根據她跟我的距離瞇起或張大。

只要她一接近，我的尾巴就會流汗並變成銅色，還會在我的下背部打結。我不敢讓她看尾巴有多長，免得她不小心把它當成控制桿一拉，就讓我變身成虎姑婆。我會咬掉她的乳房，像吃葡萄柚那樣把它們挖空，再將剩餘的皮膚丟進馬桶沖掉。

有一天我在廁所問她知不知道虎姑婆的故事。當時我們站在馬桶座上，抓著彼此的手肘。我想問班是否在故事跟我之間看見了相似之處，但她說沒有，她從來沒聽過。有一隻虎靈，我說，想要變成一個女人。可是為了保有身體，她只吃自己殺掉的東西。她會剝掉腳趾的皮，把那些稱為花生。我母親說那是她唯一想要我擁有的故事。我所繼承的是傷痛。聽起來妳的祖先有戀足癖，班說。我笑起來，罵她亂講，用肩膀把她推下馬桶座，結果她絆了進去，濺起弧形的水花。她爬出馬桶，走出隔間，抖動雙腿弄乾。我叫她回來隔間裡，跳下馬桶座要道歉時，她卻露出微笑說，看我的，然後將雙手浸入馬桶裡，再把寶石般硬的水滴甩向我。我別開頭，抓著牆大笑，再用袖子擦拭臉頰。投降

吧，她說，這時馬桶裡也煮沸溢出了我們的笑聲。

學校下一次舉辦展示與討論活動時，班帶了個鳥籠到班上，放在她的桌面正中央，直到我們一位膚色像漂白、小腿長雀斑的女老師叫班把它拿開。她說，拿到教室後面。別讓其他學生分心。不過讓大家分心的是班：她坐在我後方，撥弄著自己的嘴唇，好像不知道該怎麼打開似的。她的頭髮會自己在附近的物體上打結：椅子、她的鉛筆、我的手。輪到班跟大家分享時，她到教室後方拿了籠子，把它高舉過頭，彷彿要替自己戴上皇冠。那個籠子生鏽了，也沒有門，不過這種損壞反而讓她覺得珍貴。班說這原本是曾祖母的東西，她在皇家動物員當了一輩子的管理員，馴服動物的技巧非常高超，甚至能讓長頸鹿低下頭舔她的睫毛。從那時起，家族裡只要有女孩出生，嘴裡都會長出一根鑰匙，就跟乳牙一樣。

班的曾祖母全身上下都有鑰匙：懸掛於她的耳朵，插進她的鼻孔，縫在她的衣服上。皇家動物園有好幾百萬個籠子，每個籠子裡都裝著一隻鳥，有長了玻璃嘴巴的南方

海鳥、兩層眼皮的沙漠鳥、上千種不會唱歌的鸚鵡。一年夏天，動物們回想起自己過去的生活，因此開始出現反常的行為。皇魚試圖從河中走出，結果在泥巴裡痛苦地扭曲而死。狗用牙齒咬掉自己的尾巴，還從屋頂跳下，認為自己長了翅膀。金絲雀把自己的羽毛拔光，然後變成了肉食性動物，結果一直待在陰影中，直到血液都結冰了。蛇忘記自己是冷血動物，班的曾祖母被指控對動物下毒，還透過手術將牠們的心智交換。她受到的懲罰是四肢被綁縛到不同的馬身上，再讓馬奔跑而撕裂全身。士兵們把她的肢體收集到一個麻袋裡，可是就在他們要把袋子丟進附近一條河時，裡頭開始顫動了起來。他們打開袋子，竟然飛出數百隻鳥，牠們明亮得有如刀鋒，將天空切割成了碎片。

下課時，班拉著我從棒球場上走進球員休息區，然後給我看了籠子門的鑰匙：就是她脖子上掛的那個銀色墜飾。班靠過來，直到鑰匙抵住我的胸部，咬進我的左邊乳房。它在生產過程中撕裂了她母親，造成她母親大量出血。她說，一直到今天，醫院都還泡在血流中。班往後退，鑰匙在我們之間的半空中擺動，這時我也想偷偷露出我的尾巴。我不是生來就有這個，我會這麼說，但它是我的名字。

女兒　動物寓言集

某天下午，我們跑著逃離拿泡棉子彈槍的哥哥們。他們關掉了家裡所有燈光，追逐我們穿過廚房進入院子，然後又回到廚房，我們則從抽屜找出一把刀威脅他們退開。班的哥哥手非常大，手指因為扣扳機跟一直挖鼻孔而自然捲曲。那兩個男孩暫時撤退到我哥的房間，說等他們出來時，我們最好躲著，要不然就是已經死了。除了沙發後面，家裡沒有能夠同時容納我們兩人的地方，但躲在那裡哥哥的槍會射出真正的子彈，我在我們將死之前親吻她，假裝身邊這片黑暗並非人為，假裝我們哥哥的槍會射出真正的子彈，不是頂端有膠狀物的箭桿，我伸手就能在半空中接住。我想要有永久的傷害，在這場戰爭中，對方就是自己的影子，對方的身體就是刀鋒。

我們親吻起來，我的舌頭在她牙齒上演奏著小夜曲。她把手放在我的後頸上，而我流的汗弄濕了上衣。我的雙手在她臀部上度蜜月。她脖子掛的鑰匙輕推著我鎖骨下緣，但我並未抽開身。那支鑰匙在我們胸部之間發熱，熱到我覺得它會把自己熔成新的形狀，變成連接我們身體的一道鉸鏈。

班的肋骨一碰到我就分開了，而她的心臟掉落在我手裡，是一把羽毛。她的牙齒

棲息於我的喉嚨。接著我聽到我們的哥哥在沙發另一邊重新裝彈的聲音，他們正瞇起眼睛，想從黑暗中分辨出我們的形體。我們仍然閉著眼睛，她的嘴正在我肩膀上。明天那裡會有一道瘀傷，在我的肩關節上會有一顆黑點，這會讓我一度認為自己的皮膚屬於另一個物種，而我也終於要轉變成尾巴想望的樣子。不過後來我會想起在昨天──也就是今天──她的嘴巴讓我的肩膀像翅膀一樣舉了起來。我們的哥哥開始瞄準，他們還是瞇著眼，無法確認這裡到底有一個或兩個人。我們讓他們繼續這樣。泡棉子彈從我們的大腿和肚子彈開時，我們依然保持沉默。

班側身倒下，假裝鮮血正從嘴巴流出，她的舌頭在黑暗中像斷掉的蜥蜴尾巴那樣抖動著。我的嘴裡很痠痛，感覺有人用它說了話。雖然我們騙了人，讓他們相信我們會死，但看他們難過的樣子實在很有趣。他們為我們哀悼，把子彈一顆一顆丟進絞碎機，我們則是翻身躺著，用盡全力地笑。我們笑到排出溫熱的尿，還得拿紙巾吸乾內褲。

我想要品嘗她身上的一切。我把她的口水留在嘴裡，心想這是否就是老師說的交換體液。我們才剛開始上七年級的性教育課，不過重點幾乎只有老師在解釋衛生棉上的「翼」並非真正的翅膀，也無法讓我們飛行。老師叫我們要跟自己的身體發展出柏拉圖式的關係。禁止交換與交易的體液清單：精液、陰道分泌物、血。但老師完全沒提過我

─ 125 ─ 女兒 動物寓言集

們剛才做的那種事。在班和我記得很熟的那本動物百科中,每一個分類階層都有名稱。每一種暴力都有其字彙。我們那樣的交換在某個地方一定有名稱,就在他們不讓我們知道的語言之中。

⁂

我帶班到後院看那些會呼吸的洞,向她介紹我用雙手弄出來的每一張嘴。我替每一個洞創造了角色。這一個會吐西瓜子,我指著我們右邊的洞說。這一個會說祕密,我指著我們左邊的洞說。我每個星期還是會用後院的水管為洞澆水,彷彿光用水就能治癒它們。

妳有試過餵它們嗎?班問。我說有,但她說也許它們想要自己獵食。我叫她像我一樣忘掉它們⋯我已經學會跟它們一起生活,學會從它們的喉嚨邊緣繞過而不被吞下。班的鼻梁上有一點泥巴,她看著我說,每一個洞都對應著某個不見了的束西。我們只要找出是什麼消失了就好。每次她想要解決某件事情時,就會撥弄脖子上的那把鑰匙,假裝用它開啟自己的嘴巴。她的牙齒咬住那個鑰匙墜飾,一邊吸

虎靈寓言 BESTIARY

吮一邊思考。我把鑰匙從她齒間推開，換成自己的手指，在感受到她的牙齒時退縮了一下。她眼睛眨也不眨地看著我，嘴巴跟洞一樣都是 O 字形。我等著她用牙齒切開我，想像我的手指斷在她嘴裡，有如一根捲曲的莖。班閉上雙眼，她呼出的氣息在我手背上燒出了圓圈。她的牙齒緊扣住我的指節，然後鬆開，在皮膚上輕輕掠過，這讓我想起有一次一隻黃蜂停在我手指上啜飲我的汗。我害怕到不敢動，連呼吸都屏住，擔心一動就會引誘牠叮我。我把手指逐漸彎成鉤狀，像鑰匙般慢慢轉動，直到她為我打開。

隔天，班謝謝我讓她看院子裡的洞，然後就說有個東西她還沒讓我見過。那天是學校的塔可餅日，我們兩人把霓虹色硬餅皮裡的碎牛肉倒進自己的褲子，一邊大笑一邊感受那些剁碎的肉壓得內褲下垂，方稍微看了一下牛肉造成的汗漬。我們跑去找午餐管理員，說我們大便在身上，然後給對方稍微看了一下牛肉造成的汗漬。他們驚慌地帶我們去廁所，替我們找了個藉口不必去下一堂課，接著就把我們留下，趕去失物招領處找乾淨的褲子。他們一離開，班就把我推進隔間，叫我坐下來等。我蹲坐在馬桶座上，直到她帶了

籠子回來。她抓住我的手腕用力把我拉出去。她在滿是指紋的鏡子前用雙手舉起鳥籠。洗手臺上的鏡子映照出我們之間的鳥籠，我們的臉在日光燈下變得扁平。我只忙著注視班在鏡子中的臉，所以沒看見：鳥籠的中央有個東西，那是沒有身體的影子。影子站在中間的棲木上，用一種令人熟悉的節奏移動著，很輕，很快，彷彿一首歌曲。是一隻鳥。牠張開翅膀時，我轉頭讓目光從鏡子移向天花板，想看看是什麼鳥把影子投射到籠子裡。可是那裡沒有身體，只有鳥影，而且我只看得見鏡子映射出的影像。我看著籠子，又看著影子，試圖在腦中將它們對應起來。可是鏡中的籠子裡才有東西。

班推測那隻影子鳥是某種鬼魂，是以前死在裡頭的一隻鳥。我告訴她我一直很懷疑影子：我的影子會在晚上離開我，然後長出自己的身體。我又望向鏡子裡的影子鳥，試圖想像那原本是隻鴿子或麻雀，不過後來我認為牠是獨一無二的物種。班說她試過放進餵鳥器跟裝滿水的瓶蓋，可是影子鳥不會餓，不會渴，也不會長大。牠從來就沒想要離開。接下來的課堂時間裡，同學們都被外頭的高溫熔化，我們則是肩並肩站在這裡。不是面對面，而是一直看著鏡中的影子鳥。我們也沒替牠命名。然而，我已經在腦中給了牠許多名稱：有翅膀的嘴巴。身體裡的夜晚。

班將籠子放進洗手臺，打開水龍頭，讓水聚積在籠子底部。我轉過頭，看著班的嘴巴

虎靈寓言 BESTIARY - 128 -

裡面，然後說我也有東西要給她看。我也不知道該怎麼稱呼這個東西。這是我身體及其前身的總和。班讓水沖掉所有話語。我拉著她的手腕走回隔間，接著轉過身脫下褲子。班沉默地伸出手。她觸摸尾巴打結的末端，彷彿把那當成了一隻會驚動的鳥。她將尾巴舉到鼻子前，讓它輕拂過自己的臉，似乎能從氣味確認它的種類。那是什麼？我問她。班放下尾巴，看著它掛在我身上。她咬著自己的鑰匙墜飾。

老虎是天生的掠食者，班說。我問她是怎麼定義掠食者的，她說，吃其他東西為生的東西。但萬物不都是這樣嗎？班說我應該去看看食物鏈，但我只記得她脖子上的項鍊：我就活在它的範圍裡。貓跟鳥天生就是敵人，班說，她指向我，然後又指著自己。這表示我們是敵人嗎？我說。我很好奇要是她知道我曾經試圖獵殺父親，她會不會害怕受到我的傷害。

如果有一天我吃了她，她一定要原諒我。班說連身體都沒有了，她要怎麼原諒別人。身體能進入其他身體嗎？班說我每次都問錯問題。我告訴她我知道演化跟雀科鳴鳥，知道我們學過的所有觀念，可是她說我的尾巴形狀並不像一條線：它的形狀像一種生命，環繞著自己，從末端到根部往回生長。外面洗手臺的水滿了出來，淹到我們的腳踝，水流盤繞著就像蛇。班說如果要因應新的掠食者或環境，不必非得經歷好幾個世代

才能產生改變。有時候一副身體就能達成。她講話的方式就像研究生存的科學家。我告訴她老虎跟人的演化之間並沒有關聯,就算有,這仍然代表著我在倒退演化。

沒有前進或倒退這種事,她邊說邊用手指在半空中畫圈。沒有所謂的進展,只有累積:她告訴我,很久以前,有一個人在建造萬里長城的時候累到死掉,後面的人直接把屍體砌進長城,然後繼續往前蓋下去。她說,就是因為這樣裡面才會散布著頭骨。所以它才會是脊椎的形狀。那是墓地,不是建築。

她叫我別擔心。我們並不是活著。我們只是暫時處於死亡跟死亡之間。她笑著伸手摸我的尾巴:它像觸角一樣輕彈著,將她的觸摸廣播到我全身。

如果我們待在這裡,她說,水變得比我們還高,妳覺得會發生什麼事?我說我們會溺水,可是班說我錯了。她說,我們會長出鰓。

她打開隔間的門,帶我走向洗手臺,而水在我們周圍退去。鑰匙墜飾在她胸口很顯眼。她用雙手舉起籠子,然後交給我。我心想,如果她打開它,那隻影子鳥會離開嗎?我們會看到牠逃走嗎?

班說只要我隨時都讓她看尾巴,她就讓我拿籠子。我問她為什麼,她說,我喜歡它從她雙腳的指令。她關上水龍頭,籠子則在洗手臺上下浮動。

虎靈寓言 BESTIARY   - 130 -

在我手上的感覺。它的表現就像是跟某種狂野的東西交了朋友。我說她隨時都可以從我偷走它。我的尾巴在她手中充滿了可能性，彷彿一把刀柄，等著從我身上被拔出。讓廁所淹水以及蹺掉體育課之後，我們就到教室的儲藏室裡休息，而我在黑暗中輕聲告訴班，總有一天我可能還是會吃掉她。她的笑聲點燃了我們之間的黑暗，將它燒成灰燼。班說我不該害怕尾巴要我變成的樣子。妳變成的物種將會拯救妳。可是我們都不知道我為什麼需要被拯救。我們都不知道野獸生來該做什麼。

女兒

生日

又名：為何父親都是失敗的水源

哥哥生日那天，父親問我們想不想去動物園。就是鴨叔帶我們去過的那個。媽媽叫我們一定要去，就算哥哥用爐子煮了嘔吐物想假裝生病也沒用：他將水跟玉米澱粉一起煮，加上蘋果皮來調色，再把完成後的粉紅色膠水塗在上衣，假裝是從嘴巴吐出來的。不過母親拿了一條洗碗布把他擦乾淨，然後說父親畢竟是我們的父親：他就像鳥兒扶持著天空那樣扶持著我們。海扛起了船，她說。他是水，而我們漂浮在上頭。

水也會讓船沉沒，我邊說邊用手指在半空中畫了個洞。哥哥跟我終於答應了，但並非因為我們覺得父親是海，而是因為母親懇求我們，她才是我們唯一相信的水體。

母親搭公車去上班後，父親就載我們出

發，他把車窗打開，而我們的臉頰被風吹熟了。我們的睫毛跟吹進來的灰塵結合在一起，不過那些其實是公路旁牧場上牛糞跟泥土被太陽晒乾而成的粉末。在某些夏天，牧場會著火，長出樹一般的煙霧，這時母親就會將大頭巾放進水槽裡浸濕，綁起來遮住我們的嘴巴，叫我們要小心呼吸：我們的肺可能會像木材一樣被點燃。

途中我睡著了，頭倒在哥哥大腿上滾來滾去，他則用雙手撫順我的頭髮。他的手心像聽診器一樣在我的臉上徘徊，不過我卻聽到了他的心跳聲就跟車子一樣速度愈來愈快。接近動物園時，我聽見他從一百開始倒數自己的呼吸，而他只有在父親身邊時才會這麼做。

在前往鳥園的路上，父親買了根冰棒給我，它的造型本來應該是鳳梨，可是形狀跟顏色看起來卻像冷凍鼻屎乾。鳥園的白色網子有如鈣化的風那般僵硬，鸚鵡會跟男人一樣罵著髒話。我們抵達鸚鵡區時，父親指著一隻金剛鸚鵡，牠的腳上有個橘環，嘴裡則有個女孩用的花髮夾。你們相信牠竟然有這麼紅嗎？這麼漂亮？人只有在流血的時候才能變成那種顏色。

我先從冰棒的棍子開始吃，用牙齒把它咬成裂片，替舌頭裝上刺。父親花了兩塊錢讓我們坐上遊園車後面的位子；在如同動脈蜿蜒曲折的路線上，有些魚缸裡裝滿了體

虎靈寓言 BESTIARY　　- 134 -

型跟標點符號差不多的鮮豔小魚，某個園區還有隻猴子把陰莖伸出柵欄朝一路過的人撒尿。父親跟我看到以後捧腹大笑，此時我們的嘴巴發出對稱的聲音，而我也聽出了我們的相似之處。他讓我坐在他的大腿，這樣就不必付三張座位的錢，但我怕他會感覺到我緊縮的尾巴，所以故意想從他身上滑落。沒有脊椎的冰棒在我手心裡溶解，流到手臂上的糖形成了潦草字跡。黃蜂飛過來圍住我的手肘，螫向我身體上最甜的部位。我想回家，哥哥說。他又在數自己的呼吸了。下午的高溫像下巴一樣緊咬住我們，問我們想不想去放風箏。他帶我們走向停車場，雙手各緊貼在我們一邊臉頰上，說他知道有個合適的地方，就在高速公路旁那家賭場的屋頂酒吧，你們可以把風箏綁在欄杆上，讓它們撈取空氣，為你們舀起一片天空。

不要，哥哥又說了一遍，然後停下來。我們快回到車子了：我看見了它只有一邊會亮的大燈，它的左邊輪胎上還黏著半隻壓爛的死松鼠，而車牌的開頭則跟我名字的第一個字母相同。父親也停下腳步，低頭看著我，彷彿我才是不肯繼續走的人，但我什麼也沒說。我們正要從兩部停車的休旅車中間穿過，前往停車場的另一端，我們的車就在那裡，母親也曾在那裡用釘書針把安全帶釘在我們的衣服上，因為她認為只有這樣我們才

- 135 -　**女兒**　生日

會安全。

一輛晒到掉漆的旅行車從我們後方經過，它的車窗被高溫撞傷，車內家人的吵架聲聽起來像是從水下傳出。父親一把抓住哥哥那被脖子汗水浸濕成深藍色的T恤領子，將他抬離了地面。在大陸那一次，在他們的骨頭還沒利用空氣飛起來之前，他就曾經用這種方式抓起哥哥。可是這裡沒有能容納哥哥的天空，也沒有能讓我操縱父親的線。我的體內已經沒有空氣，無法將他們吹成風箏。

父親不停搖晃他，甩得他都傻了。走，他說，但哥哥搖著頭，他被自己的領子勒到快窒息，還咬了自己的舌頭，後來血都變成了甲蟲爬出他的嘴。父親放下他，說：走。

我在他們兩人後方站著沒動，彷彿這樣我就能變成自己的影子，平貼在瀝青上，從車輛底下輕快地移動，自己找到路回家。哥哥往上看，他的臉一動也不動，就像我只在課本裡看過的古代雕像，它們少了軀幹，到處都有缺口，被時代損毀成優雅的樣子。因為哥哥那件工裝短褲的褲襠上，有一道深色不像是汗造成的汗跡，從他雙腿間傳出一種甜膩腐臭的氣味。他尿出來了，而我在瀝青地面上看見了那條明顯的痕跡，起點就在我腳邊某處。

父親的嘴巴往後退到牙齒附近。他罵哥哥是動物，是控制不了膀胱的畜生。我的尾

巴末端輕敲著我的膝蓋後方,將我雙腿之間的空氣編排成管弦樂曲,像一根指揮棒喚醒了我體內的聲音。哥哥兩腿叉開跨立於他的尿湖上方,腰部以下全都濕掉了。一位剛在自己身體裡受洗的男孩。彷彿他排出的是神水,而不是喝光父親塞進腰帶偷拿進園區那幾罐七喜汽水的結果。

哥哥沒回話,於是父親抓住他的肩膀,將他的背部壓在我們旁邊那輛黑色休旅車上。在他手中的哥哥假裝自己沒有骨頭,就像個貼在乘客座車門上的布娃娃。休旅車的車窗在高溫中扭曲變形,如蟲子眼睛那般黑亮。我掃視每一扇窗,希望裡頭有人能讓我呼喚,希望母親可以跟月亮一樣飄來。可是一排排的汽車彷彿沒有盡頭的墓地,而且我也不知道哪邊是回到動物園的方向。

我的臼齒開始發出高溫,點燃了我舌頭的燭芯。一道燈光將我的嘴巴變成燈籠,而我將其命名為憤怒。我環抱住父親的手腕,掛在上頭,想把自己的體重當作武器。哥哥試圖踢他,可是腳甩空了,反而踢中車門上的後視鏡,將我們的臉孔從中解放出來。被踢碎的鏡子,讓我們的臉化為多面體,而在碎片落到瀝青地面之前,我從裡頭看見了自己有多小,看見我的手臂竟然只能勉強圍住父親的手腕。如果換個角度,說不定我看起來就像是想跟他跳舞,想要把他拉回我懷裡。

我放開他的手腕，站在地上，我的脊椎被鎚得挺直，跟傷口焊接在一起。我的尾巴在裙子底下的雙腿之間繃緊，站在地面。我壓低身體從父親背後走近，膝蓋散發著我母親的力量：熟練地彎曲和抬起，學習各種祈禱的角度。哥哥的頭又被父親搖晃得往旁邊垂下，他的嘴巴甩出口水，在半空中閃閃發亮。父親捲起手臂，將哥哥收回胸口，我猜那不是要抱他，就是要把他丟出去。

我站在父親背後的影子裡，尾巴纏繞住他的腳踝迅速一扯，讓他那條腿突然彎曲下來。他倒下時一邊膝蓋著地，大叫出來，地面燒光他膝蓋骨的毛，碎石也咬了進去。被放開的哥哥重心不穩地靠在休旅車上，他看著我的尾巴，好像以為它也會勒住他的腳踝：它又鬆垂在我兩腿之間，顯得相當滿足。我後退離開跪著的父親，他的影子從腰部被截斷了。他的呻吟比汽車引擎聲更低沉粗嘎，而他咬到嘴脣的部分看起來有如金屬。

他半站起來，一邊輕捧著皮開肉綻像是晶洞的膝蓋：在他破裂而無彈性的皮膚底下，有紅寶石色的血，以及珍珠狀的肌腱。他抬起頭，透過黑色刀身般的頭髮看著我，而他說出我的名字時，嘴巴的縫線也隨之解開。他無法繼續跟著我們，不是因為膝蓋的痛：是因為我的臉，我的臉就是我母親的臉，我的臉讓太陽轉過來看著，我的臉背光並混融進天空的藍色，彷彿無法被碰觸的東西。

我居高臨下地對他說：我們要回家。你不准跟來。他的臉驚訝到都扁掉了，就像一枚被碾過的硬幣。他看著我們走掉的背影，那時我哥的上衣全被汗浸濕了。我的皮膚濕到有如一件洋裝，垂掛在我的骨頭上，沉重到讓我想跪下去。

我們在公車站等了三百次呼吸，車子才拖著廢氣出現。夜晚突然降臨，就像用一塊布蓋住籠子。哥哥轉過來，說我們沒有錢。我笑起來。他看著我雙腿之間，而不是看我的臉，似乎覺得我的尾巴會降下來代替我說話。我因為知道尾巴能做到的事而覺得興奮，這時我突然想到從籠子裡透過縫隙尿尿的那隻猴子，還有透過尿液折射出彩虹的樣子。公車門打開了。司機是個疲累的亞洲人，他看著階梯下的我們。看著哥哥衣領上的指紋。他讓我們免費上車。

♪

我們回家的時候下著雨，母親站在屋外，淋濕的頭髮像國畫，一綹在她鎖骨上畫出條紋，另一綹則讓雨貼在她臉頰的弧線，其他的則是圍繞住她脖子。哥哥跟我從最近的公車站走回來，身上也都濕了。尿從他的腿部洗掉，被雨水取代。我一直在等，她說。

女兒　生日

她望向我們後方想找父親，以為他被我們的影子擋住，正在利用我們的肩胛骨玩捉迷藏。回到家裡，她用她的花紋被子裹住哥哥跟我，在等吹風機熱起來時用嘴巴吐氣在我們頭皮上。她問發生了什麼事，他在哪裡，他是不是丟下你們了，卻從不直接看著鎊在哥哥手上的瘀傷，也沒留意我的膝蓋是怎麼配合移動，以防被光線跟她的視線照到。

哥哥沒回答，於是我說虎姑婆把我們從他身邊帶走了。我描述了她的樣子：一個女人，皮膚有條紋，身上的毛皮裙移動的時候就像油。母親站起來看著我。她的濕頭髮黏在臉上彷彿影子。她問我是什麼意思，我說虎姑婆讓我們不受到傷害。母親轉身背向我們，說她要去找他。她伸手扳開我的拳頭，裡頭沒有任何東西。她轉過來面向我時，我看見她的眼睛就像果核一樣濕，也看得出她很怕我。好吧，她說。好好好好。好好好好。我不去找他。不過我們需要那輛車。我說他可能已經開走了。

可是妳說虎姑婆帶走了他。

我說是這樣沒錯，但他會回來的。母親搖搖頭，然後舉起一隻手。我以為她可能要打我耳光，然而她只是把手放在我肩膀上，帶我走向浴室。她說她要讓我們洗個熱水澡，熱到能把我們煮得煥然一新。哥哥站著發抖，肩膀一直撞到我，這時母親把我們兩

虎靈寓言 BESTIARY －140－

個衣服脫光，卻忘了脫掉我們的襪子。好像你們又是我的寶寶了，她說。什麼都沒接觸過。她將肥皂的油脂塗在我們身上，用雙手捧起水從我們頭頂淋下去。我們閉上眼睛，讓她把我們擦洗到跟十美分硬幣一樣亮。

隔天早上，她去找他了。我在人行道上等她回來的時候，看見兩隻烏鴉替一隻死松鼠脫衣服——啄掉牠的皮毛，把牠的腸子當成項鍊那樣解開。

關於尋找的故事，母親是這麼說的：她搭公車去動物園，一邊計算著公路旁牧場上的牛隻數量，還誤把一片墓地看成是一群白背小牛在吃草，以為牠們的母親全都不見了。車子就停在我們描述的地方，不過她等了好幾個鐘頭都沒叫拖車，反倒想強行進入車裡，偷走本來就屬於她的東西；座椅上仍然有他的氣味，收音機調到她唯一會聽的新聞，也就是天氣——阿嬤喜歡把那說成是神的消息。他帶走了鑰匙，藉此表達他的所有權。然而鑰匙在哪裡或他去哪裡生長新的皮膚都不重要，因為母親才是我的歸屬，是我唯一住過的地方，也是唯一在我有名字之前知道我是誰的人。

她在停車場等待拖車時，想從街上找一顆至少跟手一樣大的石頭，結果只找到一顆小的，而且其中一端就像她的無名指那樣尖細。她把石頭丟向車窗。它砰一聲彈開了。她再撿起石頭，瞄準車窗映照出的自己。車子被拖回家時，我發現駕駛座那側的車

- 141 -　女兒　生日

窗上有一道裂痕，細小到我以為是一隻麻雀飛向自己的倒影所造成。她一直沒修補那條裂縫，所以我們白天開車外出時，陽光彷彿透過虹吸管從那裡進入，把它照亮成一道傷疤。她怎麼知道他不會回來了：有天早晨，一隻鳥停在擋風玻璃上，應該是某種鶯，牠的胸口是紅色，看起來就像喉嚨被割開，而流出的血讓身體變得更鮮亮。

母親用手拍走牠，但牠不知怎麼的跟著她進了屋子，她則是把牠逼到牆壁跟天花板交界的角落。她對牠咕咕叫，然後吐牠口水，接著又用掃帚柄打傷牠，然而牠就是不下來。牠在那裡盤旋，用沒有羽毛的翅膀拍打著牆壁。我們讓牠留下來一起生活，牠還在馬桶或爐子後方建造了鳥巢。我們從沒見過牠的配偶。牠啄開自己所有的蛋，吃掉裡面那些蛞蝓般的肉，我只能把帶有藍色紋理的殼拿到外頭埋葬。

我們留下父親自己回家的那天晚上，尾巴盤繞住我的大腿，像吊襪帶那樣扣緊。我輕撫著它，讓它比我先睡著彼此。睡夢中的哥哥縮進棉被遠離我，在黑暗中吐著銀色的口水泡泡。他說出我的名字時就像提到颶風那樣可怕。尾巴跟我正處於蜜月期：我們現在結婚了，也發誓要保護彼此。它已經綁在我身上了，我說。它就生長在我身上。但他說我又不知道是誰抓著另一端，是誰生活在另一端。尾巴是雙向的，他說。就像電話線。能把兩個東西插在一起。妳並

不知道妳連接著什麼。我叫他要更心懷感激才對：少了尾巴，少了我，我們根本無法離開。他沒回答，而是轉身面向牆壁，用沾濕口水的手指在上面寫了東西，那是一種沒人看得懂的警告。

一個星期後，電話響到都變紅了。我接起後，另一端只有沉默。話筒散發出高溫，使我的臉頰起了水泡，讓我不得不拿遠一點。一定是火打來的。可是後來沉默改變了，變得很熟悉，而我也能夠想像發出沉默的那張嘴：戴著銀色帽子的牙齒，跟山脈一樣高低不平，山峰之間盤繞著香菸的霧氣。他什麼都沒說，我也不清楚他知不知接電話的是我，但我在數到一百之後才掛斷，好讓他也感受到我的沉默：我的沉默是一種武器。我的沉默也是一種慈悲。我給了他一百個沉默，讓他用自己想要的任何方式去理解：對不起，再見，回來，離開，不要，走開，留下。

女兒

故事回到班身上

班的父親在另一個市區買了一塊地。他想要蓋自己的房子，有一座門廊、一片院子，還有一間漆成白色的狗屋——儘管班說過他對狗過敏，有一次還因為一隻米格魯打噴嚏，用力到大腦就像一群飛蛾噴出了鼻子。腦袋空空的他，因此賣掉他們的車子和傢俱，還買了一塊空地。班上完全沒人相信班，直到某個禮拜她帶了她父親的工具箱來學校，裡頭裝滿了釘子、螺絲以及其他看起來像是耳骨的銀色小東西。我們告訴她房子不是用蓋的。它們存在的方式就跟樹一樣，是從街上長出來的。

班帶我走到她父親買的土地。那裡很潮濕，而且長著幾叢小草，就像老人的頭皮。一面高到我們額頭的圍籬網分隔了空地跟人行道。她父親正在拆圍籬網，把它像舌頭一樣捲

- 145 -　**女兒**　故事回到班身上

起來。那片土地是凹面的，中間下陷，吞沒了兩顆站在中心的樹。班的父親一開始先租了臺推土機，在地面刻了個好深的洞，我們還開玩笑說他想要一路挖回中國去。

每到週末，我會往西走上一個小時的路去找班和她家人，他們已經搬到那個洞旁邊的一間小屋。班的父親在兩個星期內就蓋好了小屋，還替班跟她哥製作了一張雙層床，用外露的夾板做了一張餐桌，也在角落弄了個洗澡的排水口。他們沒有洗手槽，而是使用水桶。他們沒有馬桶，而是在門邊放了一把鏟子讓我們自己挖洞。

暴風雨時，鐵皮屋頂會像牙齒一樣不停打顫，牆壁則是自己變成斜體。牆面會產生血管般的裂縫，並且流出雨水。我向母親描述那一切──褪色的牆、鋪滿祈禱毯的泥土地板、用保鮮膜蓋住的洞當成窗戶──她說那裡聽起來就像她以前在阿肯色州工作過的養雞場。

班的母親上輩子在還是少女時賣掉了她其中一個卵巢，因為那時候有一條河襲擊了她的城市，而她需要錢重建自己的家。要是班跟我先主動替她母親按摩脖子一個小時，她就肯讓我們問這件事。她會脫掉上衣給我們看：疤痕能讓我們更明白她失去了什麼，而那就像一個鋸齒狀的連字號，位於她肚臍左側三吋處。班把那道藍色疤痕當成小鳥撫

虎靈寓言 BESTIARY　- 146 -

摸著,彷彿她能使牠平靜,哄誘牠進入她手中。班想做的是為我們抓住傷痛。有一次她告訴我,瘀傷只要摩擦就會有香味。她刮擦我一邊的膝蓋,聞了一下說:香甜。

在小屋裡,班跟她哥會假裝他們住的是防空洞:外面正在打仗,他們獲勝的唯一方式就是存活下來。我們一起玩的時候,會把雙層床當成僅剩的碉堡,而每隻蟑螂都是一顆地雷。如果我踩到任何一隻,懲罰就是死。班穿著軍人的制服——因為她的體溫而變得像是薄霧的白色睡衣。我則穿死者的制服——心臟部位用遮蔽膠帶貼了字母X,脖子上畫了個彈孔。我們爭論彈孔應該是什麼顏色:班的哥哥說紅色,因為有血。班說黑色,因為洞本身就是這個顏色。我想要說兩種都不是,但我已經死了。

班的鳥籠是中立領土。她把它放在小屋的地板正中央,我們任何一個人只要摸到它,就能夠安全十秒鐘。我很膽小,每次都跑向籠子,把雙手放在它的圓頂上,而班跟她哥會在我兩側等著。他們會數秒,等我的手一離開籠子就同時撲倒我。他們會壓住我,一個人坐在我胸口,另一個人抓住我的腳;他們會答應讓我死得痛快,答應把我所有的骨頭埋在隔壁。

求我們放開妳吧,班說。她雙手緊抓住我的腳踝,用大拇指輕撫著骨頭。

放開我,我說,意思是別放開。

班那塊空地的洞又加深了一倍。我問班能不能讓裡面裝滿水，變成一座游泳池，說不定還可以舉辦奧運，不過班說游泳池都是方形，這個是圓形，是要容納太陽的眼窩。

我們問班的父親，為什麼這個洞愈來愈深，卻沒有房子從中升起，但他始終不回答。他在他的製圖桌旁喝啤酒，又尿在同一個瓶子裡。偶爾他會在經過一個鐘頭後往下伸手拿瓶子，完全忘記裡面裝了什麼。他吐出尿，在牆上形成馬賽克般的汙跡，我們則是哈哈大笑。

班跟我站在彷彿被啃咬過的洞口邊緣，往下看著它的凹處、它的肋骨⋯⋯洞裡有被丟棄的建築木材。有一次我們看見班的父親就站在這裡的邊緣往洞裡尿尿，跟天空比賽誰的雨水能抵達最深處的根部。我一邊繞著外圍走，一邊跟班說，房子完全沒有要蓋好的跡象。這個洞愈來愈深，是因為她父親不知道還能做什麼，而往下是唯一不需要任何想像力的方向。她打了我一巴掌。

我用指尖撫摸臉頰，皮膚像是在燃燒。班從我身邊退開，看著自己的手，彷彿那是一隻大黃蜂，彷彿她才是被螫到的人。我們隔了一段距離面對面站著。她背後的洞就像

影子，讓我一度好奇那不會就是她的原形。

班說我不應該談論別人的父親，因為我的父親是個神話，他的故事已經乏味無趣到沒人想訴說了。為了保護我，我的父親降了下來，在雙腿之間擺動著。我說她根本不了解我父親，也不知道我對他做了什麼。在好幾代母親以前，我是一隻野獸。我到過許多國家獵食，也不知道我為她們做了什麼。在好幾代母親以前，我是一隻野獸。我到過許多國家獵食，也不知道我為她們做了什麼。在班繼續開口說話之前，我的尾巴猛然往前，讓我踮起腳尖移動。我跟著它前進，然後用雙手推向班。

班往後絆倒掉進了洞裡，落在建築木材擺成的火葬堆上。空氣從她嘴裡噴出。我不記得自己有往下喊她，但班說我確實這麼做過，因此我父親才會聽到聲音，帶了梯子，用一個原本裝著覆土的袋子把班帶上來。他將她放在泥土上，拍打著她的臉，直到她的眼睛回過神來。我看著他們，此時我的尾巴縮了回去，捲起來敲擊著我的下背部。

那個星期，我再度站到洞口邊，求她把我推進去。推吧，我說。為了確保骨頭都能接回正確的位置，班的肋骨周圍包紮了起來。我看著她父親把一條床單剪成繃帶，背對她說話，等著她用雙手確定我是對的，相信我是她不認識的物種。但她一直沒有動手。我轉過去時，她的繃帶鬆開了，就像翅膀那樣抽打著空氣。我沒辦法看著她的臉。

她背後的天空是青藍色,那是被我弄傷的。她的聲音帶有鹽分,是我沒聽過的刺耳聲。

我想要的是原諒這個詞,但她從未說出口。

有一次我夢見自己扯掉她脖子上的鑰匙,讓她配戴我的雙手。她的頸部有一條瘀傷形成的項鍊。我知道怎麼用自己的殘忍製作首飾。我的每一個指節都是以我不認識的阿姨來命名,而班也用它們一一觸碰自己的臉頰。有好多個我她都還沒認識。

她將自己纏結在地上,跟自己搏鬥。想看到我受傷的渴望,被不想讓我得償所願的渴望打敗了。她沒推我,那種感覺更像是懲罰而非原諒。

她拉著我離開洞口,進入小屋的一處陰影裡。被她抓住手腕時,我一度以為她會把它們扭轉成燭芯,讓我跪倒在地。我會敬拜她所造成的任何痛苦。我會成為傷痛的聖人。結果,她卻用嘴脣摩擦我的指節,用舌頭擦洗它們。她靠過來,用我的嘴脣修補她的嘴脣,而我想要用舌頭挖掉她所有牙齒,養在我的臉頰裡,之後我就可以把她嘴巴的這些籽吐出來栽種。

她一隻手從我的腰帶往下戳,迅速抓住了我的尾巴。我緊張起來,叫她放開。有一次妳告訴我妳不想要它,班邊說邊扭轉我的尾巴,直到骨頭發出了嘎吱聲。她說看來情況變了:現在我需要它了。我可以從妳身上拿走。就是現在,如果妳想要我這麼做的

虎靈寓言 BESTIARY -150-

話。我搖著頭，害怕要是說話她就會扭傷我的尾巴。

我就知道，班說，然後鬆開手。她笑了起來。她收回那隻手，在衣服的下襬擦了擦。妳其實不想擺脫它。妳愛它。我問她那有什麼不對：尾巴跟我在骨髓那裡結了婚。

我知道怎麼揮舞它。

班搖著頭說，我是在跟妳體內的誰說話？誰？她往我走了一步，近到我都看見她下巴有薄薄一層乾掉的口水。我想都沒想就舔了上去，舌頭輕掠過她的皮膚。她沒打我，於是我靠向她，用嘴唇沿著她的下頷骨移動。我的嘴巴在那道骨頭斜坡上下滑動，就像吹口琴，從她身上發出了一首歌。

我們像螃蟹側著走向她的床。家裡沒人，只有從窗洞透進的光線。我們脫掉上衣，而我閉起眼睛，雙手捧著她的後頸。她溫熱的舌頭在我腹部拖行。她跨坐到我身上，舔著我的腋窩，那片黑色毛髮上有汗凝結成的露珠，那裡有我最真實的氣味。我們的嘴巴相撞，往後退開，兩人都笑了起來。我用手肘撐住自己，沿著她傾斜的肋骨親吻。她的手握住我的乳房，就像拿著未破損的麵包。

她脖子掛的鑰匙懸垂在我上方，正往下進入我的嘴巴。我用舌頭接住並吸吮它，感覺鑰匙齒彷彿就是我的牙齒。她坐起身時，鑰匙突然從我口中被拉出，像魚鉤一樣釣到

了我的上唇,割開了它。一把鑰匙,她低頭看著我說。鑰匙在我們之間擺動,上面鍍了口水跟嘴脣的血。妳的尾巴,班說。我想那是一把鑰匙。

班跟我蹲在我家後院。每個洞,她說,都需要一把鑰匙。我試圖跟上她的思緒,不過我的注意力仍然在她嘴巴上。

班蹲伏在正中央的洞上方,也就是那個「口」。這個通往哪裡?她說,而我說我不知道。它們就跟所有的身體一樣,除了自己的內部,不會通往任何地方。她轉身背向洞,像是要拉屎一樣蹲在上頭,原來她是在示範給我看。她想要我把尾巴餵給那個洞,當成鑰匙滑進去。我脫掉褲子,讓尾巴垂下去。洞在我的尾巴周圍癒合,泥土開始移動將我吞下。洞再度張開嘴巴時,我往前摔得跪在地上。

守夜,班說。太陽離開了幾個鐘頭後,洞才終於說出第一個字。我注意聽它的哼聲。「口」瞇了起來,吐出某種像舌頭黏滑的白色東西。我用力拉出它,放在手裡打開。那是一塊皮膚,還帶著剛出生的潮濕,而且沒有毛孔,很軟。它的兩面都染了字。

我回到家裡打開廚房的燈,把皮革舉到面前,解讀著每個字詞之間的黑暗。

有些片段是以漢字書寫,但我只認得我母親的娘家姓。其他則是用字母寫的。那塊皮膚上有蛀洞:母親說阿嬤會把筆當成針,藉由刺穿孔洞來製造意義。阿嬤的第一語言只存在於身體裡,書本中找不到。泰雅語是以英文字母書寫,每一個字詞都由傳教士音譯,透過他們的雙手翻譯出來。他們也是用同一雙手揍到孩子們信教為止。那些手說得最流利的語言就只有懲罰。我想像有一位傳教士抄寫著阿嬤的身體,將她的語言記錄在紙上之後又燒掉,所以她的語言才會是煙霧。

我在廚房閱讀,盡量把看得懂的內容轉換成英文。隔天早上我把東西拿給班看,她說我應該再蹲到那個洞上面,可是這次它沒對我張開嘴巴。

只能打開一次,我說。有哪種鑰匙只能打開一次的?班說。我們嘗試再餵那些洞,這次是用手心裡捧的水。我們試圖拿棍子撬開它們。我們餵它們豬肉乾。可是它們選擇沉默。

到了學校,我把寫在筆記紙上的轉錄內容拿給班。我們一起接生了一個語言,從黑暗之中生下了它。她把紙張摺起來放進口袋時,我叫她小心,要把那封信當成女兒對

- 153 -

女兒 故事回到班身上

待。班問我的阿嬤看起來是什麼樣子，我說我主要是透過聲音認識她的。我描述了母親的一段回憶：有一次，阿嬤用泥巴在自己臉上畫出條紋，講起了虎姑婆，讓她的女兒們把故事吞進肚子裡，藉此壓住身體，才不會被颱風颳走，那種風可是能讓樹木像弓弦般繃緊的。

母親喜歡說她跟我是同時出生，進入了同一個故事，而我們只是生長速度不同：我的生長像樹，她的生長像河裡的魚。她說她在我這輩子裡已經死去又重生了許多次。總有一天，她說，妳會回到河邊，在那裡生出我，妳會像噴射氣流一樣噴出卵，那些全都是我。我會弄濕妳拳頭的皮膚。我會在妳打開手心時孵化。

祖母

信件一：河流無須負責

親愛的老大：

現在妳死了　妳看得出　為什麼我從來就不想要妳活著了吧。看看妳現在變得多輕了？　身體是片荒地　無法成為母親？妳我女兒之中最黑的　皮膚　煙霧。我燒給妳這　灰燼是妳的　把它重新塑造成妳想要我成為的任何樣子。　這封信並不是道歉。　我寫這些不是為了得到回應　子彈才不會要求讓自己被歸還。我第二任丈夫是軍人　對於失去有其原則　不能帶走的就殺掉　不能埋葬的就嫁娶　寫作會擰出善意的謊言　為我們的悲傷打開大門。我沒必要替我命名的東西哀悼　。我　現在拉屎在褲子上了。中醫說　括約肌　跟袖子一樣

鬆了　說這是因為我的年紀　我懷疑是妳父親　第一個男人　我嫁給他是為了他的軍人年金　是為了擁有　跟肌腱同樣顏色的未來　有一晚我被弄醒　他就在我雙腿之間伸出舌頭　用他的牙齒拔掉我的陰毛

讓我變禿　說他看見我身上有蟲子　大小像珍珠　把他拔掉的東西塞進我

我生出了跟妳頭一樣大的毛球　練習分娩直到妳　出生時　將我的身體鑽進風中

妳　我的小梅　我養育妳　在我的血液裡燉煮妳　讓我開始訴說吧　河裡都是不能怪河　有一次我看見士兵把囚犯丟進河裡　有好幾個星期魚的形狀就像男孩他們說這裡的嬰兒　生來就有鰓　長得像刀刃或是有錘狀頭部　演化就是身體讓自己變成最厲害的　武器。未經許可而以妳身體為食的是寄生蟲　孩子們也不例外。唯一的辦法　是活得比住在妳身上的東西更久

河　偷走了天空　顏色令人聯想到鳥兒　在河流像我手肘那樣彎曲的地方　水會泛濫　我說話時　蛇會像疤痕一樣浮到河面　那些蛇一直都順著我的靜脈流動　在妳滿四歲的前一晚　下起了　紅色的雨　我的舌頭低語著蛇。我十九歲　五個嬰兒我的乳房　如石頭般掠過妳嘴巴。妳練習含住我的手指　發出鞭炮聲　我的第二任丈夫　對我很粗魯　用那話兒掰開我的屁股　我告訴自己要變成石頭　呻吟

一隻在某處醒來的動物　是煙霧　我將雨水倒進米裡　煮粥　妳的四個妹妹　綁在我身上。兩個在我胸口，兩個在我背上。我夾在她們的飢餓之間走著　大雨　下在我們的街上　妳說想穿靴子　我從我的靴子割下來那雙新的　妳說妳之前從沒看過雨水坑　跟妳嘴巴一樣大的海　大小不一的鏡子　無論我拿什麼都能映照出來。跟妳的臉一樣寬的湖　妳長得像我　完全不像妳父親　別問我為什麼　那時我很厭惡妳　妳的頭髮被養成黑色的。妳說一直有澆水　妳在雨裡站了好久　等著妳的脊椎　長上天空。我抓住妳的頭髮舉起妳　走到外面　妳就像沒有骨頭　從我手中垂下　我穿戴著的寶寶們睡著了　彷彿珠子串在我身上。妳　似乎在作夢般踢著腳　我走到最近的那座寶寶橋　就在八棟房子外　我把妳丟下去　那時我很

我數過　兩個一數　搖晃著妳　一袋鹽　我嘴裡的舌頭

像一隻被撒鹽的蛞蝓　溶解了妳的名字　那條河　被昨夜的雨激怒　吃掉了妳　妳那雙白色鼓脹的腳　慌張極了　在陸地上很流利　在水中一個字都說不出來　進去

進去　進去　河抽打著自己　如此強烈的　字眼　我

我也把寶寶們丟下去了。活著的　能夠告訴我原因。我　接著解開布巾　我的

進去

- 157 -　祖母　信件一：河流無須負責

四個寶寶全都跟著妳衝了進去　我　我　我　就算在那種時候　她們也是選擇妳

而不是我　水在她們的背上輕快流動　。蛇都過來要剝掉妳的頭皮　我看著妳在水

中張開嘴巴　短暫的花朵　蛇從妳的體內回答

幾年前一場暴風雨　伴隨妳出生　土壤放棄了樹木　蛇為了收養而正在吟唱

將那一年和今天早上押韻唱出　我的寶寶們漂浮著　河水上升　跟舌頭一樣舔我

的背

要讓我轉身　我轉身了　我的身體就像針刺穿了河水　將這個新的結局縫在妳

身上　我把妳們拖出來　一個接一個　最後是妳　我的老大　我走進去　將河繫在

腰間

我把妳安全地放在陸地上　水從妳的嘴湧出　河修改了妳　一副新的身體

隆起變成了鱗片　妳的頭骨　是一顆蛇頭　雙腿飛快變成了尾巴　雙手被磨成鰭

蛇頭魚能夠緩慢行走　牠們的鰓在陸地上會縫合起來　我帶著我的女兒魚[1]　回家

就用我的裙子裝著　把妳完全放進從河裡拿的一個雨水桶　我帶了青蛙　烏龜

魚　我從殼裡挖出烏龜　以指尖去掉青蛙的骨頭　用小魚餵妳們　整隻

把那個桶子當成自己的肚子餵飽　在水中　妳　蛻掉了鱗片　妳的鰭　長出肉變成一

虎靈寓言 BESTIARY　- 158 -

隻腳　妳在一個星期內就長得比桶子還大　又變回女孩了

我要妳別怪那條河　妳還是這麼做了　妳想把河堵起來　某部分的妳想念那裡的水

鹽巴　淤泥　構成了臍帶　承認吧　回去吧　妳的名字　那條河熱愛妳的手腕

就像繩子　妳　我的紅色女孩　我的糞坑　我的第一個　跟著教會的小男孩到處跑　獵捕麻雀　在烤肉網上煎熟牠們　用糖煮骨頭　我不想要妳跟那些男孩一起

所以用蘆葦編了條繩子　把妳拴在我的小腿上　妳夢見自己宰殺了我的小腿　處理好我的肉　逃離我。倘若世上每一位母親都把自己的孩子丟進海裡 2　水面會

1 妳真走運。老虎尾巴比變成一條魚酷太多了。我知道妳害怕它，但我寧願感到害怕也不想被吃掉。──班

2 小鬼，如果我是妳，就會離水遠一點。──班

- 159 -　祖母　信件一：河流無須負責

上升到多高　蓋住我的頭頂　這片海岸　我每天會輸給妳多少

妳死的時候　我要求火葬場清洗妳的身體　就像出生時那樣乾淨　跟洋蔥一樣明亮　別相信任何醫生　把妳的血攪成奶油的　並不是鈉　沙發　食用色素是河　棲息在妳體內　將妳的骨頭　侵蝕成　我點亮的房間。我承認我把它放在那裡：我　像用細繩串過珠子那樣　拉著河流穿過了妳　從嘴巴的洞進去　再從屁眼出來　我的人生　穿過了　妳的人生

女兒

媽祖

大姨肚子裡的蛇自己繁殖成了三隻。那些纏成辮子般的蛇誕生於她的胃部南方,向上遷移穿越了她的嘴巴。牠們大多數時間都在她的腸胃裡睡覺,把她的腸子當成毛衣穿。我用手電筒照進她的喉嚨,看見一道跟繩子一樣粗厚的影子擠出來,撞倒了她的牙齒。大姨說有一隻蛇在她還是嬰兒的時候游進了她喉嚨。牠在她體內生長到成人的大小,吃掉了她肚子裡的一切,讓她的血液無處可去。我問她蛇是怎麼游進去的,她說,有一次我掉進一條河裡。我張嘴要大喊的時候,牠就把我當成家了。她說:只要是打開的東西都能被擁有。她說:睡覺的時候嘴巴千萬別打開,要不然男人就會像蛇一樣滑進去,停留在妳的腸子裡,直到妳屬於他。妳唯一該嫁的男人是月亮,她說,這樣

妳才能每天早上都跟它離婚。

大姨是我母親同母異父的姊姊之中年紀最大的。阿嬤在信裡說她的第一個女兒生來就死了，是處於未來式的鬼，所以我以為要接的是屍體。但我們在機場接到她時，她並不是由骨灰組成的。她對我們說的第一件事是一直都沒有鵝。她在某個地方讀到，鵝會成群飛進飛機的引擎，被絞碎成肉餡，而空難就是這樣發生的。這是她第一次飛行，途中很納悶為什麼窗戶都不打開。母親說鵝要到冬天才會遷移。我則是說那麼高的地方沒有空氣，只有天空，天空充滿了水而不是空氣。要是她開窗，飛機就會淹水，每個人都會溺死。就像妳差點淹死那樣，我差點就這麼說了，但尾巴告訴我現在不是爭論的時候。

在車上時，母親從後視鏡看著大姨。她們的面容彷彿在押韻：一樣的烏黑色頭髮，被光線曲折時則會露出藍色。相同的眼睛：在室溫中就跟汁液一樣柔軟。左眼和右眼是手足，你一次只能對其中一邊說話。母親比所有姊姊更明亮，她塗在皮膚的馬油多到連陽光都會從她身上滑掉。

虎靈寓言 BESTIARY -162-

大姨來跟我們住是因為她經常中風:她腦袋袋裡有一隻鳥會生下血蛋。母親主動提議要把她接來我們家照顧,儘管她照顧的所有東西都會變得很瘋狂。她的蘋果長出了牙齒而不是種子,還有我們的樺樹樹枝也彎曲下來變成了爪子。我們要照顧她,母親說話的語氣聽起來像威脅。母親準備沙發的方式好像是在報復——把靠枕揍回原來的形狀,用大力膠帶封住坐墊之間的裂縫。我出生的時候,從她那裡偷走了母親,她說。要欠那種債,還不如生下來就死掉。

母親將大姨的到來當成懷孕那樣準備,除了把尖銳或易燃的物品鎖起來,還整理了一份英文名字清單要讓她選。

❧

我們帶大姨去好市多(Costco)。我告訴她那裡是國內唯一能夠同時買到搖籃跟棺材的地方。人的壽命就跟貨架走道一樣長。巨大的手推車宛如動物籠子在混凝土地板上喀噠行進。我盤腿坐在手推車裡撞著圍欄,後來母親叫我別再發瘋了。我說我在假裝自己是籠裡的老虎。

- 163 - **女兒** 媽祖

母親用手戳熱縮膜包裝的牛肉，大拇指壓在肉上面看似在檢查脈搏，此時大姨推著我到一條寬得能容納一架飛機的走道。天花板跟教堂一樣高。我告訴大姨這裡是個敬拜的地方：特價的襪子超級包神聖無比，便宜到我們希望自己的腳就跟馬陸一樣多。烤火腿是多麼的聖潔，有如嬰兒般肥嫩，等著被我們的肚子收養。大姨跟我打開了冷凍區的每一扇門：豌豆、派、禽肉。美國人會把所有的東西都冰起來，我說，而她問為什麼，我說可能因為他們的嘴巴是微波爐吧。

在好市多買我的棺材，大姨說。更好的是，什麼都不必買。把我的屍體餵給停車場的鴿子。好市多的鴿子成群停在人行道上，像豹一樣走過停車場，猛撲向我們的腳。到了外頭，母親用折價券替大家買了熱狗，而我們在上面塗了滑溜溜的芥末，一邊吃麵包，一邊把肉餵給鴿子。

大姨生下來就沒有血。醫生還得殺掉一隻山羊，用管子把山羊血輸進大姨空洞的血管裡。可是醫生不小心打了太多血進去，使她變得又紅又硬，膨脹得像顆蘋果。阿嬤把

她放進水桶裡洗澡時，她就會屁股朝上浮在水面。每天，大姨身上都會有紅色的東西：她塞進拇指指甲下方的一片花瓣，一條手帕，手腕上的一條紅線，她肚子上因為輸血產生的一道疤痕。就連她最愛的食物也是紅色：豬血糕、叉燒包、吃了溺死者屍體肉而長出鮮紅色鰓的鰻魚。她碰到的任何東西都會變紅：綠色芭樂變成了《聖經》中的蘋果。她還小的時候，有一隻咬了她屁股的雜種狗變成了獵犬。傳教士說她受到了祝福，說這個女孩能夠把水變成酒的顏色緞帶一路捲開延伸到大海。她的臼齒長成生肉的顏色，但大姨一點也不覺得。她浴缸裡的洗澡水看起來就像屠夫的水槽。

有一次大姨不小心碰到了她的三位同學，後來老師就叫她要戴著手套去上學。手套以某種動物的皮革製成，內側是皮，外側是毛。

一位中國傳教士讓大姨改變了信仰，那個人會在身上同時繫兩條皮帶——一條用來束緊他的褲子，另一條是要脫下來打人的。他用痛打的方式教導《聖經》：要是他們講錯了某一節，他就會剝掉他們背上一層皮。

每到週日就會有帳篷傳教，也會有起司三明治。現場有用桶子裝的檸檬水，還有美國傳教士的小孩，那些人都是以他們在陽光下顯現的色彩來命名：最高的兒子叫赤陶

（Terracotta），雙胞胎是血紅（Blood），金髮小女孩則叫玫瑰水（Rosewater）。在傳教士的孩子中，赤陶的膚色跟名字最像，他會和大姨與她的表親去獵麻雀，甚至還帶著自己用袋子裝的石頭。大姨跟赤陶會去除尾巴的羽毛，撕掉沒有肉的翅膀，再把軀幹部分放到被太陽晒熱的廢棄細鐵絲網上面烤。雖然麻雀肉會被鐵絲網烤出黑色的格子圖案，但那樣味道更棒：他們可以假裝自己吃的是被圈養的東西，是被關起來養肥的東西。大姨和赤陶可以假裝飢餓是他們之間共通的詞。

有一次，他吻了她。當時他們在一條河裡，水深及腰，蛇纏繞著他們的腳踝。她喜歡看教她打水漂，可是大姨比較想把石頭丟進深水裡，然後看那些蛇呈環形散開。赤陶東西下沉的感覺。他在河中央親吻她時，她想到了耶穌走在水面上，而他們身體周圍的河水冷卻下來變成了玻璃。岸邊的黑色蘆葦好似粗厚的睫毛，在風中眨個不停。他把她壓在泥灘上，緊吸著她的乳房。她的手心像耶穌一樣被他釘住，不過她身上的洞似乎跑到了別處。她想脫掉手套，把他變成槍傷的顏色。她心想：如果這不叫神聖，那一定是死亡。

在河邊的那一晚後，大姨每個小時都會檢查她的肚子，當成甜瓜敲啊敲的，但她不確定自己要聽的是什麼。那年剩下的夏天裡，赤陶花了許多時間跟他父親在教堂墓地

虎靈寓言 BESTIARY - 166 -

建造鳥舍，不過大家都以為那些是捕鳥陷阱。當牧師發現本地人一直會把巢裡的蛋跟雛鳥偷去吃掉，他們就把所有的鳥舍都拆了。蘋果臉的症狀開始在本地女孩之間散布，後來大姨班上幾乎每個同學的臉部、脖子、大腿內側都出現了同樣的紅疹。有次大姨接生了赤陶的其中一個私生子，趁母親睡著時抱起孩子自己餵奶，假裝是她生的。除了自己的名字，那個嬰兒對全部的聲音都有反應，會轉頭面向鳥叫、電話、雨聲。

我出生時肚子蓋了一塊像蕾絲的紅色胎記。大姨稱之為業障，說是她在河邊發生那件事所受到的懲罰。大姨允諾會在我滿十五歲的時候付錢弄掉它，無論多貴都沒關係。她說這是她一直在等著付出的代價。

☙

大姨的父親是個鬼。我們都沒見過阿嬤的第一任丈夫。我們知道他受的懲罰，但不知道他犯了什麼罪：他在監獄關了五年，然後用一條鞋帶在喉嚨的蘋果核下方打了個蝴蝶結，就這樣勒死了自己。哥哥說罪行一定很嚴重，例如縱火燒某個人，或者走私

炸彈之類的。不過母親說他只是另一個受到指控的共產主義者，還說警察把屍體丟進河裡時，鞋帶仍然綁在他的脖子上，正因如此，這個家族才會禁止大家穿有鞋帶的鞋子。你們會透過鞋子召喚他的靈魂，母親說。她把自己當成鞋子醫生，用廚房剪刀剪斷了我們運動鞋的鞋帶，再拿膠帶把原本繫綁的地方黏起來。我用繩子串過一把剪刀掛在脖子上，如果他變成鬼來找我就能派上用場。我想剪掉他喉嚨上的繩結，那個結令他窒息，讓他的舌頭如蒸汽般冒出嘴巴。大姨把他稱為我的紅父親，我也直接想像出他的樣子：留著紅色鬍子的男人，以紅色木材擺成的火葬堆，被煙霧颳刮擦變紅的天空，如血管般撕裂的河。我們第一天帶大姨回家時，她坐在沙發上用牙齒剝掉染紅的西瓜子，一邊告訴我她曾經見過一個女孩像甜瓜一樣死掉，她逃進山區喝掉了一整條河，結果肚子就像鈕釦被解開了，而她在警方收到的通報中就被稱為紅。

放學後，班跟我一起走路回家看大姨。我告訴班大姨有召喚紅色的能力，她則是要我證明。我說我還沒見識過，不過一定是真的。她每天早上都會把雙手當成傷口處理，

先用紗布包起來再戴上手套。

班跟我站在沙發上看著廚房裡的大姨。她正在把某個紅色的東西切得更紅。接著她的雙腿丟掉了骨頭。她往前摔，額頭用力撞到了流理臺。鮮血一條條流過她的身體。我想要大喊，可是聲音在嘴裡鈣化了。班跟我跑向大姨，把她的頭抬離地板，用力捏她的臉頰。

母親載她去急診室，但大姨不肯脫掉衣服。醫生讓她在手術服底下繼續穿著自己的衣物，護士則在她的長袖上割出一道開口抽血。他們最好別叫我拉屎在任何東西裡，大姨說。我才不會為任何人拉屎。醫生說是中風（stroke）。她被轉到一間病房，那裡的機器把她的腦波畫成了山脈。有好幾個袋子把液體餵進她手臂的血管。他們讓她提早出院，還提醒她：不能從事高壓力活動。不能攝取鈉。醫生問我們有沒有心臟病的歷史，母親說沒有，我們沒有歷史，只有故事，只有一段在我們國家裡生存的漫長紀錄。

後來大姨的左半邊身體癱瘓了一個禮拜。她只能繞著圈子走。她麻木的大拇指垂在手的前方，而我喜歡用舌頭來回彈動它。

英語的 stroke 這個字就是我們所謂的中風。學校打電話來問我為何這麼多天沒出現時，我說我阿姨被風吹中了兩次。

- 169 - **女兒** 媽祖

母親在家裡想替大姨洗澡，但她還是拒絕脫掉衣服，所以哥哥跟我把她拖到院子，用水管把她連人帶衣服一起沖洗。她的衣物廉價到顏色一沖就掉。她對我們吐水，還一直罵髒話，說像她這樣的女人沒理由保持乾淨。

大姨講故事給我聽：阿嬤在水果上刻出臉孔逗笑她的女兒們，以及鄰居有個男孩不小心用快速球打死了她一隻雞，於是阿嬤要他在她面前把那顆棒球吃掉。她把公牛操勞到髖骨都出現了孔洞，她把糞便攪進茶水裡來治療感冒。阿嬤教我母親將繩子綁在蜻蜓的腰部，再把另一端綁在她的手指上，教她透過牠翅膀的霧面玻璃觀看天空。母親說她完全不記得這些故事了。她開始懷疑她們其實不是姊妹：我們在機場接錯了人，而真正的大姨變成了鵝，從飛機的引擎飛走了。一天晚上，母親打電話給我的四阿姨確認。

姊，母親說。我們怎麼知道就是她？四姨叫她帶大姨到水邊。只要像是河的地方都行。妳必須從記憶裡看她。

晚餐過後，我們開車去 7-Eleven 後方那個形狀像胎記的蓄水池。水面漂浮著屎，

虎靈寓言 BESTIARY　- 170 -

但我們不確定那些大便到底是不是人類的。有幾位叔叔想要釣魚,結果拉起的卻是如水母般膨脹的保險套、腳踏車鏈條、塑膠袋、打火機。我們吃完晚餐開到那裡後,大姨就站在遠處用雙手抓著柵欄。

哥哥不肯過去,他說男孩們會去蓄水池周圍的樹林裡,把自己的屎放到彼此嘴裡進進出出。我問為什麼,他說,那就是他們說話的方式。我想像他們的陰莖是樂器:要用吹的才會有聲音。我望向樹林,可是沒看到男孩把陰莖當成笛子拿到嘴邊吹。

在岸邊附近,有一隻鵝正在啄牠小孩的頭。我走上前要算牠們的數量時,那母親就轉過來看我。牠跑向我的腳,翅膀像刀子打開。大姨鬆開柵欄,用一隻手抓住鵝的脖子,然後把牠甩回水裡。

母親確認了她們的關係:並不是因為大姨遠離岸邊,還像個母親般抓著柵欄。是因為她用手扭住了鵝脖子。母親只記得自己見過大姨做了一件事:從喉嚨插死一隻豬。心臟就在喉嚨裡。當時她們還小。她們的裙子被雨弄黑,雙腿尖細到能削甘蔗。那隻豬跑進田裡,後方拖著一片鮮血。血絲被甩得好高,以至於天空變紅好幾天,大家都以為它在生下太陽時流產了。

- 171 - **女兒** 媽祖

大姨住在島上時，一共流產了三次。每次流產之後，她都會把一整顆木瓜連籽一起吃掉、向觀音祈禱、買全新的衣物、淨身。她懷孕最久的一次維持了一個夏天。醫生告訴她只能吃有種子或蛋的東西，所以她只吃西瓜、芭樂裡面牙齒色的籽、魚的卵巢。市政府買下大姨的土地後，她就搬到另一間房子住，是鐵皮屋。那裡的價格便宜到她覺得一定有鬧鬼。她猜對了：某個夏天有一位男孩死在那裡，是在睡夢中被他父親捅死的。那一晚他父親喝醉了，很想吃豬肉，誤把他當成是家裡的豬，但沒人知道怎麼會發生這種事——豬比男孩重兩倍，因為刺死豬的時候，牠完全沒發出聲音，豬死掉時一定都會唱起血之歌。聽聞這件事後，大姨就再也不在那棟房子裡煮豬肉了。

有時候她喜歡把這個鬼當成兒子，在夜晚即將結束時對他說話：你好，豬男孩。她想像有個長了蹄的男孩。她想像有個耳朵長在頭頂的嬰兒。我很遺憾你的父親想要吃掉你。大姨想要豬男孩留下來。每當鄰居又提到那位被殺害的孩子，她都會阻止他們說出他的名字。只要她不知道，她就可以替他取自己想要的名字。她把自己的娘家姓給了

虎靈寓言 BESTIARY　　- 172 -

他，是「紅」的同音異義字。疼愛已經死去的東西是一種慰藉。

❦

母親說大姨必須有個能合理戴著手套的工作，所以大姨在購物飲食街（strip mall）的針灸店找了份差事。她讓我看她的假證照，那張護貝卡片上面印著別人的名字。她帶我去上班時，我會盤腿坐在接待櫃檯，舌頭則因為偷吃接待處玻璃菸灰缸裡的芭樂糖而變綠。

❦

有一次，一位客人進來問手交的事，她以為意思是用手交付的工作。那裡會叫 strip mall 是有理由的，母親說。要學會脫掉除了手套之外的一切。①

---

① 譯注：此處「strip」另有「脫掉（衣物）」之意。

在故事的所有版本中，媽祖都是一位漁夫的女兒。她出生時沒有啼哭，因此他們稱她為默娘：不說話的女子。媽祖自己學會了游泳，還會拿著石頭增加重量練習在水裡飛行。她可以將自己投射到夢境中，也能游到外頭拯救被暴風雨吞噬的人。有一次她為了救困在颱風中的父親和哥哥而死去，後來人們就為她製作了一尊紅色雕像。我問大姨她到底是不是媽祖轉世的化身。她說不是，我們是豬的後代：牛會犁田，雞會下蛋，然而豬生來就是要被宰殺，一路從出生的洞到嘴巴的洞再到拉屎的洞。我看著大姨在島上的老照片，差點就相信了：她站在海灘上，嘴裡充滿光芒，辮子跟錨一樣沉重。她在那些照片裡幾乎都有懷孕，她的肚子也投射出沒人能夠填滿的影子。

在最近一張我們替她拍的相片中，大姨用嘴巴咬著一把指甲剪。她已經學會不依賴雙手，能夠用兩顆門牙咬住針縫紉，還會用舌頭打結。我什麼都做得到，除了擦屁股，她笑著說。沒人會有那麼長的舌頭。

虎靈寓言 BESTIARY - 174 -

每當大姨睡覺,哥哥跟我就會玩起遊戲:只要能把最大的東西塞進她鼻孔裡而不吵醒她的人就是贏家。第一次玩的時候,我們拿了一根髮夾轉啊轉的放進她鼻孔,弄得她從鼻子噴了一口氣醒來,發出豬叫聲。從那之後,哥哥就叫她豬姨。

我們所能塞進最大的東西,是母親放在床墊底下的防狼哨。大姨從鼻孔呼氣時,哨子的尖嘯聲吵醒了她,母親也跑進了客廳,高舉著切肉刀問色狼在哪裡。

還有一次,我把我最粗的三根手指塞進她其中一邊鼻孔,然後跟哥哥說我摸到了她的腦,正在確認成熟了沒。那是什麼東西?他說,而我說:鳥,有一大群鳥嘴正在啄我的指尖要把我趕走。我從她鼻孔抽出手指時,不小心拉出了一道鼻血,解開了她記憶的紅絲帶。

✿

班跟我照料著院子裡的洞,用我們的手指餵它們,並且尋找另一封信,希望信上會說明該怎麼處理第一封信。我們聽見大姨從屋裡呼喚的聲音,於是跑進廚房,發現她倚靠在流理臺上。大姨捧著肚子,可是那肚子看起來跟她剛到我們家的時候一樣大。我們

- 175 -　**女兒**　媽祖

帶大姨到沙發，用靠枕撐住她，輕拍她脖子和額頭上的汗，然後等待母親回家。

大姨發出呻吟，還把一顆靠枕咬出了裂縫。剛才大姨在廚房裡站的地方有一攤水。我擦拭磁磚上的水，但汗跡似乎散布到整片地板了。我問班這有沒有可能是假性懷孕，班說假的才不會有水。

等母親回到家，大姨已經進入分娩一個小時了，而且我們也脫掉了她的褲子。班說以防萬一，我們應該脫掉她所有衣物，不過我問她：哪種寶寶會從腰部以上出生？母親蹲在大姨的雙腿之間，從那裡用力拉出某個東西：一條以血織成的深色圍巾，纏結的部分解開之後變成了一條脖子。是一隻鵝，嘴巴先出來，覆蓋著黏液和血。我輕撫牠的背，然後舔掉沾在手指上像乳脂軟糖的血。

大姨說要看寶寶時，我們就帶她到後院。母親把鵝放在那些洞之間，讓牠繞著自己轉圈，而牠的翅膀還被黏液黏得很緊。大姨沒說話，蹲了下去。然後她脫下手套，從頭到尾輕撫過她的鵝，結果牠變成了紅色，成為尚未命名的物種。

我告訴班我夢見自己吃了那隻鵝。我們躺在棒球場，她的右手放在我肚子上，動個不停。她的手會孵出我們所有的計畫：只要她握住拳頭再打開，我就知道這表示裡面有了某個構想的雛形。

那天晚上在我家後院，班跟我從圍欄解下了鵝的繫繩。院子中心的那個「口」打開了。相信我，握著繫繩的班說。她用舌頭發出咯咯聲，哄著鵝到院子中心。

我跟在班和鵝的後面往「口」走去，看著她跪在洞旁，用雙手抓住鵝，壓緊牠的翅膀。她先把牠的腳放進洞裡，牠則是想揮動翅膀掙脫她的手。

我問她在做什麼，她說，讓牠出生。我說不，這是犧牲，這是扼殺。班說，每一張嘴都需要餵養。洞從她手中吸走牠，吞了下去。只剩繫繩沒被吃掉。班把繩子從洞裡收捲出來。我們往後站，用腳尖踢著土壤確認它平靜了沒。它在我們腳下打嗝，然後朝我們臉上吐出熱氣。

那天晚上，我去看洞消化完了沒有。我把雙手塞進洞裡，摸索著想觸發嘔吐反射。

第二封信像舌頭一樣伸了出來，而且被另一個國家的雨浸濕了。

我就說它想要吃肉吧，班在我抽出信時說。「口」擴大成我們的頭那麼寬時，我們就伸手進去，拉出了粉碎成鹽的鳥骨頭。是大姨那隻鵝寶寶的骸骨。我們取回的其中一

- 177 -　**女兒**　媽祖

根骨頭是肋骨,另一根則是叉骨。我們各抓住叉骨一端把它拉斷。斷成一半的骨頭在我們手中抖動,像磁鐵又吸了回去。兩根骨頭一碰到就緊密結合,發出了亮光。烏鴉在我們頭上聚集,準備編織夜晚。班跟我試圖再弄斷骨頭,想引誘它破壞對稱性,可是那根叉骨飛離了我們手中。它在我們頭頂盤旋,長出了身體。反向的腐朽:叉骨長出了皮毛和羽毛,腳從軀幹分岔出來。牠往上升,加入了烏鴉,那隻鵝就這樣在鳥群之中穿進穿出,飛回自己的家。

大姨最近一次中風導致她忘了我們的名字,於是她決定回去島上。她說她也該找別人處理自己的後事了。在她離開前的最後一晚,我們又走到蓄水池,把在蘆葦叢和灌木叢裡找到的東西都丟給那裡的鵝:熱狗麵包屑、魚骨頭、壞掉的飛盤碎片。大姨想在天空中找到一隻紅鵝,結果把太陽誤認成了她的鵝。

大姨說餵那些鵝其實很殘忍。牠們的體型因為人類餵養而長得太大,這樣就沒辦法遷徙了,她說。牠們再也無法往南飛,也可能是牠們再也不需要這麼做。牠們困在了自

虎靈寓言 BESTIARY　　- 178 -

大姨離開前，母親說她很高興：大姨沒有用。她等於是一件傢俱。

傢俱非常實用，我說。不過，我很好奇大姨會不會有一天縫合起來，她的皮膚變成皮革，她的脊椎像沙發那樣往後傾斜。大姨總會開玩笑說她正變成鵝，在我們的坐墊上築巢，吃著麵包屑。我問她如果把她當成鵝餵養，是否就表示她再也無法飛回家，她則說這裡已經是家了。在這裡，母親會把每一道菜的鹽全部換成糖，將一切都煮得很甜，甜到我們都趁她不注意時把東西吐回碗內。廚房到處都是螞蟻。大姨跟我最喜歡有螞蟻的時候。我們會用一段一段的膠帶把牠們成群黏起來。我們會在牠們的路線上穿孔，計算要過多久才會有更多螞蟻湧進我們弄出的缺口。我們喜歡一次殺死一隻，看著一整個家族的螞蟻從死者身上走過，沒有任何一隻想抬起屍體或把它帶回家，等著蟻后出現，但我們知道牠有翅膀，就在我們頭上某處，無法殺死，而牠的食慾是一整支軍隊。

己的身體裡。

大姨離開一個月後，母親還是不肯丟掉我們買給她而沒吃的嬰兒食品，那些全都是紅色的口味：甜菜根和蘋果、混合莓果、大黃。她死的時候，我們寄去了要跟她一起火化的紙蓮花：那些手掌般大小的花瓣全都是母親在餐桌上摺的。

大姨在島上火化時，其他阿姨們用筷子從一個托盤上夾起骨頭碎片，發現大姨的骨頭充滿了紅色水晶。她們把她所有的骨頭當成晶洞那樣敲開。就連她的心臟也像是塗上明亮糖衣的蘋果。她們在信中放了一塊碎骨片寄給母親。它從軟墊信封裡射出，在我們的餐桌上彈了兩下，如同刀子般堅硬。它跟我的食指一樣長，一端很鈍，另一端分岔。那塊骨頭在我手裡摸起來跟我的體溫一致。它的歌聲讓我跪倒。母親說我們應該用三明治袋把它裝起來壓個粉碎，不過最後她還是留下了它，還在一個花瓶裡倒滿牛血，把骨頭垂直種進去，每天澆水，好讓大姨再長回來。

祖母

信件二：吃掉雲朵

親愛的次女：

妳出生時沒有哭而是笑。這讓我印象深刻。我喜歡妳的誠實。我遷就妳的無奈，也明白妳誤信了我的身體　我從河裡將妳拿起　我手中的一條魚　把妳跟妳的姊妹們一起放進雨水桶　妳是最後一個變成女孩的　蛇咀嚼著泥漿　又吐出來　　土壤中的毒液擴散到甘蔗　　今年很酸　　樹木縮回它們的根我們開始吃棉花　把它們揉成球　我們肚子裡裝滿了自己的拳頭　鄰居們去獵蛇　可是牠們退進了水中　沉到底部　　假裝成石頭有時候我會夢到自己用牙齒耙著那條河凝視每一條魚的鰭　全都不是妳。妳在我的魚女兒之中是最鹹的　　我在雨水

桶中　從尾巴引導妳　是什麼取代了觸摸：水　飢餓　我夢到雲朵是小牛　我殺了牠們來餵妳　到了早上卻只有棉花擦拭著我的肚子　我嫉妒河沒有骨頭　我幾個星期後　妳的姊妹們變回了女兒身　妳沒有　一整年都是魚　妳行光合作用

將光變成骨頭　我用棉花餵飽所有的女兒　我的女兒們是如此空洞　她們只能拉出一道道霧氣　有一天我回到家　看見妳的姊妹們站在桶子旁　妳的骨頭發著光妳的姊妹們太瘦了　她們的肚子裡只有棉花嬰兒　膝蓋像球形門把　幽靈般的鰭我看見我的長女把妳握在手中　妳的骨頭　在她嘴裡　妳的姊妹　彎著腰輪流咬下妳　鱗片閃閃發亮　她們的舌頭　我一直揍到她們放手　來不及了　我已經忘記　妳還是女孩的樣子　我救回她們未吞下的部分　某塊骨頭　一邊的眼眶當妳的姊妹們拉屎拉出妳的肋骨　我把它們放回了河裡　用雙手把水面打到發青鄰居告訴我水是不會瘀傷的　說我永遠無法得到諒解　他們看見我把我的孩子們丟進河中　我真以為她會變成原樣回到我身邊嗎　是真的　在妳出生前的夏天　河裡有一隻鯨魚　妳用頭撞到我的肚子都瘀腫了　一直想要到我的身體外面看牠　沒人知道那隻鯨魚是怎麼擠進去的　但牠就在那裡　我發誓是真的　一隻鯨魚　我輕

撫牠果凍般的頭　牠對我發出哞哞聲　妳也在我體內笑了起來　讓我發癢　在妳的姊妹們吃掉妳那一天　我請求河還給我　一個女孩　結果它吐出了一個魚鉤掉在我腳邊　它說妳自己去釣另一個女兒吧[1]

1 這太猛了。如果妳吃掉另一個物種的姊妹，這算是同類相食嗎？飢餓會遺傳嗎？我希望妳不會打算要在某一天吃人。不過妳能夠選擇自己要獵捕什麼嗎──或是什麼會獵捕妳？──班

女兒

海盜寓言

在學校放暑假前的最後一個星期，班跟我把她的鳥籠餵給了洞。她說上一封信的內容感覺並不完整，這次我們必須使用金屬來新陳代謝。她告訴我，金屬可以熔化成水，而那些洞隨時都很渴。我們認為總共有三封信，分別是要給阿嬤留下的三位女兒。所有的失去都是三個一組，班說，這讓我想到了母親在餅乾罐裡的那三根腳趾。

我們把籠子放進「口」之後，洞花了一個鐘頭才癒合起來。我們聽見泥土下方傳出尖銳的嘎嘎聲，那是籠子的柵欄正被猛扭、撕咬、擦去鏽蝕。我擔心影子鳥會因為被埋在離天空這麼遠的地方而窒息，可是班說就算殺死裡面的東西也不值得。我們已經犧牲了一整隻鵝。我叫她別提醒我：這些信已經造成了太多傷亡。

「口」過了四天都沒打開,我告訴班要有耐心:金屬的新陳代謝比肉要慢得多。班說我應該對那些洞講故事:它們會打開耳朵聽,到時候我們就能把手伸進去找。但我說我沒有任何故事,尤其是關於阿嬤的。她才是聲音,而我是耳朵。那就講一個妳阿嬤的故事吧,班說。

每隔一天晚上,母親都會用新電話打給阿公,但接起來的都是阿嬤。阿公的腦袋已經跟一切的記憶離婚了,有時候他還會打來告訴我們日本人正在入侵,要大家找一座井躲進去。阿嬤讓他睡在人行道時,他會躲到辣椒叢底下,鑽進泥土裡,等待軍隊在早上出現。

如果接電話的是我,阿嬤就會給我婚姻建議:別嫁大陸男人,她說。阿公和我父親都是在附近的省分出生,看看他們現在變成了什麼樣子:我丈夫整個腦袋混亂不明,妳父親則是整個人下落不明。她說男人跟失蹤是同義詞。後來她叫我在睡覺時把去皮薑根夾在膝蓋之間,藉此驅離男孩子。我從母親的櫃子裡偷了薑。它吸收了我的汗水而膨脹,還摩擦掉了我的毛髮,但我還是用力擠壓它,弄得我的胯下發燙,隔天尿尿時還很刺痛。母親說阿嬤帶壞了我,不過那一招真的有效。街坊的男孩子騎腳踏車都會繞過我,就連哥哥也說他跟我講話時舌頭都會燒起來。

除此之外,阿嬤還敘述了怎麼偷走鄰居的雞,把牠們殺掉、去皮、烹煮,這樣就沒有犯罪證據了。阿嬤還教了我關於所有權的原則:妳生了就是妳的,她說。或者妳殺了就是妳的。

這是我說給洞聽的故事:

我第一次發高燒時,父親才剛去大陸幾個月,那時我一天晚上會尿床兩次。我的嘴巴很燙,就像爐子的門,每當我想說話,舌頭就會被烤得又乾又脆。母親待在家陪了我好幾天,她把我的床單換成了毛巾,還用保鮮膜包住枕頭防止我挖出泡棉,後來她終於打給了阿嬤。我知道她很不想打電話去,可是她已經一個禮拜沒去上班,而且給我嘔吐用的雜貨袋也快用完了。雖然我沒聽見母親對阿嬤說了什麼,不過她一掛斷電話,就把裝嘔吐物的塑膠袋打結綁好,擦拭沾在我下巴的黏液,然後說,我必須去上班了。腳可不會自己擦洗掉真菌。

我知道她想要我反駁,叫她留在家裡陪我,但我卻說我想見阿嬤。母親站在門口,勾在手臂上的那袋嘔吐物搖晃著。袋子的一角出現了裂縫,我肚子的內容物從那裡流了出來,有如燉煮的食物潑濺在她腳趾上。她踩過那些東西,走到我床邊。她說我才不知道我想要的是什麼。

然而我想要的是她們兩個都陪我,用她們的手臂在我上方搭起一座橋,不過這麼一來我就變成了她們下方的河,也就表示我站在差點淹死母親的水那一邊。

阿嬤搭了七個小時的巴士往北來找我們,還帶了幾箱可口可樂跟一袋生薑,在車上占了兩個位子。她在我們的廚房沸可口可樂,再把薑片放進去,這是她在工廠時從其他女人那裡學到的一種廣東療法。她打開我的嘴巴,倒進薑汁可樂,直到我吞下去才肯放手。她用手指抓緊我的喉嚨。母親在門口看著,很想插手,可是阿嬤隔天就離開了。她為我縫了一個護身符放進枕頭套裡,那是一顆塞滿了毛氈跟棉球的葫蘆。睡覺時用嘴含著它,想讓葫蘆成熟,化為我的女兒。

班叫我繼續講下去,說那些洞都打開了,它們正透過喉嚨聽著。可是這個故事太長了,我根本說不完:我的喉嚨會像緞帶一樣用完。於是我進入屋裡,寫下自己記得的內容,摺成方形,然後餵給了「口」。

譯者註：阿嬤是在我發燒期間講了這個故事。起初我什麼都不記得，一直要到她離開了幾天之後才想起，而母親說我應該刪去所有關於阿嬤的記憶，免得它們入侵我其他的回憶。然而我並不想忘掉這個故事。其他我不想忘掉的事：我夢到自己困在一艘船上，床墊被我自己的汗水淹沒時，阿嬤握著我的手。我問她小時候的大海是什麼樣子，她說我有個故事。

她有可能把自己的女兒丟進河裡嗎？說不定她以為她們著火了。說不定她以為自己在救她們。有辦法用不帶立場的方式講述故事嗎？

海盜寓言：阿嬤的插曲

〔以阿嬤的聲音閱讀。建議：在水下大聲讀出來，或是以垂直於強風的角度說話，或者在開口之前先吞下一根叉子。用流血的聲音說出你的語言，接著學習大海的口音。〕

- 189 -　**女兒**　海盜寓言

妳講故事的方式就像白人。1 太多話了。我比較喜歡簡潔，2 帶著剪刀說故事。要切斷的時候就很方便。這麼說吧，妳的高祖父偷來了他的名字。在帝國與人們出現之前，在我的屁股會開始咆哮著叫我坐下之前，在血還很甜的時候，我們就住在地底下的房子。我們挖進山裡，土壤潮濕到都能擰出河流。我們回家時要爬下梯子。如果家在妳腳下，那就表示妳永遠在家。山不夠的時候，我們就把自己的屎種進土地，這樣會長出更多的山。我們並不渴望往上，而是渴望往下：房子愈深就愈安全，不會被人看見，不會被士兵發現，不會感受到軍隊造成的悲傷。妳以為妳在院子裡挖洞是自己想出來的嗎？挖掘是妳的天性。骨髓的材質就是洞。

帝國把我們分成兩類：熟蕃與生蕃。如果妳住在山區，跟河流交媾，那麼妳就是生蕃。祖父以紹（Isaw）是那麼妳就是熟蕃。如果妳嫁給大陸人，讓他們在妳體內烹煮小孩，生蛋黃。他因為要射下太陽而直視它，結果把眼白給煮熟了。有一天，男人們帶著鍋子上山，準備煮熟部落裡所有的男孩。以紹自願被活煮，然後就下山尋求冒險。他養育了十二個半生半熟的女兒。他為妳油炸出了一個家庭。他搭著一艘船進入大海，船是從一位漁夫那裡偷的。他割斷對方的喉嚨，還用矛把他插在水中。血引來了鯊魚，而牠咬掉漁夫的睪丸游走了。

他過著漁夫的生活，但後來有一批海盜上了他的船。我的祖父並不介意成為海盜：比起捕魚，他更喜歡當海盜，而且做什麼都比在陸地上好，畢竟那裡每個人都想要煮他。海盜們稱呼他三刀——沒錯，當然是因為他帶著三把刀，每一把的長度都不一樣，每一把都是以蛇來命名——直到他第一次殺了一位商人。以紹接收了那個商人的名字，因為他喜歡像其他男人收集妻子那樣收集名字，另外也因為這會讓大家認為他是中國人。現在海盜們都叫他老廣。我那在陸地上的祖母以為他翻船死了，很快就接受了自己的寡婦身分——其實她一點也不在意。反正她也不愛她丈夫，他就跟她腳趾之間的真菌差不多。在他被綁架之前，我們只會每隔三旬見他一次。我的阿姨和舅舅們也不想念他⋯⋯老廣只是滲進家裡的屁。

這支海盜艦隊的首領是蜑家人[4]，名叫阿鄭，比我祖父年輕，但身高較高，身材細

---

1 好吧，阿嬤在這裡說的是外國人，不過我想我們都知道她指的其實是白人——白惡魔、鬼佬、白鬼之類的。你可以把它替換成自己文化中適用的詞。
2 看出諷刺之處了嗎？
3 阿嬤其實是說每個月見一次，只是我覺得三旬聽起來比較傳統老派一點。
4 阿嬤這時講了一個歧視的用詞——我還是別寫出來好了。

瘦像一把匕首。從遠處看，他的船就像一張嘴巴：木頭被太陽染成跟下頜骨一樣的白色，船的欄杆也被他嵌進了一根根象牙尖樁，遠看就有如牙齒。象牙尖樁的用意是為了防止敵人登上船。阿鄭的同伴大多都被廣東人屠殺了，所以當海盜是一種報復——既然廣東人說他不適合陸上生活，那麼他就要把水當成鞭子揮動。他要奪走他們全部的船，鞭打他們的船身，熔化不屬於他們的黃金，然後鍍到他所有的牙齒上。這一輩子，海岸就像是父親[5]——他明白自己永遠不被允許見到。他不在意。他喜歡水勝過女人。[6]他是在大海被懷上，也是在大海出生的。有些人說他能對魚唱歌，而牠們會在他肚子餓的時候跳到船上。有些人說他的睪丸大到足以當成炮彈射出。

我在陸地上時認識一個像那樣的男人。他有一根魚屌，所以必須一直把腰部以下泡在水裡。要是他走到陸地上，它就會因為呼吸到空氣而死。其他所有的漁夫都會屏住呼吸替他吹。他的魚屌把卵射進他們喉嚨，而他們的嘴巴會在一個月後生出孩子。妳也是在嘴巴裡懷上的。妳的母親在睡覺時對妳說話，那時她正作著某個關於溺水的夢。她說妳有父親，別相信她的話。

其他海盜都說他的船只靠胃腸的脹氣推進，說他只要站在船頭放屁，就會有一陣風把他吹到世界各地。他們說他的船有鯊魚當武器，牠們總是游在他的下方，正因如此他

才從未輸過一場戰鬥。他在兩個星期內就奪得了大量戰利品，那些亮晶晶的東西多到讓他整支艦隊都快被壓沉了。現在他們則把財富存放於海邊的峭壁，還把藏寶圖烙印在彼此的背上。阿鄭的雙腳從未感受過陸地，一想到要把雙腳鎖在地面生活，踩在那種顏色跟屎一樣的東西上，他就覺得噁心想吐。

另一方面，大海則是他閃閃發亮的衣裝。他是多麼的幸運啊，哪怕暴風雨掀翻了他的船也無妨。阿鄭以陸地的標準來看就像一隻普通的豬[7]，但在水上可就英俊得很，尤其是在水面中的倒影──他戴著蜑家人的帽子，可是帽子底下的頭髮就像水，有時輕撫他的肩膀，有時自己盤繞起來。他出生時頭頂就有個呼吸孔，而他喜歡在裡頭插上一面小旗子，那其實只是一張衛生紙。他的眼睛顏色宛如苦澀的葡萄。一定要記得吐掉葡萄皮，要不然妳的眼睛也會變成那樣。妳會把黑暗的東西看成光明，把被愛的東西看成失去。

前面說的一切都是為了這件事鋪陳：老廣，我那位牛心魚屌豬生的祖父，他愛上了

---

5 關於我父親，阿嬤想說的是什麼？
6 很快就會談到這件事！
7 我不知道普通的豬看起來是什麼樣子，所以請自行想像吧。

- 193 -　**女兒**　海盜寓言

阿鄭。在海盜生涯剛開始時，老廣會暈船，然後他會彎著腰搖搖晃晃地走到欄杆邊。阿鄭用自己身上絲質衣服的袖子替我祖父擦臉。他告訴我祖父，針灸可以治好他暈船的症狀，於是邀請他到船長室。阿鄭的針灸針是以魚骨製成，在光線下看不到。雖然老廣怕針，但他什麼也沒說。

我的祖父被阿鄭脫去衣物時，突然覺得自己的嘴巴感覺好像海膽，又刺又鹹。阿鄭讓全身赤裸的老廣趴在棧板上。他用海水和濃醋消毒每一根針，然後伸出一隻手停在我祖父的左肩骨上方。老廣叫了一聲，阿鄭笑了起來：我都還沒放進去呢。8 當阿鄭直接把針滑進肩骨，老廣發出了呻吟。雖然不會痛，但那種感覺持續了好幾天。

老廣跟阿鄭激烈地幹了起來。阿鄭的鬍子嘗起來像浪花，刺著他全身的皮膚。我祖父真心相信阿鄭是神的化身——否則他怎能這麼年輕卻如此有自信地指揮一支比皇帝規模更大的艦隊？他怎麼會生出這麼好看的長腿，而且股溝深到所有的影子都渴望住進去？有時候，他們做愛時比較像在祈禱：我祖父會盡量讓阿鄭的精液9在自己嘴裡留得久一點，拷問出它的味道。

老廣是所有船員之中最棒的導航者。他聲稱天空中所有星星都是他射精噴上去的。

和他同船的人大多數也是被綁架來的漁夫，就連他們都不得不承認老廣是最厲害的新

人。偶爾，當他們真的迷途了，老廣就會想要維持現況：迷失方向時，阿鄭需要停靠在另一副身體上，所以跟他做起來會更舒服。他們上次迷路的時候，就在一座只有螃蟹棲息的島附近徘徊。有些螃蟹的殼彷彿翡翠原石，有些螃蟹的螯七彩繽紛。有白化的螃蟹，有黑到把海水變成墨汁的螃蟹，有殼像鏡子的螃蟹。有些螃蟹長了上千隻腳，能夠挖掘進石頭。整座島就是一片海灘，每隔兩呎就有洞。每個洞裡都有獨一無二的螃蟹物種。海盜們的食物快吃完了──他們已經好幾個禮拜沒掠奪一艘船──於是大家用自己的頭髮編成網子想抓螃蟹。螃蟹的速度很快，不過海盜們還是抓到了六隻：兩隻亮粉紅色的，大小跟手掌差不多，另外四隻則像拇指般大，顏色有如舌頭。那天晚上，他們在船上烤了螃蟹，用石頭敲開牠們的殼。

隔天，所有的船員都不舒服到無法航行。有幾個人甚至死了，於是他們把屍體丟到海灘上。螃蟹從地道碎步跑出，覆蓋了屍體。不到一個小時，那裡就只剩下骨頭了。老廣說，這是報應。我們吃了牠們，所以牠們也要吃我們。債還清了。在那之後，大家的

8 這裡的「放進去」是雙關語嗎？真好笑啊，阿嬤。
9 我真希望自己不是剛學到中文的精液這個詞，但也沒辦法。而且沒錯，這個故事是用中文講的。

參考：語言帝國主義。

女兒　海盜寓言

情況就好轉了,接著他們便啟航遠離那座受詛咒的螃蟹島。唯一沒生病的是阿鄭,他跟往常一樣不受任何影響,得到了某個不屬於中國人的神所庇佑。[10]

九個月後,艦隊成功劫持了一艘滿載火槍的荷蘭船(而且半數船員在學習使用時轟掉了自己的腳趾),接著老廣的胯下就開始感到一陣疼痛。就連阿鄭的針灸也沒用。唯一能夠抒解的是手淫,而那些海盜每晚都會在他們的棧板床上肩並肩做這種事。有一天晚上,在以偷來的葡萄牙蛋塔和米酒當晚餐之後,阿鄭跟老廣抱著彼此睡著了。接近午夜的時候,老廣痛醒了,感覺就像是胯下被鐵鎚敲打著。他突然覺得自己脹大到要撐破皮膚了。[11]他跑到甲板上,朝著被月亮漂白的大海嘔吐。阿鄭也醒來追了過去。又是那種痛嗎?

阿鄭不太了解痛:他從未掉牙、流血,或是因為乘風破浪而感到痠痛。有人說他的血就跟魚一樣透明,因此才沒人看得出他受傷了。不過阿鄭很了解歡愉。於是他站在老廣背後,距離近到能咬住肩膀,接著用一隻手握住老廣的陰莖,模仿著船的節奏前後移動。老廣射進了大海,安慰的感覺如同一把刀砍來。阿鄭帶老廣回到床上,兩人就維持著像是矛的形狀一覺睡到天亮。

到了早上,船的頂層甲板布滿了螃蟹。各種顏色與大小的螃蟹如亮片般裝飾著船,

足足有一呎深。第一個踏上甲板的人被夾斷了腳拇趾,而他的叫聲吵醒了全船的人。老廣從船長室爬上來時,螃蟹便往兩側分開。他一走上甲板,螃蟹就紛紛爬開,清出一條路。老廣像磁鐵一樣排斥著螃蟹,但只有一隻例外:那是牠們之中體型最大的,身上是普通的橘色。

牠的大小有如嬰兒,胖到腳都會顫抖。老廣伸手觸碰牠,結果牠立刻倒下並收起腳,就這樣死掉了。所有的螃蟹也都倒下了。其他海盜很害怕:牠們是一路跟著我們來到這裡嗎?牠們都躲在哪裡?大家把螃蟹全都踢回海裡──成千上萬隻──沒有人敢吃牠們的肉。不過,老廣留下了大橘蟹的屍體,此時它已經開始發出腐爛的味道了。阿鄭沒阻止老廣,但提醒他吃那隻螃蟹可能會害他生病。老廣點頭,心裡卻不這麼想。他認得那隻螃蟹。牠死掉的時候,說出了牠的名字。12

他的妻子與孩子在陸地上也得到了預兆:在我祖父當了多年海盜後回到家的前一

10 參考:業障。
11 別再用委婉的說法了。嗯。
12 不太確定這是什麼意思,但我感覺到一種預兆。妳呢?可是我家的女人都催不得。如果有人講起故事,妳就要有屁股黏在椅子上一整天的心理準備。她甚至不讓我去廁所。我會尿在書頁上的。

- 197 - **女兒** 海盜寓言

晚，天空下起了雨。雨有腐臭味，而且落下的都是內臟以及液化的魚。隔天早上，一切都還潮濕黏膩的時候，老廣來到了我們的家門，膝蓋以下沾滿了泥巴。他好幾個星期都不說話，而且什麼也沒帶回來：沒有船，沒有兄弟，沒有短劍，也沒有他當過海盜的證據。只有一個絲袋，深色帶有血跡，裡面裝著一隻腐壞的螃蟹。他妻子從未見過肉這麼多的螃蟹。在陷入一個星期的沉默之前，他只對她說了一件事：在滿月的夜晚替我煮了牠。她照做了。她沒有選擇的餘地：老廣不吃東西，不說話，也不上床睡。

妻子烹煮螃蟹的那一晚，我的祖父終於開口說話了。他整天都待在家裡重新編織漁網，或是砍樹要建造新的船。不管發生了什麼事，總之他都打算重新進入大海的國度。家人們看著他把一隻狗的下頜骨製作成魚鉤，用大拇指一次又一次摩擦同一個地方，直到那裡開始往上彎曲。晚餐時，他的妻子把螃蟹放在餐桌正中央，孩子們的是未加鹽的稀粥，再搭配一丁點的蛋黃。螃蟹是只給他吃的，牠身上的鹽好似一層頭紗，擺在蒸籠裡，身上那些大海的汗水正閃閃發亮。老廣開始禱告，他的妻子嚇了一跳，搖得她的耳朵飄飄然。

聽起來有大海的口音。上下上下，他緩慢仔細地說起故事：阿鄭被打敗了。艦隊沉沒於海底。他們遇到了一艘載滿苦力的舊軍艦。在平常，他們是絕對不會攻擊英國船隻的，因為那些船的火力比葡萄牙人

虎靈寓言 BESTIARY　　- 198 -

更強。就算數量較少，英國人也會運用謀略。因此阿鄭的人都懂得保持距離。可是這一次，阿鄭的艦隊靠得比較近，大家看見了船上的苦力，他們的頸部和雙腿都被繩子綁著。阿鄭聽說很多人都受到哄騙簽下契約，或是在睡夢中被突然抓走，丟進船裡綁上項圈。那些人會去古巴採甘蔗，或是到秘魯的坑洞裡刮鳥糞。廣東人——就是禁止他同伴們進入香港的那些人——他們現在正被拴著越過大海。阿鄭相信這是報應。不過他也相信神聖的介入，15 於是他讓自己的船直直地往英國貨船開去。英國人改變方向，朝阿鄭的海盜開火，擊透縫隙一道道流進去，第一艘船就這麼沉了。船身被撞開一個洞，水穿倒了一排又一排的人。他媽的，阿鄭說。我操。16

13 內化的儒家父權思想典型。為什麼我們永遠都得等男人才能吃？他們又沒煮自己吃的東西。食物甚至也不是他們幸殺的。

14 苦就是艱苦。力就是勞動或力量。艱苦的勞動。艱苦的力量。我是這樣記住的。

15 妳大概在想：等一下，這表示阿鄭認為自己很神聖？自己是神？這是佛教還是基督教的故事？業障或神？幸好，阿嬤為這個故事加入了各種信仰。不管妳信誰，祂一定會在某個時間點客串演出。

16 這裡更新了咒罵的部分，因為在我們所謂的全球化世界中，已經不會這麼明確地提及特定的神了。

- 199 -　**女兒**　海盜寓言

記住，苦力都是一起被隔離在貨艙。他們大多不會游泳。另外還要記住，阿鄭從來就不打算拯救苦力。他是想溺死他們，而這當然是唯一能拯救他們的方式。死掉總比幹苦力好。阿鄭吹起口哨，喚來了鯨魚和鯊魚衝撞英國船艦。六艘苦力船中有兩艘很快就沉了，第四艘則受到了損壞。不用說，老廣跟阿鄭決心要死在一起。其他海盜全都跳下了船，選擇透過大海自殺。死掉總比被俘虜好看的了⋯⋯火藥如強風吹襲，炮彈鑽進阿鄭的艦隊，支離破碎的船隻有如炮彈碎片嵌在海面上。

阿鄭給了老廣最後一個吻，而水已經淹過他們的屁股了。那是真的：阿鄭的血果然是魚血，完全透明。不過那些液體也可能是他的眼淚。總之，最後一吻的鹽分刷洗了我祖父的舌頭，也清理了他的耳朵。這時他知道了。他想起了那隻螃蟹的名字，他還把牠留在甲板下。他把三根手指放進嘴裡吹出哨音，在心中念著螃蟹的名字祈求。結果牠來了⋯⋯牠在一百呎外飛出水面，牠的腳長蹼變成了翅膀。牠的體型變大了四倍，直徑跟雨傘差不多，而牠正從空中迅速飛向阿鄭和我的祖父。

他們各抓住一邊翅膀，接著螃蟹就把兩人拉起來——而且他不記得自己是否仍緊抓著翅膀。然而，他醒他不確定是因為害怕或是因為安心——來時，卻發現自己回到家了。他正趴在多年前出航的那座碼頭，當時他還沒成為海盜，也

還沒沉船並被螃蟹拯救。阿鄭醒著，[17]他站在碼頭上，背向融化下雨的天空。現在我祖父確定了。阿鄭在哭，流下了子彈般大小的淚珠。他把那隻螃蟹抱在懷裡搖晃著。牠又死了，並且收縮成原本的大小。沒有蹼狀翅膀了。牠的腳又變回細長的樣子。[18]

這是阿鄭生平第一次站在陸地上。他花了兩個小時才站好：暈眩壓垮了他，而他的雙腿就算伸直也只能傾斜著。他不習慣沒有反應的地板。但阿鄭並不想摔得太大聲吵醒我祖父，因為他還在睡，彷彿正作著夢，一邊踢著雙腳一邊扭動鼻子。現在阿鄭跟老廣都清醒也站了起來，兩人只能盯著螃蟹看，等待牠證明自己是某種守護神，而他們現在必須付出餘生償還。不過牠仍然是一隻腐壞的螃蟹。

記住：阿鄭一出生就脫離了所有的土地，所有的國家。[19]他憎恨樹木的沉默，討厭它們為何從不躲開斧頭。他憎恨土壤的屎味。樹根令他心煩意亂，那些扭曲多節的樹枝會為了存活而偷水。阿鄭也是個受到追捕的人，因為從事海盜、走私、殺人、綁架漁夫

---

17 很高興知道我阿嬤並不認同「殺光你們同性戀」的故事宗旨。
18 我並不是專業的譯者，好嗎？我已經盡力了。
19 是針對移民的隱喻嗎？

而被帝國通緝。老廣只是他犯下的另一樁罪行。此時,那隻螃蟹呼出了蒸汽。牠要求被帶到內陸並且烹煮。有時候牠會嘶嘶地發出女孩的聲音。於是他們分別了——阿鄭前往大海,老廣回去他的山。

當然,現在妳已經知道我母親是怎麼出生的了[20]:我們的祖父吃了那隻搭配青蔥蒸煮而且油得發亮的螃蟹,然後把一口粉紅色的東西吐在桌上。那團拳頭大小的濕肉開始低泣與扭動,彷彿裡面住的某種東西正在捶打著想要出來。是一個胎兒:已經完全成形,而且跟螃蟹的殼一樣是橘色。那隻螃蟹不是神,不是鬼,也不是惡魔。那是他的女兒,由一位半熟的男人和一位海盜生下,而她的名字沒人會念。孩子自己把名字說了出來,那種聲音就介於吞嚥聲和歌曲之間。

要小心自己射進大海裡的東西。可能會有一隻懷了你孩子的螃蟹爬到船上。[21]

我的祖父成功地跟妻子也跟海盜生了孩子,然後就退隱到他的漁船上了。祖母並不在意少了一個人要餵這件事,因此他的餘生就在海上來來去去,一邊用膝蓋夾著魚竿,一邊用雙手在地圖上亂畫。那些地圖都沒有意義,要麼全都是海洋,要麼全都是陸地,河流的盡頭是火山或高山,而山會刺穿天空,釋放出所有的色彩。那些地圖沒有方向,沒有方位,沒有可以辨認的圖例。

有時候地圖就只是一大堆像動脈的線條，河流彷彿絲線捲成一團，道路沒有起點或終點。那些地圖是要用來迷路的，而經過的船隻建議他回頭，前往比較安全的水域——當碼頭工人想要賣給他畫有實際貿易路線和實際國家的真正地圖——他卻都拒絕了。他想要迷失，這也正是他最擅長的事。我的祖父認為只要他迷路了，阿鄭就必須來找他，重新俘虜他，使他遠離家園，讓他被再次隸屬於某人的感覺所束縛。

我選擇相信阿鄭又找到了我祖父，發現他因為口渴而神智不清，並且遠離海岸；我仍然會夢到那樣的場景；我仍然會看見他在一艘漁船裡，好像一頂帽子那麼小；接著他就突然被一艘巡防艦的影子籠罩住，阿鄭在甲板上，把衣服當成旗子揮舞，他赤裸的身體上有鹽的條紋；阿鄭用自己的血畫了新的海盜艦隊標誌：有隻痂色的螃蟹長了一百隻腳，有隻百足螃蟹長了翅膀。阿鄭罵老廣把他們的女兒留在了陸地上，讓她被陸地人帶壞；不過至少時間還足夠讓他們再生一百萬個孩子，以及一個有百萬種性別的孩子；他

20 參閱：開頭部分。

21 這部分很明顯是針對我哥說的，他就坐在我的床邊，顯然不明白這是個笑話，還開始認真地點頭，因為他實在是個怪人。我的意思是，誰會想把自己的精液餵給大海？

們還要當一整個世紀的父親；還有一整片大海要養育。我才不會幫妳換床單，就算妳尿濕了也一樣。妳覺得自己為何這麼會流汗？因為妳生病了嗎？是妳體內的海。床墊上被妳尿過的那片床單⋯是一條海岸線。心臟是一條魚。如果妳打開嘴巴，牠就會游出妳身體，接觸到空氣，死掉。當我說閉上妳的嘴巴，我的意思其實是活下去。

經過一個星期身體好點了後，我把這個故事告訴母親，結果她說阿嬤的故事都是我在發燒時自己想像出來的，而我們家唯一跟海盜有關的就是盜版DVD。我們在島上的那些表親，以前經常寄來用熱縮膜封住的包裹，裡面裝滿了香港的盜版電影，母親會一邊跟我一起看，一邊用馬油霜按摩我的頭皮。她說這會讓我變聰明。我說，妳覺得馬比我更聰明嗎？母親說對，一匹馬無論放到任何地方都是知道該怎麼回家。我後頸上的皮膚總是鋪著蛇的鱗片，有如乾裂的地面，而且很粗糙。她一下在我脖子後面塗一大堆，一下又把油滴在自己的腳，但她都是在毯子底下弄，免得讓我看見她腳趾殘留的小

突起。她說她差點忘記它們已經不在了這件事。她說那些突起的地方會像牙齦一樣發疼，還說她寧願有牙齒而不要腳趾。母親就像母馬。我覺得她是想提醒我關於阿嬤的事，不過她只會說喝阿嬤煮的汽水會讓妳牙齒馬上爛掉。我沒回答，可是那種甜甜的感覺一直在我嘴裡陰魂不散。

我們接連看了幾部功夫電影，它們的情節都很類似：兩兄弟，有一個好人一個壞人，他們會在屋頂上為了名譽決鬥。畫面中會有隨手抄起的武器，還有鋸齒狀的天際線。有槍。偶爾用刀子。會有一個女人必須在這對兄弟之間做出抉擇，然而最後她會死（車禍、自殺或被殺）。兩兄弟會在屋頂上和好，但一定是在其中一人把刀刺進另一人肚子裡之後才發生。那些電影成本很低，所以必須一人分飾多角，也就是說被殺死的兄弟之後又會以不同的服裝、名字和髮型出現。這變成了一種遊戲：我們會數同一張臉重

22
好吧，最後這幾段是我加上去的，不是阿嬤講的。但這是事實，我真的夢到了阿鄭跟老廣。我比較喜歡這個不會結束的結局。我覺得阿嬤會說我多愁善感，說我把每個場景都搬到大海，不過我可是這個故事的編輯。把鹽當成血統的是我。說這兩個人出生於同一副身體的是我。這個故事只是一種手術，要把早已屬於彼此的東西縫在一起。

23
我無法確認這段話的正確性。

複上場了幾次,一個人有多少具身體可以死。

這是很明顯的盜版:我們看見嵌在一個黑框裡的銀幕發出刺眼光線,兩側是電影院昏暗的牆。演到最精彩的部分時,觀眾之中有個女人站起來,不知朝著銀幕喊了什麼。底下有一排在上下擺動,像是由影子組成的天際線。我們看著正在被觀看的電影。我們聽見前排有個女人在低語,如回聲般重複著每一句對話。母親跟我向她發出噓聲,儘管我們都知道她聽不見。電影播到一半時,攝影機延遲了一下,結果聲音跟演員的嘴型對不起來,對聽者而言就像另一個時區的語言。我們先看見發生了什麼事,然後才聽到。刀子劈開肚子,太容易了。尖叫聲被延後發出。在這個畫面中,天空的色度就跟我母親的名字相同。

◈

我跑上樓拿哥哥的攝影機,接著就下樓開始錄影。母親問我在幹什麼,我說,盜版。我是必須選邊站的女人,無論哪一邊都會造成傷害:阿嬤和我母親,她們的關係是刀子。我拍到母親的後腦杓伸進畫面,拍到她對於戀愛對象自殺時所發表的評論(我一

虎靈寓言 BESTIARY －206－

直都不喜歡那個女演員，因為她的眼睛跟我一樣），也拍到她手上的油彷彿陽光。我想在那裡放火，把她的手變成明亮的花束，然後在螢幕上捕捉煙霧。母親說，那些妳永遠都賣不出去的，我說我不想賣掉她。在影片快要結束時的一個場景，母親轉過頭來看著攝影機，她那張臉存在得比她後方的螢幕畫面更久，也更明亮。她靜止不動，就跟拍照一樣。在她後面的黑畫面中，工作人員清單像死者的名字向下捲動，提示著我們繼續。後來我重看了這段影片，裡面沒有能用的故事情節。除了母親的臉以外，一切都失焦了，光線訴說著我無法加上字幕的內容，也提醒了觀眾：我一直只看著她一個人。

我把阿嬤的寓言餵給「口」之後，它的嘴巴就打開了。洞發出哼聲，吐出像牙齒的小圓石，接著我把耳朵貼近，聽見類似收音機的靜電聲，其中穿插了大姨的聲音。那些都是片段的話語，並不完整。我好奇這個洞現在是不是變成了她的嘴巴，我是不是把這個洞調到了能聽見鬼話的頻率。我們下方有一條聲音的管線，而且就在我們站的地方交會。我往下朝洞裡呼喚，告訴大姨我很想她，說我有時候會感覺到她用手指把話語壓在

我的舌頭上，她的氣息彷彿彈奏吉他般撥弄著我的頭髮。到了早上，我發現院子裡有兩封信正在胡亂拍動，它們都是被「口」吐出來的，於是我追了上去，我的尾巴也因為這場打獵而翹了起來。我用腳踩住信，把它們帶回家，浸泡在浴室的洗手臺裡。那些字句就像魚一樣在水中激烈擺動，直到我把它們大聲念出時才平靜下來。

祖母

信件三：打了一個結

親愛的三女：

　　生下妳很容易　跟呼吸一樣自然。打從出生　妳就只會透過打結來說話：要說妳的名字　妳會在一根繩子的三個地方打結
妳知道讓一個東西陷入糾結的所有方式
我預料妳的人生　會將妳的脖子打結
我把好多東西收起來不靠近妳　跳繩　縫紉線　手提包的肩帶
然而妳每天回家時手腕都綁著東西　幼枝被當成了手鐲　襪帶蛇　疤痕　妳在說話之前就能把自己的頭髮綁成辮子　在上面打結　一個結代表是　兩個結代表不是　三個結代表別煩我　如果肚子餓了妳會解開一個結　口渴則是解開兩個結　妳用

鬆開結的方式對我說話　我聽說妳太太是個客家女人　在南方當導遊　妳們兩個目前正在經營一家旅館　她的手指能在黑暗中　解讀妳的結　我聽說妳們婚禮時　這位母親在海灘埋了一把剪刀　我想知道妳們會為了什麼吵架　妳是否曾提過我　一起那年夏天我帶妳跟姊妹們到遙遠的岸邊　那兒面對著大陸　那座幽靈橋　妳問為何一次有這麼多人越過海岸　發生了戰爭戰爭戰爭　我的母親教我　我們的島被占領　我告訴妳這裡的海賣給了最高出價者　在那個國家　我的母親教我　在橫渡任何水體之前　要付給它一枚錢幣　一只手鐲　妳的生命

妳對遺忘了解多少？當妳太太把一根手指伸到妳裡面　妳覺得那算是生產嗎？她的嘴指引著妳雙腿之間的黑暗地帶　她把她的舌頭醃漬在妳體內　我不是在問　因為我想知道　女人是怎麼愛妳的　有一次　我吻了我的女表親　下一個月我的牙齒就全都爛了

像蒼蠅一樣飛出我的嘴　有一次我試著教妳說話　把妳的手壓在燒木柴的爐子上

等著妳說　放開我　妳的手心彷彿豬肉燒得滋滋響　皮膚長回來了　樹皮

妳找不到母親這個詞　我有個故事　妳出生的時候沒臍帶　妳自己切斷了　沒有繫

虎靈寓言 BESTIARY　- 210 -

任任何人[1] 生來就是要離開我

我把我所有女兒 當成死人養： 妳死去的父親 我嫁的第一個人 死掉時是紅色間諜 出生時是私生子 一位僕人跟一位地主的兒子 生來就有能夠夜視的眼睛 他認為富人應該在沒有身體的情況下被重寫 他在晚上看得很清楚 我的父親綁在圍欄上 用蘆葦打得他皮開肉綻 幾年後妳父親來到了 我的島 那是一艘我們不認得的船 士兵們帶著槍 一種語言

妳父親 在一場戰爭中失去了半隻腳 那時他還小 還在大陸 他踩到了日本人的地雷 他的脛部往上射穿了天空 碎肉噴泉 這讓他用笑來面對痛苦 醫生把他的腳拼湊了回去。被強迫臥床休息的他每天都會溜出去 硬拖著他廢掉的那隻腳 他在第四天發現了一個洞穴 那裡的雲形狀像結腸 在黑暗中 有一個女孩和她的影子

1
假使妳的尾巴是某種重新生長出來的臍帶呢？假使妳是透過它被餵養呢？我知道臍帶通常不會從屁股長出來，不過如果我是臍帶，我一定會想回來為被切斷的事報仇。臍帶的用途到底是什麼？它們把兩個身體連起來。妳可以透過它說話嗎，就像電話線那樣？它會把母親的記憶傳達給寶寶嗎？——班

八隻手腳　。他以為她是要來見某個男人　或月亮　她教他如何在洞穴牆上製作

出皮影偶　藉由手指過濾光線　貼上黑暗　經過一晚到了早上　他就爬回家　白

天都在練習剪影　晚上就爬到洞穴　他的影子教師將故事投影在石頭上。內容大多都是

關於復仇：故事中男孩的腳長回來兩次　一樣大也一樣像爪子　而妳父親從未跟那個

影子女孩做愛　試過一次　但那女孩是洞穴的岩石　進入她會很痛　有一個星

期　山上發生落石　他爬去洞穴的時候　看見洞口　被巨石封住了　他推開每一

顆石頭　等到早上有光線時　才看見裡頭沒人　他說出她的名字　他認為那是她的名

字：他的回聲從未注意到這一點。他讓　自己的影子在牆上舞動　她從未回應他伸

出的手：

　　妳父親告訴我這個故事的時候　我修改了結局　有一天　影子女孩提著一個油燈

在等待。她將油燈丟向入口　要進入洞穴的話　他就必須穿過去　燒灼把他帶給我的那

副身體　妳父親遇見我時跟了我好幾天　像隻母狗一樣尾隨著　弄壞了我手裡的雨傘

我說做一支新的給我　他用報紙摺　為了防水還塗上油　握把則是用他戰爭時拿的

手槍刻製而成　他的吻穿透了我的皮膚　根本沒下雨　太陽像顆子彈　穿透了我

們兩人

祖母

信件〔　〕：我是駕駛

親愛的〔〕女／姊妹／我送給這個國家的女孩：

今天我內褲的胯下有一幅風景畫。風景是好幾哩的泥巴　股溝山　大便雲。中醫說肛門括約肌鬆弛　說是年紀　不過我懷疑是因為　妳父親喜歡對我做骯髒的事。他一定是撞倒了　我腸子裡某根橫梁　我讓他到處亂放　我無生長出另一個女兒　中醫說我要開始失去動作技能（motor skills）[1]了　我說反正我本來就不會開車。他笑了　說在這種情況下　身體就是汽車　說在這種情況下　我就是駕駛　我記得　妳跟那個炮友學開車　妳

① 譯注：「motor」有「駕駛汽車」以及「運動神經」等涵義。

會舔他的睪丸　妳以為我不知道　我聽見妳跟妳妹妹開玩笑　說要把他的睪丸種在院子裡　為我們長出一個兒子　不過妳能不能　找個人教我開車？我可能會拉屎在座位上

但我不會撞到任何　活的東西

記得　那次妳丟給我一把刀　不是要丟我　它停在妳妹妹身上　這樣妳就明白是什麼意圖了吧。我偷聽到妳所有的骨頭　都在努力製造血　妳的喉嚨　直徑像根魚骨　沒有東西下得去　我將水注入妳的肚子　針是從咖啡上癮的寡婦那裡偷來她的醫生丈夫　跟其他男人　在大雨襲擊的時候消失了　警方　要她在收音機聽〔〕

〔〕-〔〕將軍的發言　把夜晚抄寫成失蹤者的名字

因為他們有槍　拳頭　所以她沒告訴他們自己是文盲　我為她抄下了〔〕

〔〕-〔〕將軍的演說　士兵們再次出現時　他們叫她把寫的東西吃下去　他們說體內有男人的話　女人才會忠實　我從門口看著　妳綁在我身上　把我的乳房擊打出奶水　那個女人跪在馬路上　那些狂妄自大的人　圍繞住她　洋洋得意槍的光澤　環繞她的嘴ＯＯＯ　她吞下了我手寫的每一張紙

我以前經常覺得那個鄰居女人　軟弱　她的注射針　透過皮膚犯下了罪　現在我卻祈禱　把我的血換成　某種甜的東西或蜂蜜　或是蜜蜂　將我的骨頭化為記憶

虎靈寓言 BESTIARY　　- 214 -

的蜂巢　讓我變成泡棉腳　腦袋跟妳父親一樣糊成一團　從沒想過我又會再嫁給另一

位軍人　政府發給他的米袋　裡面懷了老鼠　妳父親帶著金條　喜愛美國搖滾

我看著他叫賣他的日本手錶　在臺北的酒吧外面賣掉自己的鞋子　偷聽自動點唱機

他根本就不知道歌詞　於是自己用方言編造　他出生的省分　在一條河北邊　那

條河劈開山脈有如股溝　他唱歌時走音嚴重到　就連鳥也受不了　拉屎拉得他滿肩膀

都是　現在他的聲音就像我臉上拍掉的小蚊子　妳一直覺得我恨他　騎得我身上

有屎的汙跡　河　像我繼承的債　跟著我到床上　我把他的假牙浸泡在水碗裡

晚上我就用燈的外殼包覆他　尋找小得足以塞進他嘴裡的燈泡　在他眼皮底下是

成堆的蒼蠅　我一直很想變成那樣的空洞　不必成為任何人　只要活著就好　也許

是神　一個我們不斷填入死者的洞

我很羨慕他用那種方式看　我　電視　他相信自己只要眨眼睛就能切換頻道。有

時候他以為關掉電視就表示　天氣不會發生　戰爭換到別的國家　該把他的頭骨分

成兩個碗了　要倒掉上個星期的油　他認為電視是一扇窗　這禮拜還想打開裡面的國家

爬進去　做園藝　我在我那叢辣椒底下的地面挖了個洞　是一種練習　洞的大

小是要容納他的頭骨　我的辣椒叢不會讓狗靠近他的身體　沒有任何國家能像我替他找

- 215 -　祖母　信件［　］：我是駕駛

到這麼好的家　軍隊聲稱他們付給他的錢足以讓飢餓的王冠　在我讓雙手自手臂解放時　把我從它們所策劃[1]的事情中拯救出來　我為了神而挖掘　祂們全都躲起來了　我要在這裡替他挖　他會跟他的黃金埋在一起

他們總是說：在床上腳冰涼代表　男人會離開妳　我一輩子腳都很冰　結果還是　沒那種好運

我的尾巴在我讀第四封信時來回擺動，節奏跟每個音節都不同步。母親正在外頭拿著捕蟲網接近洞，用竿子部分戳刺那些泥土嘴巴。但我的洞並不是陷阱：它們不會關住松鼠或流浪貓，它們只會被我的聲音觸發。一聽到我來，它們就會慢慢張開，懇求著被餵養，而我也能聞到它們口氣中的鏽味，那是血。偶爾無聊的時候，它們會吸入天空中的鳥，一次一整群，然後把骨頭吐向月亮。母親穿越院子時，那些洞的嘴裡就會像水泡般長出蝸牛。如果她嘗試重新埋住洞，它們隔天早上又會長回來，還戴了苔蘚帽子當成偽裝。

我坐在信上以免讓她看見。我的尾巴釘住它，把阿嬤所有的話語壓扁成同一種聲音。母親拿著捕蟲網進來——網子破了一個洞，是我哥上次想抓一隻浣熊時弄的——而我問她為什麼我從未見過四阿姨。每當母親打電話給她姊姊，她們都只會用斷碎的句子交談。母親往下看，把竿子上的網子當成假髮般撕掉，用雙手弄皺，再丟到我頭上，看起來就像面紗。網子的皺褶中漂浮著死蒼蠅，翅膀正將光線擠穿網眼。

妳看起來像新娘，她邊說邊讓我轉身面向我在窗戶中的倒影。我用蚊帳為妳四阿姨製作了面紗。她笑起來，然後摘掉我頭上的網子，在手裡揉成一團。我說在婚姻中防止瘧疾是非常重要的。她結婚的時候，它就往上升，帶著她飛走了。她將網子丟出窗外時，它展開變成了未連接身體的降落傘，而我們就這樣看著那個鬼魂離開。

1

她也在她的院子裡挖洞？妳不擔心她會從妳挖的那些洞裡出來嗎？不擔心她在找妳？她在為妳阿公挖洞。我一定會擔心。非常擔心。他有人壽保險嗎？還有她所謂的「策劃」是指什麼？我希望她的意思只是她在學園藝。——班

祖母　信件 [ ]：我是駕駛

母親

西遊記（二）

阿肯色州，一九八〇年

當時是夏天，天空正在嘔吐。雨是塊狀的，就像妳生病嘔吐在枕頭裡那次，而我整夜都坐在妳身邊，每小時倒一次枕頭，還從妳的頭髮擰出汗水。

根據我的計算，從阿肯色州開車到加州的路程，如果我們不停下來尿尿的話，總共要四天。姊跟爸跟媽跟我要在三天內抵達。四是不吉利的數字。我們的新城市在洛杉磯東部，那裡有某個表親的表親向媽保證能讓她在一間裙子工廠工作。爸則是要當油炸廚師。這裡的河水上漲時，他為我們炸了一堆河魚，魚骨頭都焦黑到變成了我們的頭髮。

三年後，我們還清了債務——一半用勞力，一半用黃金——債主則是傳教士，他們處理我們的文件、替我們買機票，還幫我們租房

子，不過裡頭的老鼠多到都能當成地毯了，另外在姊姊開始用嘴巴賺錢後，他們也說服了主日學校讓她繼續去上學。姊姊告訴我，她都在樹林裡幫男孩吹，有好幾年我都以為她是把他們吹上天空，切開肚子埋進炸藥，而男孩們的肉就跟項鍊一樣掛在樹上。主日學校的老師打電話給媽談姊的性慾，不過媽把陰莖（penis）誤聽成花生（peanuts），結果她說不，姊沒有過敏。

我們在黑暗中打包，帶月亮一起走。留下底部有著彷彿手掌形狀傷痕的煎鍋。門把被我們賣掉換了幾個零錢。水桶也帶了，之前我們會用它洗澡，讓水穿透彼此的骨頭，然後像新生兒般濕漉漉地上床睡覺。媽用我們剩下的洗澡水煮河魚。我們品嘗著接觸到自己的東西。媽叫我們不要全部都拿，講得好像我們不是只擁有自己的身體而已。爸用剩下的黃金買了一輛二手車，是國產的，漆成跟膝蓋瘀傷一樣的紫色。姊負責開車，而教她開車的那個炮友從頭到尾都站在車道看著我們把東西裝上車。他全身上下都是一樣的沙色，頭髮跟嘴唇顏色也是相同。男孩想要跟她吻別，就像牧師做的那樣，但姊別開了臉，結果那個吻無力地死在她脖子上。

我們離開的那天早上，太陽就像陰囊在天空中下垂著。乘客座門上有個看起來彷彿人形的凹痕。姊花了整整一分鐘撫摸著方向盤，彷彿正在馴服它。媽坐副駕。爸跟我在

後座，車窗搖下，行李放後車廂，收音機播放著一首西班牙歌，而我們竟然都知道副歌怎麼唱。

姊和我帶了果醬罐裝尿尿。爸填滿了所有罐子，而我們每天都會停車一次，把罐子當成燈籠並排著留在路邊。我們的尿有一種漸層的感覺，隨著水愈來愈少而從透明到琥珀色逐漸變深。晚上，我們會停在路邊，把椅子放倒睡覺，打開後面一扇車窗，車頭燈也亮著以防有夜行性動物。為了避免爸亂晃，我們用引擎油在他風衣背後寫了他的名字，姊還補上了這幾個字：**不要靠近**。我們晚上還會用三條安全帶綁住他的手腳，以免他夢遊。

爸的氣息使整部車變得潮濕，早上大家醒來時，窗戶滿是蒸汽，我們的身體也因為高溫而懸在半空中。姊似乎是沿著脊椎的形狀開車，一直亂切車道，絲毫不受控制。我們經過德州，沿著它跟新墨西哥州的邊界走，那裡看起來跟德州沒兩樣，只是更乾。而且仙人掌長得更像乳頭，好像想要我們含上去似的。沙漠地面生長著成排的月世界仙人掌，有一天晚上我忍不住到外頭去，脫下了它們的刺。姊開車時會把頭靠向一旁，半張臉就在車窗上煎著，所以左臉比右臉的顏色更深。去幫仙人掌深喉嚨啦，她說。回去睡覺。我夢到了：我的喉嚨布滿針孔，每兩個女人

次喝水時就會變成灑水器。

姊跟我在便利商店買了炸熱狗和包裝好的餡餅,而那些店員似乎覺得我們是某種會站立的犴狳,外表很黃又有裝甲,有時問我們從哪裡來。我們說臺灣——但我們自己從不會那樣稱呼——結果收銀員嘴巴笑得跟窗戶一樣開:我們看見他少了牙齒,我們聞到他吃的東西。他說他曾經在戰爭期間轟炸過臺灣。他說那裡從空中看起來很漂亮,像一根被切斷的綠色手指漂浮在海上。姊告訴他,臺灣的輪廓看起來更像是比中指,然後就跑出店外,袖子裡還夾帶著偷走的打火機。包裝的水果派把我們的口水染成不同顏色,爸晚上睡覺嘴巴半開時,我就看見他舌頭發出藍莓色的光。

我們在德州左側某處的一家海鮮餐廳停下,不過最接近那裡的大海其實在我們夢中。當服務生聽見我們說著跟他一樣的方言,他就從餐桌兩呎外的魚缸撈了條魚要給我們路上吃,但我們沒有火可以烹煮。最後,我們在車子的引擎蓋上煎了它,讓太陽燙熟了肉。魚吃起來有金屬味,骨頭裡帶有太多海的回憶。

我們在地圖上用鉛筆畫出從阿肯色州到洛杉磯的路線:那是一直線,不可能會迷路。結果,我們還是迷路了。到亞利桑那州時,我們開著車在三座城市之間兜圈子,後

來媽要我們停在一家汽車旅館問路。隔天早上我們因為高溫看見了海市蜃樓：太陽是顆被砍斷的頭，天空從那裡流著血。到了另一家汽車旅館時，我們都出現了幻覺——有一隻禿鷹正在咬掉小寶寶的肋骨（媽），一根泰雅人的矛戴著粉紅色假髮（姊），一支矮人軍隊穿著毛茸茸的紫色背心（爸），還有一隻長了嬰兒腳的鯊魚（我）。我們在那家汽車旅館的加大雙人床上蓋著有保護色的被子，肩並肩睡著了。

❧

口渴的感覺刺著我的喉嚨。我咳嗽醒來後就下了床，自己到走廊上的製冰機前，用雙手把寶石般的冰塊挖進嘴裡，結果被冰冷噎到了。我突然有股衝動想去找車子，摸摸它的口鼻，並且確認我們有辦法離開。停車場看起來像一座結冰的湖，我不敢踩上去。我們那輛茄子色的車還在，摸起來仍然像發燒一樣燙。有部車停在它旁邊——太靠近了——而且也是瘀青的紫色，但不同的是側面沒有凹痕，儀表板上方沒有裝尿的罐子，擋風玻璃上也沒有撞扁的鴿子。保險桿有如牙齒刷得很乾淨，此外月光也替我讀出了車牌。德州。

我應該說：我姊並未在故事的這個部分演出，不過我要妳知道我一直都能看見她，我會在窗戶的倒影中看見她的臉，或是她變成的月亮。但月亮搖著頭叫我回去的時候，我沒聽話。我還是走近了那部車。

一開始我以為自己聽到了引擎聲，可是前座沒人。接著我望向後座，發現有個男孩躺在那裡，他的嘴巴張開，舌頭擺動著，而且鼾聲大到我以為是天空發出的聲音。我後退要離開時，看見他醒來了。他是中國人。我的判斷是因為他沒鬍子，也因為他的眼睛像種子一樣只有半開著。

他搖擺著身體從後座出來。問我的名字。用國語問：────？我告訴他。我說話有媽的口音，跟他比起來真是土到極點，讓我覺得很丟臉，嘴裡講的都是屁話。他問我是不是一個人。他一隻手伸進口袋，我立刻躲開，不過他拿出的是一根香菸。我說出我的名字。我說不要。他問我是不是中國人。我說我們講中文。他笑了，而他的牙齒像星星的私生子，比夜晚擁有的任何東西都還要亮，但它們的光線卻沒有血統。

我進入後座坐在他大腿上。他親吻我，讓我戴上項圈般的瘀傷，彷彿一道緊扣住我脖子的陰影。他把我的頭髮當成韁繩拉扯，用另一種動物的名字稱呼我。他睡著時，月亮脫掉了外皮，擠壓成我手中的泥漿。我走回我們的房間，在廁所一直坐到早上，看著

一條由紅色螞蟻形成的小溪從我腿上經過五次。到了早上，媽問我是不是夢到有一群蒼蠅想從我喉嚨離開，結果讓我懷孕了。她告訴我有時就是會出現那種夢，而且每次醒來都會發現自己勒住自己的脖子。姊姊用大拇指在我脖子上移動，什麼都沒問。我們在一天以內就開完剩下的路。媽抱怨爸的腸胃就像滑水道。於是我們在一座蓄水池暫停，爸過去蹲在岸邊，他的屁股蛋因為流汗而呈黃銅色。他的屎漂浮在水面上，跟屍體一樣不會動。我們開車遠離犯罪現場。

我們抵達洛杉磯的時候是晚上，大家都渴了。我們的嘴脣像糕餅碎裂掉落。車子多了三處凹痕，可是沒人記得撞到了什麼。在乘客座的車窗外，我看見跟樹一樣大的金屬鳥在啄著山丘，姊說那些是鑽油塔，難怪它們的嘴巴被土壤弄黑了。

所有人共用一間單臥室公寓，中間由一片浴簾隔開，表親跟他表親跟他太太跟他情婦還有他情婦的兒子住一邊，我們則在另一邊。表親身上有一條蛇的刺青，範圍從他後腦杓開始，直到他的腰部以下某個地方。

想猜猜看蛇延伸到哪裡嗎？他對姊說，而她說：別忘了我以前可是殺蛇為生的。

但他並不知道我們在養雞場做的是什麼，所以不相信我們。他收了我們的現金，向我們保證幾天內就會有工作。他替我們弄了比尿還稀的稀飯，而我們睡的床墊露出了一根

- 225 -　母親　西遊記（二）

彈簧，中間破了一個洞，大家都得彎曲身體避開。我們輪流從水龍頭喝水，一口一口吞下，直到肚子都鼓脹起來，比我們所能生下的任何東西都還要大。

在阿肯色州，我們沒有水龍頭，只有從房子側面垂下的一根水管。不是妳知道的那種水管：體積比較大，被田鼠啃咬，但孔洞小到我們看不見。每到晚上，姊跟我就會在黑暗中用水管沖洗彼此。就算媽說有人會看見我們裸體，把我們變成鹽，我們還是照樣在院子裡追逐。我們還是在那裡繞著對方跑來跑去，直到天空像個碗翻過來將我們蓋在地上。星星是我們從肩膀撥掉的頭皮屑。

這就是姊教我的，不過請別學起來：將水管伸進喉嚨，吞都沒吞就直接把水射進肚子裡。她說這裡的人都是這樣喝的，不需要嘴巴，也沒有辦法停下來。

❦

我在年紀更大時遇見了一個男人，他說他自己從德州開車到洛杉磯，那時他已經來到這個國家一年，在一家連鎖餐廳外偷了一部車。後來他開車回去找他母親，卻不記得一開始走的路，他曾在那條路上經過一間門口有兩隻石龍的賭場。他贏了兩次二十一

虎靈寓言 BESTIARY - 226 -

點，然後把錢花在他來到城裡住的第一個房間：位置在肉店樓上，建築兩側是一座教堂和一家餐廳，而爸就在那裡炸著各式各樣的肉。

男人說他在一家汽車旅館的停車場脫了我的衣服，於是我試著回想，回想那個我在她體內祈禱的女孩，還有那個我誤認為引擎的男孩。我沒有那一晚的不在場證明，不可能在其他人的身體裡。

妳知道那個男人。我很抱歉沒說他就是妳父親：我想要妳用跟我一樣的方式認識他。我在知道他的名字之前就已經知道被他觸摸的感覺。他娶了我，但在我床上時間最久的是姊：我們睡同一張床墊時，每天晚上我都會聽到她騎著自己的手腕。她的氣息總是吹在我後頸上。她的呻吟聲在我們身邊圍起了一道護城河。

到城市南部的郊區度蜜月期間，我在黑暗中看見我丈夫的臉，然後就想起來了。姊跟我曾經學會發出一樣的聲音。在阿肯色州時，我們經常在黑暗中走到媽的床邊測試她，問我是誰？媽總是猜錯，每次都說另外一個人的名字。我們笑著說她一定永遠學不會區別我們的聲音，無法分辨她的女兒。

一天晚上，我／姊到她的床邊問我／她是誰，結果媽從枕頭下伸出拳頭用力打了一下我／她的喉嚨，而我們的渴就棲息在那座柔軟的牢籠裡。她說，妳們痛苦的時候聽起

來不一樣。這是真的⋯姊會像受傷的動物哀嚎。我會陷入沉默，彷彿傷痛是一種耳朵，會偷聽我。

在黑暗中，我假裝是姊的聲音正在說出我丈夫的名字。是她的鹽在我們流出的汗水裡。我是床墊，是月亮，既在自己之上又在自己之下。只有在痛苦的時候，姊跟我才會不同。那時我才會被帶回自己的身體，才會想起那是我的身體。

♫

工作日期間，媽會在市中心時裝區縫製批發的裙子，我曾經以為那個地方是一座由服裝構成的城市。斑馬線是巨大的圍巾，所有的樹都穿著毛衣。可是這裡沒有樹。在阿肯色州，我看過一排排的牛被連接著機器，牠們的奶就像汽油一樣被抽吸出來。我們很想念被我們尿得嘶嘶冒泡的田地，想念我們在教堂後方種的芋頭，也想念雨水把天空的鹽射滿我們嘴裡。媽說工廠比農場更糟，在農場至少牛想到哪裡拉屎都行。女士卻沒有上廁所的時間。

有一次媽尿在身上就被罵了，於是她開始帶罐子過去放在桌子底下。要一邊瞄準一

邊穿針引線實在困難，不過媽的協調性一直很好。她可以同時用雙手在姊跟我身上敲打不同的拍子。

媽說我們在這座城裡必須學得很快。姊剛來的第一個禮拜就被人持槍搶劫了，當時她在電子產品商店負責收銀。那是個中國男孩，只有左半邊留著鬍子。在電影裡聽過他扮演的是哪部分。我們很好奇他說著我們只在塑膠地板上一直等到他離開。她一直很納悶為什麼那個男孩只留左半邊鬍子。

子彈射進她後方的牆壁，就像某種鳥鑽進了巢裡。媽說：上帝吸了一大口氣，吹得那顆子彈繞過了妳的頭。姊說那男孩蠢到連天空都射不中。不過，那天晚上我看見姊祈禱了。她下了床，跪在地上，頭髮如劇場布幕般遮住她明亮的牙齒。我問她是不是在哭。她在我手臂上擦了擦鼻子，然後就把我揍下床。

週末時，媽要去打掃房子。妳連自己的房間都沒打掃過。妳怪妳哥在床墊留下汗跡，可是我也見過妳在睡夢中尿床，你們兩個身上生來就有很多漏洞，這是一種血統。我在水槽洗媽的褲子時，發現口袋裡有紙條，一定是她從打掃的屋子裡偷的。她拿來寫的有收據、餐巾紙、帶香味的粉紅色卡片、橙皮。我很好奇她為什麼要帶沒價值的東西給我們，那些紙條我們又看不懂，也根本不是寫給我們的。要是我問了，我很清楚

她一定會把我打到閉嘴。她會說我不應該翻別人的口袋的地方。

紙條乾了以後，我把它們揉成一顆紙洋蔥，放回她的口袋。我想像她搭公車前往山丘上的另一棟房子，往西的一路上雙手都在口袋裡，而那顆紙條球會發熱，在她手心中脈動，像器官一樣不停抽吸，讓她回到家時仍然活著。

🙥

姊在人體模型工廠是手臂組的成員：她要負責數每一隻手臂上的手指，然後交給手術組處理。在一波熱浪過後的隔天，姊跟其他女孩走進工廠就看見人體模型全都融化成一具身體了，有些是臀部相連，其他的則是手肘黏在一起。女孩們整整花了三天才用手鋸將模型分開，儘管如此，大多數模型依照手冊標準都已經無法辨認了。姊一次一個把它們拖到大垃圾筒丟掉。其中一個模型的肚子就像懷孕了⋯另一個模型的頭熔進了它的肚子。姊把肚子鋸開時，發現中間有一顆子彈。我們沒有可以射子彈的東西，於是決定把它埋在媽的辣椒叢下方。我太久沒替辣椒

叢澆水，結果那些辣椒全都變得跟手指骨一樣白。我們埋好子彈後，辣椒就生長得彷彿牛乳房那樣肥大。我摘起來給媽，不過她說它們壞掉了。我說不可能，我才剛摘的。我拔起最肥厚的辣椒，用牙齒咬掉梗：她說的沒錯。它們嘗起來像鐵鏽，像月經的血，充滿了死亡的氣味。

我替兩條街外的一個亞美尼亞女人做庭院工作。她的水管破洞上貼著兒童OK繃，另外她只有一棵需要持續修剪的樹。那棵樹長著某種我不知道名稱的果實，有一次我想要咬一口，但女人從我手中拍掉了。她指著她的嘴巴，然後模仿窒息的樣子。我想她是要告訴我它們有毒，這讓我更納悶她要我修剪這棵樹的原因。樹枝往上呈曲線生長，形狀有如一個舉向天空的碗。枯掉的樹枝會變成黑色，而且跟蠟一樣軟。我爬上較低處的樹枝，切斷腐爛的地方，一邊算著掉下去的數量。樹比我更勝一籌，我才一眨眼，腐爛的地方又變得更黑了。

姊說要小心：亞美尼亞女人的丈夫跟爸一樣是軍人，很容易受到驚動，有時候甚至

- 231 -　母親　西遊記（二）

會把照到他面孔的鏡子吃掉。那位丈夫不喜歡別人看他，所以每次當他付現金給我，我只會看著他的左耳。我替他們割草時，那位丈夫就躲在沙發底下，說我永遠找不到他。有一個週末，亞美尼亞女人叫我不用回去了。她說她丈夫害怕樹上的猴子。是他告訴她的。他看過牠很多次了。

我說我從來沒見過什麼猴子。形容給我聽。她丈夫說那隻猴子有著一張沒毛的紅臉、扁鼻子，頭髮粗厚如針，尾巴是剪刀的刀片。那隻猴子能爬得很高，一直爬到天空的最高點，而且有時候牠還想從樹上偷東西，會掐掉葉子，把果實塞進臉頰。猴子的眼睛像珠子，看起來差不多到了生育年齡。她丈夫說那隻猴子讓他害怕。我說我不怕任何猴子，我還是會來，我會幫忙殺了牠。亞美尼亞女人說不，那隻猴子可能會帶來跳蚤或小孩，這時我才明白那隻猴子就是我。

媽很早就出門了。日出⋯天空分娩的地方在流血。地板上還有之前爭執造成的點點血跡，那時姊丟出了一把刀。刀子本來是瞄準媽，結果到了我身上。它落在我手肘內側

的三角形地帶。我的血很有活力，同時往兩個方向跳出去，而且還避開了牆壁。

之前我們在看一個電視轉播節目，內容是關於島上有一位連環殺手。那個男人聲稱自己前世是皇帝，這輩子轉世為郵差。他用一把斧頭砍下了兩個女孩的頭，宣稱她們是他另一世的妾，註定要跟他一起回到他的死亡之宮。我們看到影片裡的屍體畫面被模糊處理。一顆頭在人行道上，旁邊是一道汗跡或陰影，另外還有一位法醫學家拿著像一根長叉子的東西在戳那顆頭。媽說很久以前，我們的部落是獵頭族，這個人說不定搞錯了⋯他上輩子並非皇帝，而是我們部落的人，一個生錯時代的獵人。媽說有一次她祖父拿了顆頭給她看，是他從另一個部落的男孩那裡偷來的，就跟白蘿蔔一樣毫無血色。儘管死了好幾天，那顆頭有一邊眼睛仍然會眨，因此她會朝它揮手，免得它感到寂寞。後來好幾個星期，全家人都在餵那顆頭，還給它喝酒。假如頭骨學會愛這家人，那麼田地就會生長。

姊說，夠了，我要聽訪談，於是我們看著斷頭女孩的母親接受訪問。那位母親說當天早上本來想要走到一條公路上，可是神不讓她死，神選擇讓她克服悲傷。媽說那個女人才不是被選中的，只是跟甜瓜一樣笨⋯她應該在晚上嘗試才對，那個時候車子比較多，能見度也比較差。姊關掉了電視。爸在沙發上睡覺，他穿著廚師服，頭上戴著幾乎

- 233 -　母親　西遊記（二）

都是洞的髮網，也粗俗地露出有著藍色血管的雙腿。

有一次媽需要止腹瀉藥，結果爸把錢拿去買了一支海灘傘，他說傘夠寬，可以吃掉風，消化成飛行。他說如果我們等暴風雨來，躲到傘下，一起抓住握把，我們的腳就會離開地面。媽說她會把他的屁股當成鈴鼓打，但她看見他又在馬桶上睡著的時候，卻還是替他蓋上了被子，而且當成屍體般蓋住他的臉。

看完電視轉播兩個鐘頭後，姊就說她開始看見到處都是斷頭。在浴室的鏡子中，她以為自己的頭未連接著身體，肩膀像水氣一樣被洗掉了。她看見天空的生日氣球時，覺得是某人放掉了自己的頭。媽說，別再想頭了。我們吃著爸那家餐廳的剩菜，有味道像肥皂的檸檬雞，以及被醬汁壓到垂頭的綠花椰菜。爸拖著袖子劃過蠔油，從盤子到大腿畫出一道蛞蝓般黏滑的痕跡。他被媽用力捏了手腕以後才注意到。

媽在餐桌上問爸是否記得自己有沒有穿內褲。爸的手搖得很厲害，所以姊跟我坐在他兩側輪流餵他。媽又問了一次他記不記得穿內褲。爸往上看，眼神渙散，牙齒像是在

下唇上打字。姊吹著湯匙。她把湯匙舉到爸唇邊。做個鬼臉,她說。然而他的舌頭像煙霧,不知道怎麼弄出形狀。

你有記得穿內褲嗎?媽又說了一次。爸看著她。他放下雙手。他從桌邊站起來,解開褲子的釦子,陰莖垂了出來。那看起來有如被拔了毛的芭樂,彷彿一隻被電擊準備宰殺的鳥。媽放下自己的碗。她的手越過桌面,用筷子緊緊夾住爸的陰莖。別在飯桌上檢查,她說。我會把你剪斷拿去煮。爸顫抖著,他的褲子因為長年累月刷洗汗漬而變得很薄,布料幾乎透明到能看見胯下。我們看著媽用筷子夾到他的陰莖窒息,直到尖端部分都發紫了。爸的眼睛好像魚一樣沒有眼瞼。

這時姊就去廚房拿刀來。木柄被汗水浸得變軟,上面滿是指紋。媽會在夏天用它切芭樂,還叫我們在有生育能力的時候別吞下籽。我們怎麼知道自己能不能生育?我說。就是妳最想被人摸的時候,媽說。我從未見過她摸爸,除非是她拿湯匙敲他的頭,或是在早上一邊替他穿衣服,一邊罵他是個不會讓脖子穿過洞的——。

我站在爸對面,用力扭著媽手腕的皮膚想讓她放開筷子。接著就有一把刀插進我手肘的肉。硬幣般的血滴到桌上,顏色跟桌布相同,所以至少我沒弄髒任何東西。媽丟下爸的陰莖,讓它彈到桌子的邊緣。

母親 西遊記(二)

姊看著我的手肘，然後看著自己的手心，不知道該為了什麼道歉。我沒感受到痛，只覺得皮膚底下像是有個碎片。我伸手要抽出刀子，可是媽說：不要。媽用她的正方形拼布綁成一條止血帶，過了一個鐘頭才把刀拔掉。那時，我已經習慣它在我體內的感覺，就像一根新的骨頭。她抽走它時，我極度強烈地感覺缺少了什麼，彷彿曾經存在的什麼變成了一個洞。

隔天早上媽離開了。她完全沒提起陰莖、我姊、我的手臂。前一天的晚餐仍在桌上，蒼蠅正一點一滴移除骨頭上的魚肉。她離開三天之後爸才注意到，而且他也只是問為什麼我們每一餐都吃稀飯。姊跟我帶他走路去搭公車，在他上車前調整好他的髮網，並告訴他在路旁沒有樹的時候下車。

第四天，姊跟我忘了洗湯匙和碗。所有東西都被一圈圈的黴給勒住了。爸跟姊跟我一邊看電視，一邊用手握著冷稀飯吃。我們吸吮手指的樣子看起來就像一窩豬。我們在看中文頻道的《美猴王》（Monkey King）卡通，一邊把中文翻譯成爸的母語方言。我們一邊看著他的嘴巴模仿我們。爸聽到音效就笑了，這就不必我們翻譯：在這一集中，美猴王被山崩活埋，順著山坡而下的小石頭聽起來彷彿槍聲。啪啪啪啪啪啪，爸說。後來一位和尚救了美猴王，並且要求用骨頭回報，於是美猴王閹了自己，把陰莖交給和尚，然

虎靈寓言 BESTIARY ‑ 236 ‑

後說，夠嗎？哈哈哈哈哈哈，爸說。

爸睡著後，電視只剩下新聞。這時我們看到媽的工廠失火了。我們認得那些黑色的窗戶。整間工廠都被火焰圍繞，冒出我們聞不到的煙霧。鏡頭特寫著十條水管以不同的角度朝火焰噴灑，每條水管都有一個不同的小小人緊抓著。姊說那些水管看起來像外星人的陰莖。她笑起來，我則是看著擔架如甲蟲般在那棟建築忙進忙出。

我等著姊告訴我。告訴我媽一定在裡面。說媽變成了灰燼。或者說她不可能在那裡，她就在我們的老房子撫摸著我們三位姊姊的照片，她就在隔壁房間跪著祈禱，她就在廚房刮擦著我們弄出的黴，她就在浴室替爸脫衣服並在他背上抹油。

現場記者說話太快了聽不懂。我們掃視螢幕想找死亡人數統計，可是只有左上角寫著當天的氣溫。姊關掉電視，我們看著最後那條鬼魅般的靜電訊號在黑色螢幕中心扭動，然後死去。

姊叫我去床上睡覺。她用大拇指撥弄沙發上的裂縫，拉著裡面的線。去床上睡覺，她說。我問媽是不是在裡頭。她說，睡吧。我問她能否確定就是那間工廠。應該說能否確定不是那間工廠。姊關掉燈光，然後我們就一起睡在沙發上，而她的胸口緊緊壓進我的背，心臟敲擊著我的肩胛骨，力道比我受過的任何打擊還更強烈，音量比我們所能說

- 237 -　母親　西遊記（二）

出的話都還大聲。

妳曾經想要我死掉嗎？這一點我原諒妳，而我也希望接下來發生的事妳會原諒我。

媽在六天之後回家，也就是火勢撲滅的兩天後。她沒去上班。她甚至沒離開我們這個街區。她睡在一元商店的廁所，把自己鎖在裡面。她整天就在走道來來去去，不是用手指觸摸一罐罐的塑膠補土，就是翻閱著雜誌的光亮頁面，假裝自己看得懂。最後，員工叫她如果不買東西就離開。媽說緣分關住了火，讓它無法傷害她，也把她困在一元商店裡直到火災結束。

姊跟我一開始聽到媽敲門時，還以為是債主又來了，所以躲到沙發後面。我們知道那不是警察：媽沒有能夠確認身分的證件。她在這個國家沒有臉孔，只有身體被火燒掉的紀錄。後來我們聽見媽叫我們的名字，然後又叫爸。她的拳頭像隻笨鳥飛撞上門。我們讓她一直喊。我們讓她在無人回應之下繼續敲門。經過整整一分鐘，姊才從沙發後面爬起來，拉開門栓，將嘴唇貼在我們母親的膝蓋上。

在她死掉的時候希望她活著，這樣比較簡單。我們還想要多懷念她一天。我們想要回我們的悲傷——我們希望悲傷是真的——但悲傷只是另一個我們失去的東西，另一個她從我們這裡奪走的東西。

有時候我感謝上帝讓妳不會因為男人而離家。妳可以為了任何人離開我,就是不要為了男人。姊才畢業兩個星期就結婚了。那男孩十九歲,是廣東人,在他父親的車廠當汽車技工,那裡也是他們初次相遇的地方。姊是個連環路殺凶手,她會收集在擋風玻璃上撞爛的鴿子,每天還要從保險桿刮下狗、浣熊跟松鼠。我搭她的車時,是這樣計算速度的:每死一隻走幾哩。最後姊得出結論,認為一定是車子出了什麼問題。說不定它是某種動物磁鐵。也許她需要新的煞車。於是她把車開到車廠,而男孩就在那裡使用著扳手,一邊從他沾滿油漬的手中看著她的倒影。

姊是在星期六結婚的。她從她第二個工作的工廠裡偷了一捲棉緞,我用這為她縫製了禮服:它就跟雨一樣透明,那種藍色在室內的燈光下看起來是綠色,是一種邊界的顏色。在她結婚典禮的那天早晨,媽跟爸跟我走路去浸信會教堂,坐在被屁股壓凹的長椅上,等待著牧師說話。當時是早上,男孩的家人也來了,他的三位妹妹穿著一模一樣的紅色毛衣配牛仔裙。三個妹妹各偷走了她們母親臉上的不同部位:最年輕的是平眉,第二大的是嘴巴,年紀最大的頭髮則已經是銀色了。對方的父親也有來,他穿著技工制

- 239 -　母親　西遊記(二)

服，一隻手拿著扳手，像是等著要在哪裡用上似的。媽不肯見他們，於是我們坐在教堂的另一側，觀禮的時間也不久。媽說，別嫁給手上油比血還多的男人，爸的手在餐廳弄得很油滑，以至於連我們家的門把都轉不開。姊說引擎油跟食用油不一樣，再說這也不重要了，因為那個男孩很聰明，會上大學，還有他大哥是外科醫生，曾經救過一個心臟是鉤子形狀的女孩。

姊結婚的那個月沒有下雨。媽從廚房說這是一種預兆，好像是會沒有孩子之類的，但姊說反正她也不想要小孩。有天晚上她跪在浴室裡，試圖把老鼠藥塞進體內，結果她弄錯了。現在妳的屁股不會有老鼠了，我說，這讓她笑了。還有一次她喝了殺蟲劑，拉肚子好多天，想必我們的汗水都把大海染成了褐色，而且很血腥。有好幾年我都以為寶寶一開始就像昆蟲，所以才要喝殺蟲劑除掉。他們一開始是在肚子裡飛的小蚊子，接著長成蒼蠅，再來是蛾，最後從身體的黑暗處飛出來，而光線會焚燒掉他們的翅膀。

姊結了婚，那個男孩還沒打她。他只會打一次，那時他剛下班回家，不喜歡她在家裡沙發上睡覺的樣子，那種蜷縮起身體的方式看起來就像他家裡有某種動物。她醒來後，她的臉頰上有個掌印，到時那會變得像秋天的葉子，然後掉落。

牧師問是否有人反對這場婚姻時，我站了起來。媽伸手抓住我的裙子，用力把我拉

回椅子上。我不知道自己為什麼要站起來,只知道我說了些話。聽起來像不(no)或去吧(go)。

婚禮之前,我們最後一次坐在一起睡的床墊上,而我問她為什麼一定要這麼快就結婚,為什麼不能等到我開始賺錢,我們就可以一起生活,找個地方住,還有一個房間給爸睡。我們可以帶著他,我說。我們可以整天照顧他,晚上就到墓地工作之類的。我們可以買金條,一起把它們埋起來。我一邊說著這些,一邊替她綁著辮子,這樣她的頭髮明天解開時就會有波浪。如果我弄得不好,頭髮就會像雜亂的電線般鬈曲,可是我每次都弄得很好,我會先在自己的手上塗油。

姊說:我不想要他。我不想要他們兩個,然後她就轉過頭,速度快到我都扯下了她一把頭髮。我就這樣在半空中編著她的頭髮。她轉過來時,我才知道她真的很想離開:雖然被我弄痛,但她的眼睛很明亮。她聞起來有我手上的味道。她聞起來像是我們清理爸尿在地上時用的醋。

姊在教堂前親吻男孩,而我緊緊抓住媽的雙手。姊跟還沒露出笑容的男孩穿過走道時,媽把我的手放在她大腿上,輕撫著我的指關節,我們兩個就這樣靜止不動,在其他人全都站起來歡呼時繼續坐著。

- 241 -　母親　西遊記(二)

姊找到一個在廂型車上畫廣告的工作。最新的內容是一項持續兩天的工作計畫，要在一輛迷你廂型車的側面畫一整隻巨大的螃蟹。對方是海鮮供應鏈，最近才因為提供汙染魚而被告。姊僱用我幫忙她畫大螃蟹，牠要有笑容，要穿晚禮服，而且要看起來完全無毒。

我們混合了建築漆跟噴漆，還戴上口罩避免吸進煙塵。這是從媽身上學來的，她的肺在X光片上看起來像啃過的乳酪，彷彿有隻齧齒動物在她體內挖洞住下。爸的肺也不好，但那是戰爭造成的，那塊炮彈碎片仍然留在他胸口裡，有一次還觸發了姊跟我製作的金屬探測器。這讓我很安心，因為要是他被埋葬，我還可以利用收音機跟電線找到他，這樣就不必使用墓碑了。不必把悲傷留在地面上。

姊用麥克筆畫出螃蟹的形狀，由我填上顏色。首先是橘色，再以黑色畫陰影。為了練習，姊跟我拿著噴漆在街上到處畫橘色螃蟹，有些歪向一側或少了腳，有些看起來像汙漬。到了下午某個時候，當太陽把我們皮膚上的汗水照成珍珠，那些噴漆螃蟹就站了起來。牠們用自己的醜腳在街上走來走去，一邊跛行繞圈，一邊把小石子剁碎。姊跟我

虎靈寓言 BESTIARY　　- 242 -

追上去，把牠們翻過來，讓牠們抓著空氣，剪開雲朵。總共有二十四隻，所以我們在街上畫了二十四隻螃蟹，把牠們描繪成肉。我說我們應該賣掉螃蟹，可是牠們的腳太奇怪了沒辦法吃，而且太醜了無法生育。姊認為牠們很適合當寵物，於是我們用水管灌滿一個垃圾袋，把所有螃蟹都丟進去，然後打結綁起來。

車子畫好以後，她就開走了，只留下我跟噴漆罐跟刷筆跟模板。螃蟹在她的乘客座上醒來，在塑膠袋裡用螯剪破了洞。當天晚上我們煮螃蟹時，牠們的肉分解成了鹽沫，而牠們的肚子裡有乳牙，那些全都是我們以前掉的，我們還在黑暗中把牙齒吞下，害怕媽會看見我們身上有東西鬆動，就要把我們送回工廠。

𝒞

媽在家中廚房的一張凳子上睡著，她的雙手在水槽裡，掌心有一連串的繭。第一次獨自睡在床墊上的我，對著天花板說，我很快就會離開媽，找到一個能讓我離開這座城市的男人，一個能用大拇指捻熄太陽的男人。

在廚房裡，我聽得出媽正掙扎著將微弱的氣息從喉嚨拉出。媽吸進了各種清潔劑跟

工廠的空氣，肺部已經蜷縮成拳頭，而且擊打著她的肋骨。她呼吸困難需要幫忙時，我會拿一個碗裝滿熱水，把她的頭推到距離水面一吋處。蒸汽會替我們發言。她的頭在我手掌底下猛然抬起，但我又壓得更用力。有時候我想把她的頭壓進水裡，讓她想起河，可是我很怕她會變成一條魚，扭動身體逃出我手中。讓她留在這副身體裡才比較像是懲罰，因為她肺部痛又會咳嗽，皮膚也磨損成跟燈罩一樣薄。

這時還沒晚上，可是媽喜歡廚房暗一點，還說她的眼睛從來就不適應光線。她醒來的時候，嘴巴比眼睛先打開。她說，姊，而我沒糾正她。她從凳子起身，然後把碗盤洗完。我負責擦乾。爸還沒到家，不過他已經在公車上，用上衣鈕子的數量來計算經過的站點。每到一站，他就會解開一顆鈕子。等到上衣完全打開，胸口的汗水射出來，他就知道該下車了。

媽一隻手跳進水槽摸索著要拿碗，結果抓到一把刀的刀身，將她的血釋放進了水中。我從水槽拿起她的手，用自己的上衣擦乾。我不知道我為什麼要從水中救出她的手，畢竟它們曾經試圖在＿＿＿＿將我＿＿＿＿。一年以內我就會離開。我會嫁給妳父親，只要是能讓我騎著離開這裡的男人都行。諷刺的是：我們就跟媽一樣。這正是媽所做的事——藉由結婚離開她的國家，藉由結婚離開她的身體。

妳只知道妳的四阿姨消失了，但她是我出生時第一個抱我的人：我練習咬住她的大拇指，然後就哭了起來，因為我除了血什麼都吸不到。她不在的這件事對我來說就像少了天空。唯一能填補的只有夜晚。到了晚上，我會看著妳在院子裡的那些洞打開，等著月亮像乳頭一樣下降到它們嘴裡，用奶水般的光線填滿它們。

婚禮結束的兩個晚上後，她回來打包剩下的東西。姊說他們很快就要開車去雷諾（Reno）度蜜月，我告訴她別拿她不想失去的東西賭博。姊一邊摺她在媽那臺勝家（Singer）縫紉機上縫的牛仔裙，一邊注視著縫線，說她從來就不打算失去任何東西。

我告訴她可以把她大部分的東西留在這裡──例如只是將玻璃塗上綠色指甲油的假玉鐲，以及她從工廠偷來並做了法式美甲的人體模型手，之前媽還以為我們會拿那隻手來自慰，差點就把它丟了。她經常在人行道撿拾收集的汽水罐拉環；她從公共噴泉偷來的硬幣，而她花掉的時候並不在乎原本人們用它們許了什麼願；玳瑁色髮箍的碎片，那是她有一次跟另一個工廠女孩打架時弄壞的，但她不記得兩人在吵什麼，只知道她扯掉了那女孩的馬尾，連帶撕開了頭皮見骨。一本從蒙特貝婁圖書館（Montebello Library）

偷來的書，那本書被太陽晒得褪色，內容她根本看不懂，可是封面她很喜歡：兩個金髮女孩的背面，除了頭的角度以外看起來幾乎一模一樣，她們站在一片花海之中，是某種很醜的肉色花朵，而且花瓣長得就像包皮。

其中一個女孩的頭半轉過來，她似乎正要說些什麼，想讓另一個女孩留下，看著早晨讓這裡的一切充滿活力。姊從未解釋為什麼要偷這本書，不過有一次她說花海令她想起那座島，想起那次有一隻凶猛的山犬追著我們，結果那只是我們兩顆頭的影子，而最後我們停下來時，發現已經到了另一座城市，在那裡沒有媽或爸，只有我們兩姊妹。當她問我是不是也因為封面想起了那座島，我就知道她是在問別的事。但我只回答島上根本沒有金髮的人。

姊打包了所有東西，這表示她度完蜜月後不會再回來，那晚我們就像以前一樣面對著彼此一起睡，而黑暗是夾在我們之間的第三副身體，是我們的女孩。月亮從窗戶出現，是我們兩個都緊抓著的浮標。我能聞到她頭髮上的馬油，也能從她的氣息中聞到那個男孩：她的丈夫早上會來接她，然後他們就會去內華達州，也就是我們來到這裡之前經過的州，那裡的太陽看起來就像皮剝了一半的柳橙，那裡乾燥的空氣會切割妳的肺。

當晚她睡著時，我從她的行李中偷了東西，就是她從島上帶來那個已經纏結的蛇皮

包。我還拿了書。我告訴自己，如果這東西已經被偷過一次，那就不算偷。兩次偷竊行為會互相抵消，變得比較像是廢物利用。我還留著那本書。妳應該找時間讀給我聽，略過所有妳認為我不知道的字。雖然我不知道那些字，但我會假裝懂，讓妳因為覺得我很笨而感到羞愧，到時候妳會很內疚，於是重新再把整本書念給我聽。說不定妳可以告訴我那兩個女孩在花海裡做什麼，她們是否正在等著什麼到來或離開。先別告訴我結局。告訴我它沒有結局。每次我看到封面，它都會改變，現在那塊土地上到處都是動物、山犬、老鼠，還有一隻老虎用尾巴在耕地。在沙發底下那片外表黑暗，卻有老鼠在其中拉屎、繁殖並吃掉幼崽的空間裡，我慢慢拉出從她那偷來的書，考慮將它一頁一頁餵給妳的洞，從等著骨頭種下的那塊土地上抹消掉那兩個女孩。但我還是一直留著書，因為我知道她會懷念它，缺少了它的感覺就像是一片土地，而這片土地會不斷生長，直到包圍住妳。我知道她會為了它回來。

女兒

故事回到班身上

那些洞表現得就像新生兒，嘴巴張大到足以吞下我們的屁股，整夜啼哭到鄰居都問我們是否在經營不合法的孤兒院，非法販賣地面的聲音。母親拿了把BB槍出來，朝每一張嘴巴射擊，可是它們吐出了子彈，不但直接吸走她的槍，連她手肘以下的部分都吸了進去。我的尾巴也感到絞痛，而它流出的汗讓條紋顯得如鋼鐵般明亮。它突然迅速伸進夜裡，直立於我的膝蓋之間。它正把我的臥室牆壁當成磨刀石，要把自己磨利。只有在我保證要把它當成矛指向某處，告訴它要刺穿誰的時候，它才肯安靜下來。

妳的阿嬤在引誘我們，班說。她正準備要埋葬某人。我說洞會告訴我該怎麼做，它們已經發出了警報，這支由嘴巴組成的管弦樂隊正

- 249 -　女兒　故事回到班身上

在警告我。只有在班跟我互相碰觸的時候,那些洞的表現才會協調一致。當我們親吻,它們就會緊閉嘴唇注意聽,張嘴時也只會說對,對。當夜晚如帳篷豎立於周圍,我們盤腿坐在土壤以及一整片的蟲子上。班用雙腿扣住我的腰。她的嘴巴非常靠近,近到我都能看見她牙齒上的鋸齒狀突起,而它們會將所有的聲音對半鋸開,於是我聽到了兩次:我的名字,我的名字。我向前傾,用自己的下唇輕拂起她的上唇。我找到她舌頭底下的接縫,然後把它打開。我的雙手在她身上游移,我們在嘴巴裡相遇。我摸著她的脊椎,那是一道通往飢渴的階梯。我們身邊的洞全都發出一種明亮的聲音,就像一把五分鎳幣在叮噹作響。

我的舌頭滑進她鼻孔,有一塊小卵石般的乾鼻屎就在上面溶解了。我知道她那天聞到的一切:汗水、土壤、我。班跪著親吻我的膝蓋。我在她拉下我的褲子時往後躺,泥土也因此擠進了股溝。我的髖骨正好能放進她捧起的手心,還發出了光亮。我坐起來,把她的牛仔褲脫到腳踝,她的內褲腰帶咬得我手指發青。我低頭親吻鬆緊帶在她皮膚留下的條紋時,她也往下將手伸進我的頭髮。我很好奇舌頭能不能變成魚,游進某人的陰暗處,永遠消失在由需求組成的生態之中。班抓住我的頭髮用力拉近,直到我的臉不再是我的臉,而是她的靠岸處,那裡的鹽刷洗掉了我嘴巴的名字。我渴求著露水。我是她

虎靈寓言 BESTIARY   - 250 -

碾磨我下頷骨時所發出的聲音，而那些洞就在我們旁邊騷亂著，口水都滿溢了出來。我們的身體緊緊擠在一起，高溫與壓力創造出了新的月亮。

後來，我們兩人站在浴室的鏡子前，看起來就像穿起了自己的墳墓，除了有令人目眩的泥土，還有我們把整片土壤翻過來後的麝香味。一夜之間，那些洞收縮成鼻孔，呼出了一陣霧氣，濃厚得有如攪拌過的蛋液，這道霧會飛到遙遠的西北方，蹲伏在海灣大橋（Bay Bridge）頂端。那陣霧聞起來有性交的味道，就跟我們一樣，就像我們身上發酵成甜布丁的汗，在它開始上升時，我們發現最後一封信就從「口」的嘴脣中冒了出來。它分開了霧氣，像一片陷入困境的船帆拍動著，沒有明顯的目的地，而透過凝乳般的空氣，我只看得見班俯身去拯救它。

- 251 -　**女兒**　故事回到班身上

祖母

信件五：我替妳命名

親愛的么女：

妳嫁給了一個跟妳父親相反的男人　但我必須說　所有的男人都是同義詞　都不是妳在尋找的詞　當妳丈夫去了大陸　妳問妳當初是不是應該跟著他　我跟著妳父親　來到這個國家　結果現在我穿著尿布　有一次我帶了頭小豬到婚床上　把牠夾在我雙腿之間　讓妳爸肏牠　我想成為唯一一個　進入我身體的人　小豬後來生了　幾顆手榴彈　每顆都有一張女孩的臉　我拔掉她們的插銷　一個接一個丟進河裡　將河水撕碎變成雨水

我每個月看一次中醫　用回憶支付他　我只有那種貨幣　妳還小的時候有一次　我說

妳可以愛妳的父親或母親　不過妳只能選一個　妳愛的那個就是妳的束縛　另一個則是妳燒掉的房子　妳從未告訴我妳的選擇　可是我很清楚　為了抵擋灰燼我把河當成緞帶綁在頭髮上　我對妳撒了謊　選擇並不存在　妳沒有父親然而我

1 　妳稱為爸的人　並不是妳爸　我是跟河懷上妳的[2]　我同時當妳的母親和父親　妳愛爸勝於我　他從未當過妳父親　我餵妳奶水　就從大霸尖山生時我沒有乳汁　就用一隻母狗的奶頭餵妳　妳睡著時　會將手臂緊緊打結　以至於它們學不會伸直。我讓妳靠牆站著　矯正姿勢　但妳無法訓練脊椎違抗自己我將這些信分別寄出　不過要知道　我最先寫的是這封信。要給我的老么　不是兒子的孩子　我打結的女兒　妳一出生時雙腿就打結　在我的身體組織裡　像頭豬被綑綁　鳥兒繞著妳的哭聲。妳的無名：某些神就沒有名字　確實　我沒替妳取名

我從未命名的　妳對召喚狗的哨音有反應　附近每一隻母狗　生來就是流浪犬　妳出那不就是一種神性？只藉由身體讓全世界認識？叫醒妳父親　他正睡在我身邊　也許妳認為某天妳會偷走他　不過是我讓他被帶出來是我借給他這段人生　而現在他虧欠我　一個讓我活下去的國家　今天我想要割斷他的舌頭　剝掉皮拿到裡面的魚　在這個國家妳總是代我發言　收銀員告

訴我欠了多少　妳就會算錢　我想知道要多少　才能讓妳原諒我想做的事　例如我把他的舌頭縫在頭骨後面　例如我告訴妳誰才是真正的父親　當我說來帶走他　我的言外之意是　帶走我　我已經無法　再用傷人的言詞讓妳回來我身邊　我是指　我是指河　今天　臺灣的廣播頻道　報導說一天發生了兩起殺人案　對一座小得跟屁一樣的島可是大新聞　一件　發生在火車上　老女人沒有任何動機就拿刀刺了一個陌生人的孩子　第二件是一位母親偷偷搭了一家旅館的電梯　把她的嬰兒從頂樓花園往下丟

幾十個目擊者　卡在晚上的車陣中　有些騎電動機車　有些打開計程車的窗戶抽菸　他們就在此時看見那個東西墜落　一件醫院的藍色毯子　跟天空的色度相同某些人描述那像是　一隻昏迷的鳥　一根法國麵包　一道流星　一個塑膠袋即使已經清理　訪談　逮捕　現場守夜祈禱　蠟燭　還是沒人說出它的名字那家旅館改了名　而那位母親　後來在桃園當囚犯　被判處在一間蠟燭工廠工作

1 誤譯？——班
2 ？？？？？？？？？？？？？？？？？？——班

報紙上有照片　穿戴著條紋服跟髮網　在她接受現場採訪前　在她說出自己這麼做的原因前　我就關掉了廣播　我一直都知道原因

妳最愛的故事：虎姑婆　妳用墨水在妳的皮膚上畫條紋　妳是老虎女　妳這孩子從來就不是奉命要殺牠　把油倒進牠嘴裡直至　從裡到外煮熟　我們有些人　生來就要扮演掠食者　我知道妳有時會把妳熟睡的女兒搬到床墊上　用她取代妳丈夫的體溫　妳會在天亮之前將她放回去。妳只是喜歡聽她呼吸　每到晚上女兒就是一種光源　除此之外還有其他的：螢火蟲　妳以前會用牙齒抓牠們並咬開　喝掉牠們屁股的燃料　被脫去條紋的野獸　如牙齒般舔著石頭的河　在我夢中　我的屎是士兵　我把他們埋在我的院子裡　我的床　我為我的骨頭哀悼　它們以為自己回家了　月亮是一種聲音　而妳的姊姊們　是我身上的條紋。這是我所棲身的光。現在我的洞有很多　。神　責怪我　儘管回憶。我嘗到撕裂　，　。鹽水　我。我有許多名字

　　從水中　僱用一個家，　。一段洞的歷史　仍然是家。原諒我　因為　而我用我的嘴　看著妳。丟掉妳　我所愛

　　　　　　　　　　　　　　　　溺死

妳

得到生命。

我在我的院子裡大聲念出最後一封信。班坐在我前方，她的雙腿在地上叉開，用一隻手輕撫著「口」。在念給洞聽的時候，我讀錯了所有沉默的地方，還用自己的祈禱重寫了它們。

她正準備要埋掉他，班說。她在引誘我們。我的尾巴自己捲起來，像顆石頭擺在我手中。我想要有一扇窗。我想看見某個東西因為我碎裂。我說我才不會讓她埋任何東西。我尾巴裡的骨頭退縮成一根燭芯，準備讓我點燃。它的骨髓是回憶。

那天晚上母親從足浴館回家時，我說我自願當她的武器。她在一盆熱水裡泡軟雙手的結，說她累了。但我還是說了出來：阿嬤要傷害阿公。

她轉頭背向窗戶，臉上的光都被擦掉了。她後方的水槽是滿的，水就像銀色的刀。

妳以為我不知道嗎？她說，而我知道她是在嘲弄我，因為她的聲音把那些話語都

拉到變形了。我嘴裡的一切聽起來都不對勁，已經酸臭了。我往下看著瘀青色的磁磚地板，看著她的影子把我的影子完全吃掉。

我知道河的事，我抬起頭說。我知道該是攔住她的時候了。母親的膝蓋一定是鬆脫了：她跪下去，背靠著牆，雙手抓著頭髮想從面前撥開。我穿過廚房的陰暗向前走，用力扯她的左耳，就像她每次在我作惡夢時做的那樣。當她用力扭頭掙脫我的手，我就告訴她不必害怕阿嬤。我一邊解開纏在她手指的頭髮，一邊想像自己的尾巴如箭般射出，直接穿透阿嬤的身體，而她的肋骨則像拳頭一樣包圍住心臟。

記得我告訴妳的那個故事嗎？母親說。我問她哪一個，她說是女人們在山脈被鏟平時用自己的頭髮上吊。我們曾經住在地底。擺盪的太陽就像一個裝著我們鮮血的桶子。我問她為什麼她們要上吊，她說擁有自己身體的唯一方式就是死在裡頭。我說那再也不是事實了。

她站起來，扯了扯自己的耳朵，確認我們不是在說夢話。她一邊用那盆水煮著自己的手，一邊說：妳沒在聽。蒸汽讓她的拳頭像花朵打開了。她說，關於那些女人的故事，重點在於選擇。我們如何擁有選擇。我們寧願選擇死在自己的身體裡，也不要在失去語言的情況下活著。

虎靈寓言 BESTIARY　　- 258 -

我選擇了妳，母親說，但這句話就像太快切換的頻道，前一個影像還沒消散，另一個影像就重疊上去，汙染了所有的顏色，把一個故事當成兩個故事講述。我還在想著那些女人的事，她們把辮子綁在樹枝上，用頭髮駕馭了地心引力。辮子一定還在那裡，在身體被切割掉之後仍繼續生長。那些辮子宛如藤蔓向下延伸至地面，長度長到變成了某種會勒死獵物的蛇。

我問母親所謂的選擇是什麼意思，她說：這個家。我為了救自己而建立這個家。我問她為什麼不能為了阿公回去。就為了他，我說。不為別人。她還是每天都會打電話去問阿公有沒有穿褲子，就算阿嬤沒接也一樣。我知道她想親自替他穿，用他的身體填滿她的衣服。

我逃出來了，母親講得好像把家當成了火災。我選擇了妳父親而捨棄我父親。我的父親，不在這裡。我的父親，曾經在動物園買了一根冰棒給我，當時我正在看一隻猴子試著吃下某人丟進圍欄的一個破瓶子。我想要說她做了錯誤的選擇，但那就表示得讓我的身體逆轉，回到她體內的羊水。

母親打開水槽上方的窗戶。雖然她盡量不看我，可是她的影子卻做著相反的事，在地上一直繞著我。妳知道留下來代表了什麼嗎？她說。外面的空氣明亮到無法呼吸，

- 259 -　祖母　信件五：我替妳命名

染上了月亮的顏色。以及一次又一次地生下自己？把妳關在自己的人生之外？我說我們可以敲。我們可以敲阿嬤的門，請她放棄阿公。我們走進去的時候，我把手放在尾巴上，隨時準備當成刀柄抽出來。

我舉起手，用指尖觸碰她的臉頰，不過她把那當成蒼蠅般揮走了。我繞過她，關起水槽上方的窗戶，讓它不必再負責呼吸了。

媽，我說，她搖著頭，說她就是這樣稱呼她母親的，而我絕對不能讓嘴巴發出那個聲音。我們現在就去，我低聲說，好像阿嬤能夠從另一座城市聽見我們似的。我們把他帶回家，妳就能找回快樂了。妳又能再當個女兒了。

母親笑了起來。再當個女兒？妳到死都是同一個女兒啊，她說。有一次，我問她身體死掉會怎麼樣。她說它會變成一個故事，而死亡只是它的另一種翻譯。另一次，我問割股是不是真的，女兒是不是真的會把自己的肉拿去炒，餵給她們生病的父親。母親說，就跟妳一樣真實。她笑起來，說我是在她嘴巴裡懷上的，是在她的牙齒和舌頭之間出生。

如果她殺了阿公，我說。到時候妳會帶他回家嗎？妳會把他埋進我挖的那些洞嗎？他會變成故事嗎？母親不再笑了。她坐在瘀青色的磁磚上，縮起身體，將下巴靠在膝

蓋上。

故事？她一邊說，一邊看著我頭上天花板的裂縫。我已經沒有故事了。

最後一個，我說。一個能讓阿公安全的故事。我跪下去，雙手捧起她的腳，想起那次哥哥跟我剪破了她的襪子。她讓我抱著腳，而她的踝骨感覺很光滑，像是被擔憂的我用拇指捏壓成形的石頭。雙腿被我抱在胸前的母親，說她從未告訴我關於她腳趾的事，關於它們是怎麼失去的。她選擇了什麼。我說我還以為是被虎姑婆吃了，是阿嬤從她腳上弄掉的。她說不，那些腳趾是傷亡。我問她是哪一場戰爭，她說我聽了名字也不會知道。

如果這個故事是要把我插進鞘裡，我說，那就太遲了。我已經出鞘了。最好的武器了。母親說如果我不知道自己是用什麼鑄成的，不知道自己是怎麼成形的，那麼我根本就不算是武器。

那條河，我試著用這個替她開頭。但母親說河跟我們完全不一樣：它無法產生洞。被石頭或拳頭或嬰兒擊中時，河會張開吞下，但隨即就緊閉上。河會修改，母親說，但妳不是河，所以我說什麼妳就要記住什麼。什麼都不能刪除。

母親

兔月（一）

三個故事，然後妳就可以活下去。第一個：我們生來就是石頭。大霸尖山是我們的山，我們是從那座乳頭山峰斷奶的。有一顆岩石撞到山的側面，裂開之後流出了兩顆蛋黃，一個是哥哥，一個是妹妹。他們是島上唯一的動物，後來女孩感到很寂寞。她要哥哥娶她，好讓她生出一家人。她創造了樹來當伴娘。哥哥拒絕娶妹妹，於是妹妹用灰塗在臉上，偽裝成陌生人勾引他。我們能有身體都要感謝那場誘惑。我們是從欺騙中誕生的。

第二個：在島上的時候，爸告訴我月亮懷了一隻兔子。妳跟妳哥對動物的出生很著迷。你們會在《動物星球》（Animal Planet）頻道上看動物跟自己以外的物種性交，然後生下不像父母的寶寶，牠們比較像是未組裝的零件，

全身血腥，而且沒有藍圖。在妳出生之前，我夢見我是先生下妳的頭，接著再生出妳的身體。我還以為我得用絲線把妳縫起來，將妳的骨頭拼湊回去。我明白動物會吃掉群體之中最弱小的成員。與其讓牠們被抓走，埋葬在體外，不如把牠們吞回體內。

妳緊盯著螢幕好幾個鐘頭，一邊看一邊吸食酸梅吐掉果核，還對著那些2D的動物驚嘆不已，然而牠們在我出生的地方可是3D的。森林被眼睛點亮，妳對著電視說，這句話很有詩意，然而妳錯了。那才不是森林。那是叢林。妳並不知道差異：森林代表了生長。叢林則是一種想要驅逐光線的渴望。它唯一的血統就是雨。森林會往上長，向太陽伸出手指。叢林則是往側面、往外、往下長，總之就是跟死亡相反的方向。我以前經常覺得我們的島像葉子一樣漂在海上，但只要是叫國家的東西都不可能會輕。我剛說我們的島，不過那時妳根本沒跟我在一起⋯妳就在這裡，看著光屁股的猴子在電視上自慰。

大貓的節目播完後，妳跟妳哥就決定要過夜行生活。妳哥在學校學到，說太陽總有一天會燒盡，所以我們不如就完全活在黑暗中。我們只是在為世界末日預習，妳哥一邊說，一邊用包肉紙蓋住我們的窗戶。我本來就一直想要你們避開太陽。妳哥就像錢幣一樣明亮，而妳是附著在他側面的鏽。

我每個星期都會打過去，然後叫媽讓爸來聽電話。我會假裝去丟垃圾，免得讓妳聽見我的聲音，不過這座城市本來就是垃圾掩埋場，所以丟垃圾的意思差不多就是把它拋出窗外。當妳聽見我跟爸說話，妳看我的樣子就像在看說著陌生語言的電視節目。妳讓自己的嘴型跟我同步，試圖將那些話語對應到先前就存在的音調，然而其中有些悲傷是我切斷而不讓妳感受到的。就是這些⋯當爸用姊或母親的名字稱呼我，而媽就在他旁邊等著他說錯話，這樣才能用電話線抽打他。當我還是個小女孩，爸會把牛皮掛在洗衣繩上晾乾，拿來製作他夏天趕牛犁田用的鞭子。讓牠們留下傷疤的鞭子，就是用跟牠們一樣的皮革製成。那就是我學到的⋯最適合傷害皮膚的東西就是皮膚。

媽說她開始帶爸去看醫生了。那種醫生會叫你吞下一顆珠子，然後測量它從另外一頭出來要花多久時間，根據你拉屎的速度做出診斷。我是更好的醫生，我告訴媽。我要她把他送過來，不然我就自己開車過去載他回家——不是只有妳想過要這麼做。媽說不，她不會讓他走，於是我說，妳那樣會害死他的。媽說，害死他？妳並不知道，妳也沒聽進去，但把我們綁在一起的就是那個問題。這並不是說她因為想害死我們而感到羞愧。重點是她失敗了，她改變了心意，也就是她無論如何都想要我們，儘管我們讓她成為了⋯母親。

妳看完了叢林。現在妳看的是馴化的動物。狗狗美容節目、家庭影片中的貓、在齧齒動物如葡萄乾大小的腦袋上執行複雜手術。妳以為我不知道妳尾巴的事，然而從出生的那天起，我就看著它長得比妳還快。妳第一天帶著它走進廚房時，我就看見地上有道影子，纖細到不像妳的任何肢體。就算尾巴藏著，我還是能看見光線低下頭擦洗它的樣子。

我告訴妳月亮是一隻兔子。那個神話來自妳的大陸血統，來自我爸那一方。也是妳父親那一方。我以為我嫁給了跟爸相反的人，一個把自己當成犁的男人，一個能讓我控制方向的男人。結果現在我總是獨自醒來，陽光還像拳頭一樣打在我身上。

妳對班有什麼感覺？她是不是非常了解需求，甚至知道怎麼用妳的身體來表達？妳不記得了，可是他偶爾會哭，例如他用皮帶痛打我們，後來我就發現他把頭放在馬桶裡睡著了。要當大霸尖山，我告訴他。要更強硬。當我的岩石哥哥，而我會當妳的石頭妻子。

還記不記得他在大華超級市場（Ranch 99）從事將魚去皮的工作時，外頭有一臺糖果機？還記不記得妳只想要綠色的，妳說它們的味道會像我們的星球，結果後來拿到紅色的，妳就哭了？妳父親又投進更多硬幣，但接連出來的卻是白色、黃色、粉紅色，然

後又是白色。那些口香糖球把妳的手心染成了犯罪現場，不過妳還是想要綠色的。他到店裡將半天的工資換成硬幣，不斷投入機器，直到妳獲得了綠色，妳把那顆星球吸軟，用口水包起來防腐。我想要妳記住的就是這個男人，一心一意為妳解決渴望的人：他的雙手捧著硬幣，妳的綠嘴巴就像交通號誌亮著綠燈。別告訴我何時是紅燈該停下。這是第三個故事，而妳必須相信內容。有一個神被派到地球上尋找信徒。祂走過森林——不是叢林——並且告訴所有的動物說祂很餓。蛇自願為祂偷一顆蛋。鳥去替祂獵捕老鼠。狐狸在阿肯色州一座鄰近的養雞場盜取了雞。只有兔子獻上自己。牠直接跳進飢餓男人的烹煮之火，要求牙齒咬牠的肉。為了紀念兔子，神將牠的骨頭掛在天上。那就是月亮。因此我們才知道所有的光源都始於犧牲。

妳父親就是在兔年生的，而他討厭那個故事。他認為神不該得到肉體或忠貞。但他卻覺得我應該獻上這兩者。在我們結婚那一年，我要求他受洗。媽說以前我們部落的神就跟樹一樣多，而擁有那麼多神只會讓你失去更多，讓你欠下更多不同的債。那天晚上月亮就是我們的牧師。我用一座公園噴水池的水裝滿了一個兒童充氣泳池。他說他想在自己的口水裡受洗。我說沒人能塞得進自己的嘴巴。進去。

第三天，妳哥撕掉了窗戶上的紙。你們覺得在夜間活動很寂寞，而且你們照鏡子時

- 267 -　母親　兔月（一）

也發現自己的眼睛失去了光芒。妳哥撕掉紙以後,我才終於又在光線中看見你們,結果你們的皮膚一點也不像骨頭。妳到外頭餵院子裡那些洞,我則是抓住妳的小腿把妳拖回家。妳咬我的手,不過我還是繼續抓著妳。想擺脫我,妳需要的可不只是牙齒。

☙

我最後一次跟爸當面交談,是在我的婚禮後。我的肚子裝著妳哥,但我還要再過一個月才會知道。我想要爸跟我一起住,跟我的新丈夫去新城市。媽說:要不留下他,要不就把我們兩個都帶走。我說我會帶他們兩個:我會讓媽把妳哥從我體內打出來,即使這表示要讓爸目睹生產過程,為寶寶帶來第一口氣。我是那麼說的,不過我應該要知道當我把話說出口,那就不再是我的了。那些話現在變成了空氣,被每個人吸進去,呼出來時已經什麼都不是。

我搬走的那個星期,媽在廚房水槽洗著爸的褲子。她說要是他又拉在身上,她就要餵他吃自己弄出來的汙漬。我用毛巾擦他的股溝。因為媽不再幫他,所以他已經好幾個月沒洗澡了。我讓他站在水槽邊,清洗他腰部以下所有部位。他的陰莖看起來像隻煮熟

虎靈寓言 BESTIARY - 268 -

的明蝦。

媽從他身上撥開我的手。她說，要是沒辦法自己來，他就沒資格洗乾淨，接著她把我的手刷洗掉一層皮，害我連碰到空氣都痛，甚至在我體內的妳哥都要求離開。妳哥把我的皮膚踢上天空，讓我肚子上的瘀傷形成星座；妳則是動也不動，想要留在我體內，好幾天都閉著眼睛，不願接受妳的身體或這個世界，還想等看看能不能被送回去。結果現在呢：：妳想要我回去。

媽說，帶我們兩個或誰也不帶，於是我選擇了誰也不帶，而這表示我選擇了自己。每一天，我都覺得好像看著自己在電視上演戲：：我搭著妳父親的車離開洛杉磯。一隻兔子跳進飢餓之人的火裡，因此拯救了他，也變成了月亮。可是大家每次都忘記兔子的犧牲根本沒有意義。那個飢餓的人一點也不餓：：他甚至連人都不是。他是神。飢餓只是他創造出來的天氣。兔子則是因為欺騙的需求而死。我離開時，爸還站在水槽邊。他靜止不動，有可能是在祈禱。或者在等待。

在另一段人生中，有一位女兒，一個不是我的人說：：都帶。我帶你們兩個走。她帶了她媽和她爸，將他們移植到另一座城市，還調停了樹木之間的爭執。

在許多段回憶發生以前，我趁妳跟妳哥在睡覺，而妳父親剛從大陸回到家時，開走車子

前往洛杉磯，在半路上停進了一家汽車旅館。我以為我終於要帶爸回家了，但我想起我住的房子並不是我的，而且是妳父親的錢在支付帳單，還有我甚至不知道我爸還能吃什麼，不確定我是否還知道怎麼弄他喜歡的糖心棗，再加上多到能把他嘴巴黏住的糖漿。

汽車旅館外的標牌寫著**無空房**，不過我還是問到了一個房間。櫃臺的女人以為我是妓女，我也讓她繼續那麼想。房間裡的電視已經打開了⋯戰爭、戰爭、天氣、十一點鐘的新聞。外頭，太陽懷了月亮。母親生我時，她幾乎不必蹲下。是我自己偷偷出來的。在我結婚並離開媽的那年，我把房間刷洗得乾乾淨淨。我從浴室拿了我的牙刷，那根牙刷我用了好多年，刷毛都快禿了。大多數晚上我都是用手指刷牙的⋯我喜歡感覺體內尖銳的地方。

我丟掉牙刷時，正好看見垃圾筒裡那個被衛生紙半包起來的東西：一個染髮盒，上面有一位亞洲模特兒，顏色是最深的。爸的頭髮從我出生就一直是白的，媽說這表示他的腦袋都是雲。我想著媽在私底下染頭髮，把每一撮頭髮塗成她的影子，不肯接受柔和的銀色。

我坐在浴室地上。我走進廚房，媽正在沖洗骨頭色的高麗菜。她的頭髮掛著粉紅色髮捲，那些地方彷彿被釘住的腫瘤。她說，在妳的新婚之夜吃這些高麗菜。它們會讓妳

肚子裝滿水，沒有容納寶寶的空間。她的手剝下菜葉，把菜心當成頭骨般折裂。她將所有新鮮的菜葉都留給我。邊緣壞掉的部分，她會拿去餵爸。如果我想要寶寶呢？我說，當時我不知道妳哥的體型就像一隻鳥。她沿著葉脈切開菜葉。

妳的孩子每長大一歲，妳就要減去一年，她說。妳的孩子愈大，神就會愈嫉妒。神會找理由把孩子偷回去：名字太長了，皮膚上沒有痣或疤痕。也許那就是媽把我丟進河裡的原因：讓我免於被偷走。

在那個家住的最後一晚，我從冰箱拿出高麗菜，身體緊貼著它睡覺，懷抱它的冰冷。我將它滑進睡衣底下抵著肚子，然後親吻它，想像它正在我體內逐漸生長成妳——我尚未出世的女兒，終將殺死我的人。

𝄞

這不是我答應妳要說的故事。我知道。我的腳趾是我為了這副身體所付出的代價。

妳以為它們是被虎姑婆偷走，而那隻老虎就像骨頭一樣住在我們體內。有時候我想把剩餘的腳趾當成葡萄拔下，吸吮它們皮膚上的甜液。姊曾說我最好留下腳趾，全屍入土，

- 271 -　母親　兔月（一）

要不然我就無法進入來世,但我不相信身體生來就是完整的。我們天生就充滿了洞,例如喉嚨、肛門、毛孔⋯⋯都是被用來進入與離開的地方。

關於光有一件事要知道。在妳的語言中,人們會說生命熄滅了。不過那就等於假設我們的身體是由光組成,而光始終都會受到限制。我們是一袋袋的黑暗,而黑暗會拒絕方向,拒絕被捕捉:我打開我存放腳趾的錫盒時,黑暗並未以光束的形式脫離出來。光可以測量也會用盡,是燈泡盒背後印上的數字,可是黑暗就沒有數量。我是用回憶,用神話來測量它的。妳跟我在床單下,妳的腳在我嘴裡長出羽毛,然後在早上湧出。

我十五歲,是一位女兒,很笨拙。在阿肯色州度過第一個夏天,有一場暴風雨偷走了樹上的葉子。阿肯色州看起來就像我們那座島,有一樣的雨,空氣濃厚到我們都可以用湯匙舀起來吃了。我們在這裡需要名字。我們試著從其他東西中尋找名字,例如在樹林中、在電圍籬上、在我們用腳踩成的牛糞餅裡。

我們去養雞場的那個夏天,母雞下的蛋就跟珍珠一樣小。每個人都需要新的怪罪對

象。雨下得就像腹瀉，除了是褐色而且還很燙。天空沒有調味，河流因為關節炎無法彎曲，柏油路彷彿嘴唇裂開了。城裡新來的中國佬，還有他們O型腿的女兒。

這些妳都知道：我們一開始是在養雞場工作，用抹刀刮掉牆上的屎，用耙子砍斷蛇的頭。土壤簡直是由蛇組成的，數量多到我們吃了好幾個月的蛇肉，後來教會的人發現，才開始拿午餐肉罐頭給我們，裡面裝著沒有骨頭的粉紅色磚塊。媽不相信沒有骨頭、沒有器官的肉。美國所有的肉都來自某種不會拉屎或說話或吃東西的物種。一定是人肉，姊說。

蛇很聰明：牠們會比天空更早起，然後從土裡挖地道進入雞舍。我們上午都要費力走在乾硬的雞屎中，拿著耙子用力敲斷蛇頭。當牠們發動攻擊，我們就把耙桿塞進牠們的喉嚨。牠們的嘴巴是我們的窗戶，而我們會從裡頭查看天氣：下雨。媽說蛇會在晚上變成女人，尤其是白色的，所以我把白色的蛇都丟進樹林，牠們懸掛著的樣子就像絞索。我們向樹林中如年輪般增加的所有名字祈禱，那些名字代表著吊死在這裡的每一個人，就是因為有他們在這片土地上付出生命，我們才不必死。

有時候我認為蛇跟我是同一個物種，都需要外來的熱源。晚上我會用肚子抵著媽的脊椎。少了她，我的血就會逐漸失去溫度。我在她的肩膀上低語，嘴巴對著骨髓說話：

- 273 -　母親　兔月（一）

今天我殺了三條蛇。我打開牠們死掉的嘴巴，碰了牠們的毒牙。我的手到手腕部分都麻掉了。除了妳我沒告訴任何人。只有妳知道我一整天下來都快死了。

我喜歡殺蛇。牠們死得乾淨俐落。我們把牠們丟成堆。不必為了不會流血的東西哀悼。我唯一的競爭者只有紅尾鵟，牠們會直接把母雞的頭從脖子上剪斷。雞舍的長牆邊擺著一把用來射牠們的槍。在高溫下，槍管變得跟絲線一樣柔軟，並以它的蛇腹徘徊於房子周圍。

爸在我出生的城市砍斷了一條蛇的頭。那時，他已經把自己的名字改成了樹名。在另一個國家的時候，他用繩子綁住他母親的拇指，再將她掛到樹上。是士兵們要他這麼做的。他打了兩次結，以自己的體重測試樹枝是否撐得住。他一邊打她，一邊試著想像雨水洗掉了她的臉。他試著想像那副身體是水，能夠適應任何形狀並存活下來。然而他看見的卻是那一次母親叫他閉上眼睛，帶著他走過田野，讓他的手觸碰有朝一日他會需要名字的東西：一株假升麻、一座水井、一棵葉子像鑰匙的樹，如一扇門朝太陽打開的

虎靈寓言 BESTIARY - 274 -

幾年後，他在街上毆打一位違反宵禁的女人，對方問他為何這麼做，為何她的城市裡有這麼多男人，為何他們要射殺她的狗還綁住她父親，結果爸什麼都沒說。某些晚上他會把手放錯地方，無法分辨自己在毆打什麼，到底是一隻狗、一個女人，或者是一袋為了能用得久一點而混進沙子的麵粉，而且他也不清楚塗在路面上的是不是血，或是被樹棄養的果實之果肉。

他開始將自己的回憶透露給早晨，用光線將其漂白，這樣他之後到了另一個國家就只會記得白色。白色恐怖：我告訴妳這個名稱的時候，妳還以為我是指美國的那種白。確實，提供子彈的是美國人，不過這才是發射子彈的人：妳的阿公妳的阿公。

就連星星也必須遵守宵禁。有一次某人告訴我，要是月亮在外面待太久，到了早上士兵們就會把它射下來。爸曾經逃離崗位好幾個月，在一條山路上賣椰子。他將椰子的汁和果肉清空，放了兩根金條進去，藏在他那堆椰子底下。某天，路上出現了一條蛇。他劈斷了牠的頭，把蛇身掛在脖子上。到妳出生的時候，爸一次只能講述那個故事的一部分，後來他就忘了自己是主角。第一天他會說，我是一位軍人。第二天他則說，我是一條蛇。

有一次，妳從我手中偷走了電話。妳對著電話，朝他說話：阿公，告訴我那條蛇的故事。結果他說，我把一位母親掛在我的脖子。他們把我的蛇吊在樹枝上。他們打牠棍子。我在路中間殺了一位母親。我帶著她的頭　回家。那位母親好長牠死了。

想回家但我怕　牠還在死。我寄信給蛇　大海關閉了　而我　從未抵達。

腳趾，我的腳趾，我知道。妳還在等我解釋。妳問這跟救阿公有什麼關係。這個故事是要讓妳明白：我們應該救的早就死了。在成為阿公之前，他是我爸。在成為我爸之前，他是軍人。身為軍人是沒有過去或未來的。別以為我原諒他了。原諒是手術，而我的手或眼睛可做不來。我無法用媽的眼光看他：先是他的槍，然後是他的手。我聽過他拿電話的手在顫抖，他還得讓話筒抵在牆上，說話時好像我就站在那裡，好像我從未離開過，彷彿他的影子就是我的影子。

在阿肯色州的第二個夏天，我們想要更新換發證件。我們特地前往小岩城（Little

Rock），州長就住在那裡，房子大到我們搭公車經過時無法透過車窗盡收眼底。到了移民局，他們詢問我們的名字、出生日期、原生國家。媽不知道她的出生日期，也不知道我們的。她只知道我們出生時的天氣。姊跟我是雨。媽對三個問題的回答都是雨。她不知道那天是哪一天，於是她這樣描述：我出生那天下的是紅蛇。我出生那天還有另外三個人出生。媽解釋說那只有一天，而它就像一副身體，比我們早起，跟我們同時入睡，像是把天空當成裙子穿上。那種日子不多，或者該說它們就跟穿著各國服裝的日子一樣。

辦理文件的人說不對，不對。他們問我們是怎麼來到這裡的。角落有個穿制服的男人，屁股上掛著手銬。那些手銬好像在齜牙咧嘴。銀色的嘴圈成了笑容。媽趕著我們離開那裡，搭上公車出了城，回到雞舍，結果我們仍然不知道自己是哪天出生的。後來，傳教士為我跟姊指定了生日，也就是我們受洗的那天，而我們也只有那次是在沒人死掉的時候穿得全身白。

夏天時為了保持涼爽，我們分別睡在房子的不同角落。媽一個人睡臥室。霰彈槍的影子在牆上悄悄移動。我睡在外面的門廊上，把自己埋進防水布裡擋住蚊子。姊像條狗蜷縮在前門後方。

我在天快亮時聽見槍聲。光線正緩慢費力地從天空降下。我的口水在喉嚨裡淨化成了玻璃。我醒來的時候還以為那一槍是從我夢中射出的，可是我並不記得自己在瞄準什麼，也不確定自己有沒有手。我想確認有沒有槍，結果發現那是我的拳頭。

姊光著腳跑到門廊上，從腋下扶起我。爸拿了槍，她說。我們衝到屋外。第二槍轟破了雲。我們跑到後院，他就在那裡，氣喘吁吁，沒穿褲子，滿身大汗，用子彈衝撞著空氣。他因為逆火而重心不穩，膝蓋如哀悼般跪倒在地。阿嬤也在，正用雙手抓住他的肩膀。還給我，她說。阿公降下槍口對著樹林。我已經好幾個月沒見過他站直了。他朝天空舉起左手，像是指著什麼，又像在敬禮。

我們試圖看出他指的東西，可是天空什麼也沒說，連隻鳥都沒有。雲就像蟑螂爬過天空。我以為藍天會被射出孔洞，但卻沒有傷口。爸甩掉上脣的汗珠，然後說，他們要來了。我，他們要來了。

他手中的霰彈槍彷彿沒有骨頭。媽咬了他的肩關節，告訴他兩場戰爭都在他背後。爸往後看著她。他的眼睛沒有果核，只是一片白。他說，飛機在哪裡？我發現天空的角落有一隻受了傷的鳥，牠正在流血，努力用一邊翅膀繞著圈子飛。媽說，你全都打掉了，你打到了。然而爸的眼睛只看得見好幾年前，陷在同一片天空中⋯⋯那時的戰鬥機有

肛門，會張開並拉下糞便炸彈，噴出一種會讓皮膚留下疤痕的糞水。

爸爸爸爸爸，我說。他轉過來看見姊跟我，我們肩並肩的樣子就像士兵。我們的睡袍褶邊泡在泥漿裡。他舉起槍對著我。他沒有女兒。他是個男孩，在一座井裡躲了三天，天空就跟他進入的井口一樣大。不，媽說，然後伸手抓住槍管。她用力將槍管往下拉向地面。爸開了一槍，然後就看見他面前的一位士兵爆炸變成了許多隻鳥。

姊大叫一聲。我吞下口水。光線散落成鹽。故事進行到這裡特別動。仔細看。我正等著子彈在我體內生出洞。我想知道那是什麼感覺——當個像爸一樣的軍人，並且像軍人那樣死掉。妳看見了嗎？他開槍時在笑，露出了所有牙齒。妳曾見過他那樣笑嗎？別回答我。妳根本就還沒出生，而且妳也已經知道他從未那樣。我等著子彈進入身體，將我徹底炸開。可是槍被媽的手拉歪，子彈斜射進了土裡。

現在往下看著這場影子舞蹈：子彈俯衝進了我的腳趾。媽從腋下把我拖進屋裡。爸蹲伏在泥土中，雙手抓著頭。妳看我的左腳，後來媽就用報紙包住它，就像肉販把最好的肉片包起來那樣。

受傷之後我的脊椎發燒了幾天，可是我不知道確切數字。我要用力撕扯床單才能睡

- 279 - 母親 兔月（一）

著。我聞到我的腳有腐臭味，不但發酸還滋滋作響。我的大腦在頭骨內燒烤，還有一隻手伸進去轉動烤肉叉。有天晚上我醒來時認為自己的手是火炬，手腕以下都燒了起來。我跛著走到後院把雙手放在水管底下澆。爸被哄睡在廚房地板上。

過了一個星期，我的皮膚仍然像火爐，於是媽說，我們必須在擴散以前截肢。姊煮了刀子。妳選了一夜晚。在截肢的前一晚，我夢見媽用水管裝滿一個水桶，然後把我抱到外頭，就跟新娘一樣。媽在水中清洗我受感染的腳，一邊祈禱著。親吻我腳跟上的樹皮。妳說那不是夢，但那一定是：我醒來時，又看見了刀片。媽的刀正把光引導到我體內。

媽溫熱的手抓住我腳踝，將我的腳固定在砧板上。旁邊的兩根腳趾也被感染了，所以爛掉的總共有三根。我流到砧板上的血看起來很假，是排演好的屠殺。她把我的腳浸在米酒裡，然後用一件棉質襯衣包起來。她還拿了個果醬罐裝滿鹽水跟米醋，把三根腳趾封進去。前幾天它們還漂浮著，後來就收縮到子彈般大小，沉了下去。

爸看見我的腳趾在窗臺上的果醬罐裡游泳，他說，那些魚死了。妳現在聽得很認真。妳問我是不是因為這樣左腳才會踩得比較輕，把重心放在右腳上。我將罐子藏起來不讓爸看見，很慶幸能有一段不會被他吃掉的回憶。

在發燒煎熬的那段期間，我將一把切肉刀插進襪子裡。睡覺時我就把它放在胸部中

虎靈寓言 BESTIARY -280-

間，武裝起自己，隨時準備面對一場在我出生之前就有的戰爭。我還在等著爸回來。妳提醒我說我們以前睡在同一張床上，而妳從未見過我跟刀一起睡。

妳說，是時候帶他回來了。我不認得妳那種語氣。我們在廚房裡。妳在我院子裡挖的洞又變成了嘴巴，正朝著我們的窗戶吐口水。

妳阿嬤有一次教我，我說，一切都可以分成兩類。妳的跟不是妳的。我的一切都已經在這裡了。

阿嬤錯了，妳這麼說，而我笑了，因為妳的嘴巴竟然能發出跟石頭一樣堅定的聲音。妳忘了她當我母親的時間比當妳祖母的時間更久。妳忘了我擁有她的血統更久。他不是妳的，不是阿嬤的，也不是我的。他只是需要有人指引回家。妳告訴我妳知道現在該怎麼解決一切了。妳說這些的時候，有一條尾巴就塞在妳的褲子裡，尾巴的一端還逐漸變細成一把刀。

我那個最好的仿冒皮包放在流理臺上，而妳從裡頭拿了我的車鑰匙。妳把鑰匙交給我。妳說班的脖子掛著一把鑰匙。她是緊急出口。妳緊抓住我的手腕，將我帶出門。妳長得跟我一樣高有多久了？妳叫我打開車門，我照做是什麼時候班高到能打開門的？妳替妳哥繫上後座安全帶。我緊抓著方向盤，用力到妳問我是不是要勒死它了。我記

-281- 母親 兔月（一）

得我們在養雞場殺的雞,我們握住牠們的脖子,動作迅速,而牠們的身體再次經歷了死亡,在沒有頭的情況下啄著泥巴。

我轉動鑰匙就像轉動插進身體的刀,我穿越車陣開上公路往南走,這時我想起了妳說的話:爸不是她的。不是我的。他的形體就像我對他的愛,彷彿是一條河,有許多支流、分岔、脫離點。

妳從後座往前傾,雙手放在我的肩膀上引導我。我告訴妳所有的房屋都是由皮膚建造而成:一旦妳離開,它就會再縫合起來。妳說如果是皮膚,那麼它就永遠是打開的。它充滿了洞、毛髮、毛孔。所以我這是回到我自己的身體。

一個鐘頭後,妳哥說他要尿尿。我,說,尿到窗外。我不停車。妳哥弓起身體捧著膀胱,彷彿那是顆炸彈。我聽見車門打開,外面的空氣爬到了我們大腿上。妳哥透過門縫解放,尿尿絲帶就在我們周圍飄動。為我們的旅程加上了金框。

他的尿撞上後面一輛車的擋風玻璃,那個男人按了喇叭,還突然轉向。妳叫我加速,把油門踩到底,帶我們去找那個女人,她生了我,而我生了妳。車子縮小到跟妳嘴巴一樣大。收音機發出妳的聲音,讓我想起那次姊跟我蹺班開車到鬧區時聽到桃莉‧巴頓(Dolly Parton)。我要姊翻譯歌詞,結果她唱的是把舌頭縫成大衣,但我只希望再

也不要碰到針，再也不必當工廠女孩，不會因為睡著而把拇指放到機器下，將自己縫到要販售的東西上。

妳試圖跟著收音機一起唱，可是它發出的只有靜電聲。有一次妳哥說服了妳，讓妳相信靜電聲是月球人說的外星語言，所以妳想聽出那代表什麼意思。妳像浮標一樣在後座上下擺動。警告：前方的水會毀掉我。別靠近。只有一個辦法能讓我繼續往前開：只要我不看著前方的城市，我就能假裝自己正在駛向妳，只要我從後視鏡看著妳的臉。看看，妳說，妳的歌聲甜美得彷彿牙痛：那座城市到了，上方有顆蜜瓜般的月亮，等著我們撞開它。

妳：妳是唯一擁有我的家。

女兒

兔月（二）

哥哥一隻手扶著他的陰莖尿向車門外，下雨般淋濕了長達一哩的公路路段，母親說他一定長了馬的膀胱。我問她怎麼知道馬的解剖結構，她說會騎馬的東西她都知道。我們乘著公路到了一座工廠城市：混凝土建築改造成了展示間，上方的窗戶都被遮擋起來，無頭的人體模型出沒在人行道上。我們在阿嬤住的街區繞了兩圈。她那棟房子就像在蹲坐著，不敢直接站起來。房子的油漆外皮永遠都是濕的，而且有各式各樣的生物卡在側面：松鼠、鴿子、一幅蒼蠅組成的拼貼畫。

我們的母親一邊用手肘靠在方向盤上開車，一邊在車窗外抽著菸，然後又朝置杯架架吐口水。此刻當她談起她的父親，他就不再是我們的阿公，就只是她爸，這表示他屬於她而不

屬於我們。我們的血統是借來的。

我們抵達阿嬤家的車道時，月亮還沒被釘上天空。阿嬤總說月亮是太陽的屍體，也就是說每個晚上都是一場葬禮。在我們當夜行動物的那個星期，哥哥跟我已經訓練眼睛適應了黑暗的各種密度，所以現在我們兩個都沒被阿嬤車道上遍布的樹根給絆倒。母親沒按門鈴，門鈴已經被膠帶封住了。她猛力敲門。沒人來應門，於是她叫我哥從手套箱拿出手電筒。

她靠近前窗，手電筒在她手中看起來很鬆軟。她的手臂往回捲。哥哥抓住她的手腕，可是手電筒已經穿過了玻璃。我們等著警報響起，等著逃跑，準備假裝她不是我們的母親，而夜晚也不認識我們，然而四下寂靜無聲，只有鄰居的一隻狗吠叫得好像我們是特地來殺牠似的。

母親瞇著眼，目光在我跟窗戶之間來回，而我看得出她在盤算是否能把我丟進去，不過這時屋裡的每一盞燈都打開了眼睛。阿嬤的臉填滿了窗戶上那個洞。她站在那裡往外看著我們，而我們的臉孔倒影就在窗玻璃上跟她並列著。她赤著腳，身穿浴衣，頭髮上有粉紅色髮捲，她的臉比我母親更細窄，顴骨底下掛著影子。她透過窗戶的洞看我們，彷彿我們是天氣預報，早有預期。空氣洩露了我們的祕密，現在她正迅速吐出又

收回舌頭，舔著我們蒸發的汗水，品嘗我們血管內堅硬的雨粒。她左手裡握著的刀直立著，彷彿是她剛替我們摘的花。

哥哥回到車上發動引擎，我們還以為那陣聲音是從遙遠某人的夜晚傳來。我們回家吧，他說，但母親連頭都沒轉過去。阿嬤打開門，揮動刀子示意我們進入。夜晚在屋內敲打著我們，星星像鹽撒落在她的地毯上。

我已經先在裙子割了個能讓尾巴滑出來的洞，這把刀可以在她出手之前先抵住她的喉嚨。我輕拍尾巴根部，要它準備好。

母親從阿嬤身旁擦肩而過。我們跟著她向左走，哥哥也跑了回來，車子仍然發動著。我們穿越走廊，那裡窄到必須側身通行，就像螃蟹一樣滑稽。空氣中有一種宛如頭髮燒焦的味道，而阿嬤的髮捲裡都是煙。所有的牆都露出了磚頭，粗黑彷彿結痂。母親告訴我，有一年夏天，阿嬤要阿公把室內漆成接近天空的顏色，只要不是白色就行。阿公去店裡買油漆，結果卻帶了一根鐵鎚回來。阿嬤用鐵鎚丟他，而鐵鎚的銀色頭部撞破了他後方的磚牆。在我們走向阿公的途中，母親撫摸著經過的每一面牆，舊傷，而她以前就曾把香菸、硬幣、一張公路地圖藏進磚牆上的那個洞。她把自己過去的片段種進牆裡，等著房子長出一段值得她留下的未來。

我們停在臥室門前，阿嬤就在我左肩後方，非常靠近我的尾巴，讓我好想轉過去用尾巴綁住她的手腕。我們聞得到裡頭的阿公，臥室門就像覆蓋在屎與汗水上。母親打開門，那種氣味往後縮，然後像顆拳頭般擊出。

窗戶被衣櫃擋著，角落的一張椅子只有三隻腳。裡面沒有鏡子——風水不好——可是有某種東西碎裂了，地毯上都是玻璃屑，在我們接近床邊時鑽進了我們腳裡。我以為他留著往後梳的油頭，結果那是一道跨越他頭皮的瘀傷。他雙手上的肝斑跟二十五分硬幣一樣大，讓我好想一個接一個拔下來，用這些錢替他換新的皮膚。阿公的嘴巴一直在動。他的舌頭在臉頰皮膚底下蠕動著。

母親跪在床邊，額頭緊靠著床墊，她抬起頭時，額頭上有鮮血。整片床墊都是血。

我瞇起眼睛看他的胸口，想確認裡頭是否還有活著的東西。哥哥的手感覺很濕，但我不記得自己是什麼時候伸手去握了。屏住呼吸，哥哥說。有一次他告訴我在快死掉的人附近一定要屏住呼吸。這麼一來，病人就能呼吸到比較多空氣。尾巴緊纏住我的大腿，因為我看見他布滿了痣的脖子：他的胸口像碗凹下去，裝著汗水湯。母親站起來時，目光又像箭般射穿一切⋯⋯窗前的衣櫃、雙手捧著刀站在門口的阿公的肺，細到我想用手指撥動，在這陣沉默中彈出音樂。

虎靈寓言 BESTIARY - 288 -

嬤、椅子瘀傷的膝蓋、握著手的哥哥和我。她用新娘抱的方式將阿公從床上抬起，用手臂支撐他的骨頭。他下巴下方的皮膚鬆弛到連吞口水都會拍動，我好想用熨斗把那裡燙平，然後整齊摺好。阿嬤說，別碰他。母親把阿公抱得更緊。

阿嬤用一種我從未聽過的方言朝牆壁吐了個字，讓那裡的油漆跟她牙齒一起發亮起來。我走上前擋在母親跟阿嬤之間，張開雙腿，一隻手壓著我插在鞘裡的尾巴。阿嬤沒看我，不過我知道該怎麼轉動她，該怎麼用尾巴扣住她的腿，讓她跪倒在地。

母親跪著將阿公抱在懷裡，然後在床邊的地毯上擺好他的四肢。小心，有玻璃，我說，可是沒人在聽。阿嬤說，我必須這麼做，她的手在半空中迅速掠過，摸了摸額頭上的髮捲。他體內有東西，正在啃食他。

阿嬤手上有老繭形成的峽谷，是她手裡控制的某條河流所刻出來的。她轉身面向我，像是要祈禱般跪了下來。她告訴我，妳手心的紋路愈深，就會在離家愈遠的地方死去。她說我的雙手是反義詞。我的右手繼承自母親，左手則來自阿嬤。兩隻手都不是我的。然而阿嬤並不知道我的第三隻手，也就是我的尾巴，它早已為今晚做好了準備。

阿嬤手上有老繭形成的峽谷，是她手裡控制的某條河流所刻出來的。晚上我就聽見它在他體內，在他的血管裡到處跑，假冒成他的血。阿嬤用她的手腕發出那種聲音給我們聽，她畫著

- 289 - 女兒 兔月（二）

圈，讓我能聽見她骨頭的沙沙聲。

哥哥緩慢爬過去用手指抵著阿公的脈搏。在黑暗中，我看不見自己的手移動，分不清什麼是影子，什麼是身體。哥哥說，阿公的血還在他體內。母親說，去找燈光，燈光。我的雙手在牆上摸索，終於找到了開關。光線從裸露的燈泡和牆面細細流下，雖然濃厚得有如鼻血，卻只夠讓我們看見他的輪廓。

阿公的雙腿叉開。他發出呻吟，接著阿嬤說，看吧，他不想讓你們見到他這個樣子。母親說，我找出他哪裡流血，可是我們只在他沒扣釦子的上衣找到已經變成化石的血跡。他的睡衣是白色棉質，膝蓋部分呈半透明。母親打開他的上衣，在他喉嚨底部輕敲著某種摩斯密碼，試圖從他身體獲得信號。阿公的回應是將雙腿張開成一個更大的V字形，然後彎曲起來，準備生產。

母親捧著阿公的頭顱，低頭親吻它，再用舌頭舔開他的眼皮。阿嬤指著他的腿，另一隻手則在擔心她的髮捲。看，看。阿公睡褲的胯下部分撕破了。他雙腿之間有一道搖曳的白光，在他體內忽明忽滅。阿公再次張開腿，嘴巴準備發出大叫。

哥哥以為阿公要拉出來了，但屎不可能是骨白色的。他胯下破掉的部分變寬成一個投幣口，然後是一張嘴。他從雙腿之間推擠出一顆光的拳頭，擊穿了黑暗的裂縫。那是

一隻兔子，全身布滿黏液。皮膚薄到我們都能看見牠葡萄般的心臟。我們都不敢觸碰牠的眼皮，那就像蛾在他深色的血液中拍動著。兔子在我母親手中垂下舌頭，後腿黏著軀幹，沒有嘴巴，沒有呼吸。我覺得那一定是顆早產的月亮，已經死產了。根本沒有小到足以使用牠的天空。阿公顫抖著，血如卷鬚般流出他的肛門。他將手腕移到嘴邊，把那裡的皮膚吸成銀色，他看著我們的樣子，彷彿覺得我們是牆面上的抽象光影，而我們的形狀完全沒有意義。女兒跟影子之間並無差異。

母親站起來，背靠著牆。她的雙手短路了，還一直抱著不存在的東西。哥哥往後退向門口，黑暗就在那裡破裂，流進了走廊。我靠上前，想看清楚兔子纏結的臉孔，想知道那跟什麼東西相似。不過阿嬤搶到我前方，跪在阿公身邊，再次豎直刀子，將刀身帶到他面前，將其放大。我的毛向後貼，尾巴變成一根有羽毛的箭，全身緊繃如弓。

我們必須打開他，阿嬤說。他裡面可能還有更多。她把刀移到他肚子上方。我的手指和腳趾彎曲成爪子，撲向那裡的光。阿公左右轉動著頭，就像哥哥在夢中朝著我無法看見的東西說不那樣。我只看到那把刀往下降，正要游進他的肚子裡。我的夜視能力讓阿嬤的輪廓發亮，用鹽畫出了她的形體。我站得離她很近，尾巴從膝蓋間迅速向前揮動，打掉了她手中的刀。

- 291 -　女兒　兔月（二）

她收走雙手時在黑暗中劃出銀光，連看都沒看就躲開我了。我試圖收回尾巴，在半空中取消動作，可是它只會往前，結果擊中了阿公的胸口。他發出的聲音讓我的口水全都變得酸臭，那種哭喊就像嬰兒，而他的肋骨也在皮膚底下畏縮進去了。他胸口被我打中的地方隆起了一條皮膚，下方還有深色膠狀的血。他拱著背，將胸口燒燙的感覺壓進黑暗中。母親跪在我前方，用她的身體包覆他，擋住了我。

尾巴誤譯了我告訴它的一切。我想要的是阿嬤的手腕，想要弄斷裡面所有的骨頭。我嘗試向母親說明，但她正彎曲身子護著阿公。她跪在他身旁，朝他胸口吐口水，搓著燒燙的地方，試圖撫平傷痛。我想上前道歉，尾巴則是僵住了，在我後方拖延著。妳弄傷他了，母親說話時朝著他胸上的傷，那裡被她的口水塗成了暗紅色。

我往前爬向他們，在黑暗中拖著尾巴。它感覺變得更沉重了，另一端彷彿繫著月亮。

阿嬤雙手抓住我的尾巴，當成繫繩用力拉。我努力繼續爬，想爬到縮著身體背對我的母親那裡，不過阿嬤猛然把我拉了回去。她可以藉由尾巴控制我，將我拖到院子埋在任何地方。我叫她放開，但她又往回拉，扯掉了我幾撮毛髮。她打了個噴嚏，把那些毛髮當成灰塵拍開。她拉了我的尾巴一下，讓我站起來。

看吧，阿嬤說。我們是同樣的野獸。阿嬤用大拇指撫摸我的尾巴末端。她低下頭聞。她問我知不知道虎姑婆的故事，內容是關於擁有身體的代價。代價就是屠殺。她說她的島上沒有老虎，以前也從未有過。那個故事是在別的地方誕生，被男人帶過來，塞進女人的肚子裡，而她們並不想要這個故事。女人們還是生產了，生下跟自己長得不像的女兒。

我生下第一個女兒時，阿嬤說，我看見她有一張軍人的臉。阿嬤的部落裡沒人見過老虎，她第一次聽到故事時，還想像牠是直立走路的。她想像牠的皮膚有兩種構造：橘色條紋是火，黑色條紋是河，兩者相互抵消變成煙。我的尾巴猛一拉從她手中抽離，但被她手心的溫度燒焦了。我就是她想像的野獸：尾巴就跟鬍子一樣短硬，影子彷彿軍人那般巨大。

妳有軍人跟屠殺者的血。妳以為妳的故事跟我不一樣嗎？她說。我弓身站著，尾巴沉重到我都忘了自己之前是怎麼對抗地心引力的。我跟那根石頭綁在一起。要是她像對待我母親那樣把我丟進河裡，我一定會沉下去。我會停留在河底，住在我攪出的泥漿裡，吃著上面丟下來的任何東西。

母親看著我們，然後從地毯上捏起死兔子放進手裡，那是一顆發育不全的心，是一道光源。她的目光在阿嬤和我之間來回，試著決定該保護阿公不受到哪一個人傷害。阿嬤抓住我的尾巴在她手上迅速轉了一圈，這時我低頭看著我們的影子，發現尾巴的形狀彷彿一座橋將我們連接起來，就像在我們不知不覺中長出的一條臍帶。我想切斷它，將我們兩個分離，區別我們的影子、我們的飢餓。切掉臍帶，在太陽下曬乾，讓它軟化，這樣它就無法引發血流，無法在不傷害自己的情況下攻擊皮膚。這樣就沒有能讓她抓住我的東西了。

放開，我說，但她沒有。我的膀胱被刺破，尿漏到了腿上。阿嬤走向門口，藉由尾巴拖著我穿過走廊到外面的後院，那裡的草鏽成了彷彿血跡的褐色。

她叫我尿在這裡。我就跟野獸一樣蹲了下去。她將我的尾巴握得更緊，可是我已經感覺不到它了。我只看見阿嬤的臉，她看著我的樣子就像看著一位她以前見過的軍人，她以前嫁過的一位軍人，而她抓著我的尾巴並非因為害怕我會逃跑，是因為她知道我會轉過身，用它刺進她肋骨之間未被照亮之處。

我尿完以後才發現：阿嬤院子裡的土全都是白色。地面看起來有如骨頭沙，不過踩下去的感覺像泥巴，帶有潮濕的汗水與陰影。阿嬤放開我，叫我找出她埋的東西。我看

虎靈寓言 BESTIARY   - 294 -

著她的手，然後看著土壤，瞇起眼睛注視那彷彿被漂白的表層。在辣椒叢生長的角落，我看見一排像是骨臼的洞。我走向那些洞時，尾巴跟鐘擺一樣晃動著。那些洞比我的洞更深，內部很暗，帶有灰色線條，顏色類似下雨前的天空。

我將手臂伸進最靠近門的洞，手指在底部抓到了某種尖銳的東西。她站在我後方看著，不發一語，她的影子就披在我身上。我繼續摸索底部，拿出一只骨珠手鐲，接著是一根塑膠湯匙，然後是一美分硬幣。我用手指耙著土壤，結果被某種東西割傷了：一張紙。我從土壤裡拉動它，用指尖抽出它。它的兩面都是空白，跟土的顏色一樣白。

是讓妳回信給我的，阿嬤說。我把它丟回洞裡。我說我絕對不要。她露出微笑，牙齒少了一半，早晨就是從那些地方湧入她嘴巴的。我說那些信是要寫給會聽的人，而我就是一直在翻譯的人。我就是想要見證的人。我想到自己餵給洞的所有東西：大姨的鵝、班的鳥籠、我的尾巴。阿嬤看著我的時候，我很想綁架她剩下的牙齒，放進我的嘴巴裡當人質。那樣她就必須求我歸還，讓她取回說話的能力。

妳會回信的。我知道妳會。我說不，我從來沒有原諒過她，結果阿嬤說，我從沒要妳原諒我。妳沒讀懂嗎？

- 295 - 女兒 兔月（二）

她後方的園藝水管朝著土壤嘔吐。她跪在那片白色之中，伸出了雙手的手心。她說她還是女孩時一定夢過自己長出這樣的尾巴，但創傷有時候會跳過一、兩個世代，在最適合揮舞它的身體裡再次出現。我說我再也不想要揮舞任何東西，我已經見過我在阿公胸口留下的烙印了。

妳會回信的，阿嬤說。不是因為妳原諒我，是因為我永遠不會恨妳做了那些事。因為只有我才知道妳的能耐。她有如童話故事裡的騎士點頭致意，模仿得很滑稽，而她頸背上那撮頭髮的大小與形狀就跟我母親一模一樣。這就像再度見到自己以為已經絕種的鳥類：我忍不住朝它輕聲低語，撫摸著它。

我用沾了泥土的大拇指端觸碰它，那撮跟我母親一樣的頭髮長成了圓形，彷彿尖端在追著自己的根部。我一邊以拇指尖端攪動著那裡，一邊告訴她這就是母親在我睡前每個部分都是一個創造的故事。阿嬤沒抬起頭，不過我知道她在聽，而土壤則變得跟她的眼白一樣明亮濕潤。

母親的聲音在屋內穿梭，從前門傳進了院子。她呼喚我的聲音跟阿嬤好像，我一度以為阿嬤是從她身體以外某個地方說話的。但是會這麼叫我的只有母親，那種聲音磨損

得像光滑的拳頭，可以讓我跨上去騎乘，當她在嘴裡背負我，我就能夠暫時擺脫自己的重量。

∮

根據阿嬤的說法，月亮是太陽的屍體。以前曾經有兩個兒子，那兩顆蛋黃都在海裡煮熟了。有一位戰士射下了其中一個兒子，創造了黃昏。死去的太陽上升到夜晚的骨頭王座那裡。第一個太陽因為分離而悲傷，而早晨就是死去跟活著的兒子唯一親吻的時刻。然而他們之中只要有一個升起，另一個就會落下。悲傷就是他們之間的引力。

∮

母親抱著阿公往車子去，他的雙腿碰在一起時發出劈啪聲，靜脈有如玻璃。我們頭頂上的月亮正醃泡在它自己的銀色汗液中。我很好奇阿公知不知道自己生下了什麼。我們將他摺起來放進後座載走，黑暗就像隻流浪動物一直追著我們到家。就算母親仍

然害怕我,她也沒顯現出來:她用膝蓋把我推上車。車內很熱,我的腋下布滿密密麻麻的汗。回家路上,阿公邊睡邊發出咯咯聲,舌頭起了泡沫。後來我們才發現原來他窒息了,於是輪流撐開他的嘴,用兩根手指挖出口水。我們把一絲絲的口水甩出車窗。那些口水就像星星之於夜晚般黏得很緊。

我們抱他出門時阿嬤沒說話。她走到廚房,一個接一個摘下髮捲,而她的頭髮已經燒焦了。那些頭髮發出橘光,然後褪成黑色。我尾巴的顏色。她將小兔子包進報紙裡,說她會處理。我們看見她打開幾個抽屜尋找用來燒掉牠的火柴。

我就知道牠在他體內,阿嬤指的是那隻兔子。我們不知道牠究竟是在他體內出生,還是被放進去的。我們不知道牠要怎麼在他的身體裡呼吸。我就知道他身體有東西。

我必須救他,阿嬤又說了一次。我想要說在他體內的明明就是她,她並不清楚「他是誰」以及「她對他做了什麼」兩者之間的差異。阿嬤試著點燃火柴時手在顫抖。她丟掉的一根又一根火柴在地毯上燒出一個又一個洞,而她踩滅火焰的腳跟也燒黑了。煙霧就像食屍鬼從地面升起。最後,母親伸出手拿走阿嬤的火柴,在自己長繭的手掌上劃燃。

她點著了兔子的裹屍報紙,我則是捧著那團光,將屍體放進水槽裡。我們離開以後,兔胎仍在燃燒。我們在天空中尋找牠的骨頭,替失去了月亮的阿公哀悼。

虎靈寓言 BESTIARY　- 298 -

在車上，我問母親阿公到底是不是她父親。阿嬤的最後一封信裡寫道我母親是在河裡懷上的，但我覺得阿公看起來不像一條河，除了他尿濕的時候——他的尿像擠壓的果汁從膀胱滴出，弄得座椅都發酸了。母親沒有回答，而是降下車窗，把她的菸屁股都丟出去。它們有如青春痘散布在街上。她笑起來，然後要我定義什麼是父親。我說父親就是無力背負自己名字的人，而且還必須利用別人來做這件事。她又笑了，不過笑聲聽起來就像剛剛那次的錄音，重複性太高了，一點也不像真的。

我用膝蓋夾住阿公的頭，輕撫他額頭上的空白處——他的眉毛從相反方向漂流交集於此，這裡也是他跟我母親最相似的地方：她睡覺時，雙眼之間的皮膚會打摺分成兩半，而她總會叫我醒著待在她床邊，用我的手指將它熨平，這樣她早上醒來時才不會有皺紋。不過我每次都會在她身旁睡著，早上醒來她就會問自己有沒有變老。有，我說，妳皺得就像屁眼，然後她就會笑起來，把我推下床，說有一天我的臉也會這樣。

當母親問我是不是還想聽另一個故事，我朝後座車窗哈氣，在夜晚的額頭上寫下了想。她轉上公路，只用單手抓著方向盤，一邊說問題是我把她的回憶都變成了貨幣，用

- 299 -　**女兒**　兔月（二）

遺忘買了我的未來。那就保留妳的回憶，我說。給我別人的。

河流與其同性愛人（我的曾祖母納威）之簡史

提醒：所有提及水的內容可能都會稍微誇大，不過當妳阿公尿得後座到處都是，妳就會覺得每一條河都很真實。

第二個提醒，也是更重要的提醒：我母親總說妳所相信的故事取決於妳的身體。妳所相信的內容取決於妳的髮色、妳對上帝的稱呼、妳出生的次數、妳的郵遞區號、妳是否有健康保險、妳的母語為何，以及妳本人認識多少蛇。

阿嬤的母親是從一隻螃蟹的肚子出生。她的頭出來時戴著橘色蟲膠頭盔，她的手是有鋸齒狀的鉗子，能夠將岩石分裂成沙。她的父親——海盜老廣——將她從螃蟹如圓盤

的腹部吸出來，吐到桌上，她則是以腳爪著陸。她被取名為納威（Nawi），平常就像螃蟹側身走路，而且吃帶殼的肉：被吸食乾淨的甲蟲、來自海裡的蝦子。納威滿十四歲時，嫁給了一位出生為河狸的男孩──他有四顆牙齒，讓牠熟悉她手腕的直徑──他們生了十三個孩子。最後一個出生時的陰莖是一條蛇。納威輕撫牠，就像有鉸鏈的門──牠的聲音像絲一樣填滿她的頭骨：我是妳的女兒，是生來破壞妳的。我是妳的兒子與脊椎。

納威相信那條蛇最後會如乳牙般鬆落，長成另一條肢體，逐漸退化和皺縮。蛇將頭穿進嬰兒尿布，分岔的舌頭連唱著同一首歌，就像逸散的蒸汽，就像一顆擊中河流然後下沉的石頭。每當納威給寶寶餵奶，那條蛇就會啃咬她的乳房和乳頭，將毒播種到她的皮膚裡。她的奶水變得熱燙，而且是刺眼的銀色。蛇伸了出來，用舌頭抽打著空氣。

納威決定殺了牠。蛇呈現沒有血色的白，如小蘿蔔般生根於嬰兒的胯下。她一刀劃下，彷彿切穿光線。那條蛇完全沒醒來。煙霧從牠身體流血的地方呈螺旋狀冒出。未附著在任何東西上的牠顯得更小，那顆藍色頭顱縮了起來，舌頭忽隱忽現，看得出正在挨餓。沒有疤痕，沒有被切斷的跡象。嬰兒的胯下就跟樹墩一樣光滑。她將蛇的身體丟進火裡，把喝飽奶水的嬰兒抱在懷中一起睡去。

隔天早上，嬰兒醒來後不斷拍打納威的辮子，拉扯她的頭皮把她弄醒。被切斷的地

- 301 -
女兒 兔月（二）

方現在出現了一窩蛋，彷彿透明的雨滴緊黏在那裡。她試圖拍掉，到了晚上，嬰兒胯下又多了十二顆有如露珠的蛋。只有三顆蛋生出了蛇，而且不斷地交纏又解開。牠們同時說話，就像一首纏結的歌，一種糾結的表達。餵養我們，我們就不會忘記妳。那些蛇嘴巴的數量比那三顆我們，我們就會拯救妳。我們是妳的女兒。我們是妳的兒子。撫摸她只好聽從牠們。她讓那些蛇吃得比她其他孩子更好，甚至還殺了豬，把肉分給她那三頭，連豬蹄也是。蛇的下巴張得跟門口一樣寬。飢餓放大了牠們，將牠們的歌當成種子般掃起，再把每一個音深深種進她耳朵裡。有些晚上她會啜泣著醒來，祈禱自己能快點被吞沒。

到了下一個月，河流如髮線般逐漸退去。晚上星星則像頭皮屑從天空剝落，使土壤鹽化變白。蛇小孩長大後成為我阿嬤。她走路時，那些蛇就彷彿藤蔓爬上她的雙腿，在她的腰間迅速揮動。阿嬤跟她的蛇很神聖：巫師與牧師都想看看牠們是從哪裡長出來的，於是翻起阿嬤的裙子，結果他們的手腕咬到發青了。

她會吹口哨叫醒牠們。阿嬤會輕拍每一隻的頭，而牠們的眼睛都是奶水的顏色。她會餵牠們田鼠、從道路兩側排水溝抓的老鼠、被颱風掃出河流的烏龜，以及跟她小指一樣大的米諾魚。以前想在河上築堤的農夫，只敢到原住民族地區換取便宜的小米酒，現

在他們則是三三兩兩前來撫摸她裙子底下的蛇。

阿孃滿十四歲那年，河圍住了田地。颱風拆毀了圍籬，沒綁在籃子裡的母雞都被吞進了天空。阿孃又開腿跨在河最窄的地方小便。她尿尿時，蛇會猛張開牠們的嘴巴。農夫們說她這是在下毒，讓水變質，把作物困在土裡無法生長。可是他們不會傷害那位發出嘶嘶聲又從蛇嘴尿尿的女孩。

河水再次上漲至堤岸時，阿孃跑到了外頭。阿孃的蛇在她裙子底部上下擺動，將她跟河拴在一起。她走向乞求被毆打的河水，將膝蓋以下浸入皮膚般的水面。她身上最左邊那條蛇像隻手臂伸出又折回，蛇頭指向她的雙腿之間。右側的蛇把頭勾進她的陰道中間那條跟阿孃手腕一樣粗的蛇則是挺起身體到她胯邊。牠在她嘴裡的暗處張開眼睛。她的牙齒被撬開了。那條蛇搖擺著向下進入她的喉嚨，堵塞住她的呼吸，直到牠進入她的肚子。三條蛇在她胯下的根都折斷了，其中兩條在她胃裡會合，一條在她的子宮裡。

阿孃在同一時間尿尿、拉屎與生產，蛇寶寶紛紛從她體內流出。河水蓋過她的頭，扭動著而她在水面下張開嘴巴，呼出了蛇。好多好多好多蛇從她的嘴巴、肛門、陰道湧出，雨水般的紅色。雨停之後，河水回離開她的肚腹。那是一種從沒人見過的新品種，是雨水般的紅色。淤泥變回原本的顏色，可是裡頭的蛇仍然是紅色。牠們在凹處，形狀彷彿歪斜的脊椎。

- 303 - **女兒** 兔月（二）

水中找肉吃。軍隊[1]會將囚犯丟到這裡,他們會用鐵絲穿過男孩們的手腕。第一個男孩被射殺後,其他人就會跟著他掉進去。軍隊是用這種方式節省子彈的。河會用舌頭擦亮他們的名字,穿過他們的頭顱,把他們串成項鍊。蛇會清除男孩們的屍體,透過眼窩進入,吃掉他們暗紅色的腦。

故事:阿嬤嫁給一位軍人,那種會永遠做著同一份工作的男人。她的回報是每天都能拿到配給的米。她的田地重新生長,看起來就像手指,後來形成拳頭圍住了美軍基地。美國大兵教她如何獵殺共產黨員,如何射中跟共產黨員頭顱一樣大的冬瓜。由( )將軍率領的( )禁止除了( )以外的所有語言。這種字母系統也被禁了,也就是說這文字並不存在於歷史中。士兵們在海灘上打破玻璃瓶,沿著岸邊黏上碎片,要在入侵的共產黨員腳上挖出大洞。收音機說要準備因應夜間的入侵,要小心軍人來吃妳的腳,而阿嬤說:那麼已經在這裡的軍人呢?在我床上的那些呢?他們肏得我生下了五個女兒,第一個軍人只看得見影子,第二個被我打成骨頭,變成會漂浮的東西?

神話:要是妳提及任何關於( )( )-( )將軍的事,河就會告發妳。河是由耳朵組成的,會用蛇發起謠言。蛇會滑進被丟下來的囚犯體內,享用他們的大腦,吞下他們的回憶。現在就只有蛇會說故事了。

到了夜晚，河會離開河床，移動到陸地上，然後像蛇一樣漫遊。紅色的雨逐漸淡去化為謠言，不過某些人說河流懷上蛇的那天，有個女人被目擊到出現在岸邊。某些人說這個女人沒有脊椎，手臂是蛇，眼睛是牙齒，還一直加上其他細節，直到她成為他們無法命名之物。

阿嬤快滿十九歲時嫁給阿公——第二個肏她的軍人——有天晚上她在黑暗中前往岸邊，想看看她的蛇是不是真的會在晚上變成女人，河流是不是會自己行走。阿嬤踩進去，結果河水紋絲不動，有如膠凍般厚實。

阿嬤等著蛇過來環繞住她的腳踝，那些可是她親自生下的蛇。月亮彷彿河流皮膚上的青春痘。她走回岸邊坐在泥漿裡，納悶蛇都跑去哪了，牠們是否還愛她，是否仍然想念她體內的顏色。她閉起雙眼往後躺，想像身上的肋骨是筏子上的橫木。她會是一艘多麼明亮的船啊。

---

1 **事實**：國民黨第二次徵收了我祖母的土地。Watakushi，她一次又一次這麼說。那是我的。她用不屬於自己的語言來主張土地的所有權。她把她的 I（我）排得像柵欄：ⅠⅠⅠⅠⅠⅠⅠⅠⅠⅠⅠⅠⅠⅠⅠⅠⅠⅠⅠⅠ。I 指的並非存在（presence），而是不在（absence），也就是句子中的主體被刪減了。

-305- 女兒 兔月（二）

她張開眼睛時，天上有三個月亮。其中一個是滿月，另外兩個則是半月。她坐起身，看見一條蛇用尖牙掛在她小腿上。阿嬤猛扭下牠。就在她要躺回去之前，河水分成了兩半。有個形體切開了泥巴緩慢爬上岸。那是一個女人，身上有血色的鱗片，皮膚長在內側。她將手臂與雙腿塞進體內，然後如划槳般伸出，每揮動一下就推開周圍的泥巴。阿嬤脫去衣物，蜷縮於泥漿裡的河女身旁，浸在夜晚的手汗之中。她低頭靠向河女的皮膚，將舌頭伸進肚臍，舔食裡面由汗液構成的酸湖。

阿嬤記得讓河懷孕的不是大海，而是一具身體：那具身體從大霸尖山往下尿，讓溪流切進石頭。阿嬤靠在河女的肋骨上。泥巴自行拍動，發出像放屁的聲音，讓她們兩個都笑了。阿嬤跪在河女的膝蓋之間，用舌頭觸碰那裡被泥漿和月乳石黏在一起的黑毛。阿嬤的舌頭說著自己的語言，一種不需要教就會的語言。河女高潮射在阿嬤嘴裡，後來阿嬤好幾天都沒洗嘴巴，一直用舌頭舔著自己齒縫間的鹽。

河女翻過身趴著，她周圍的泥巴自動散開，而她的四肢又縮回了身體裡。紅色鱗片像一道火焰迅速抬起她的腹部，接著她就在淤泥之中往前滑，以肚子朝下的方式落進河裡。

回到家後，阿嬤脫掉衣服刷洗，可是泥巴已經滲得太深，浸入了織物，變得跟布料

密不可分。她還是甩了甩衣服，拿到外頭晾乾，結果看見有某個東西緊黏在褶邊上。是一塊跟她腳趾甲一樣大的鱗片。阿嬤把鱗片放在舌頭上整天吸，直到它逐漸模糊消失。

當她的肚子跟麵包一樣迅速脹大，她很清楚這會是她最後一位女兒。

阿嬤想到河女的肚子從未離開地面，想到她腰際變成蜂蜜的樣子。阿嬤吞下的鱗片：它肯定在她體內成倍生長了，正要形成女兒。這是專屬於她的女兒。她跟河的女兒。她跟死者的女兒。阿嬤將這個女兒——我的母親——視為她的第二副身體，當成她的責任。

數個月後，當阿嬤將她所有女兒從橋上丟進紅色的河，她會看著蛇爭搶她們的肉。她等著河女把她的女兒帶出來，等著河女用舌頭勾住她們的嘴巴，將她們拖回水面。

當阿嬤將女兒們扔入水中，試圖把最後一個嬰兒當成石頭打水漂，她想著水是最好的母親。水並未擁有自己想要的東西：它只會解其他人的渴。阿嬤知道被需要算是一種神聖的事，而她已經厭倦當那樣的好人，那樣的神。在最後將我母親丟進河裡時，阿嬤心想：我正將她還給河流，它能把她養育得更好，把她養育成我會逃離的洪水。

女兒 兔月（二）

她的家裡只剩下她。我們離開時，我一邊從後擋風玻璃望出去，一邊把阿公的頭放在大腿上捧著，那彷彿一顆我不知道該怎麼塞進嘴裡的水果。阿嬤從她家門口的陰暗處看著我，她的膝蓋模糊到都混在一起了。她的嘴在臉上凹進去，那個洞是她曾經擁有過名字的地方。她的左手跟門框緊緊結合，推開黑暗讓我們通過。夜晚跟她家裡一樣都有如喉嚨那般黑，而離開的感覺就像被吞下，就像一種對稱：我們開得愈遠，就愈往她喉嚨深處去。

我們不知道她是在等我們離開或回來，只知道她站在那裡停留得比我的目光還久，而我們倒車開上馬路時，路面竟然像活生生的皮膚那樣嚇了一跳。即使離開了以後，我還是會在各種地方看見她的臉：一棵棕櫚樹、一隻被輾過的狗、散布於一片田野上的牛、籠罩我們車子的黑暗，以及後視鏡裡的母親──她一隻手在車窗外彎成鉤狀，一邊用牙齒咬自己的舌頭保持清醒。她替月亮解開釦子時的手指，輕觸著，試圖擦去阿嬤跟夜晚相似的地方。她讓我們走，是因為多年前她曾嘗試切斷自己跟女兒們的關係，結果就連河也無法分開她們。她讓我們走，是因為她知道自己跟我們一起在車上，也在我們的院子裡，有如一條釣魚線穿過了我們的脊椎。

回到家後，我在院子裡那些洞之間走著，心想阿嬤就在洞的另一端。我將雙手餵進

「口」裡，想像阿嬤正在另一端做著同一件事，而我們的手就在雙方的城市中間接觸，在手腕的根部打結。我們只能透過這種方式見到彼此，只靠我們的手：沒有身體就不會傷害對方，也沒有想要對方說出的話。洞裡是重新造林後所形成的一片黑暗。再過一個月，就會有一棵樹從「口」長出來，一株地下樹苗就要開始突破地面，碰觸夜晚。那棵樹的樹皮會跟帶扣一樣厚，樹幹是中空的。它會生長到她的高度，穿上她的影子，敘述她的不在。再過一個月，當那棵樹如辮子般伸到洞外，從我的雙手而非從種子出生，我就會替它澆水。

女兒

鳥的誕生

到家以後,母親將阿公放在沙發上打開,我則是去看院子的洞,確認阿嬤沒從那裡冒出,沒在公路底下游泳跟著我們回來,不時從「口」探出頭呼吸。我穿過院子,夜晚的黑暗如同一雙大腿分了開來。「口」那裡的土壤中伸出了某種白色東西,像骨頭一樣明亮。我把它拔起來,舉到窗戶邊看,發現上面是空白的。這是阿嬤埋給我的紙,她說我總有一天會回信。我考慮要把紙張摺起來放進一條米諾魚體內,再把它餵回「口」裡,不過最後還是把它留了下來,滑進腰帶夾好。那張紙發出金屬的高溫,如模具般塑造我肚腹的形狀。我還沒有想要寫的東西,而且要把空白的東西埋起來感覺也不太好。屋裡的母親已將阿公安頓於沙發,上頭的墊子還留有大姨的汗味。她曾嘗

試用銀線把《聖經》的內容繡上去,但弄到一半就放棄了,所以那些句子就留在原處敞開著,彷彿手術開到一半的身體。公義這個詞的縫線都散開到根部了。

母親和我一起跪在阿公身旁,讓他的頭轉向一側,接著打開他的嘴巴,將口水引流到菸灰缸裡。我很想說我從來就沒打算傷害他。她在他的上衣割出一個洞,這樣才不會擦痛他的燒傷,那就像一塊跟我手一樣長的生肉排。母親用口水跟院子的泥土輕擦傷口,然後叫我不要碰。它發出梅肉般的光,皮膚被剝掉,上頭的膿乾成了樹液。我很想說我的尾巴已經長大不聽話了,它已經長得彎曲變形,就像鴨叔那棵樹的樹根,上次我們家人行道還被撐裂,起了好幾個疙瘩。尾巴的力量超出了這具身體,這座城市。

我試著說話時,感覺嘴裡塞滿了蜜蜂。我不知道該怎麼承認自己做的事。母親用指節輕碰我的後頸,叫我離開去睡覺。她會整夜醒著照顧他,用她的袖子吸掉他臉頰上的汗,把他從陷得太深的夢中釣起來。他讓我想起附近一隻臉上有斑紋的流浪動物。牠失禁時會在車道上拖出一條尿河。

那天晚上我夢見阿嬤,她正在院子裡用左手餵雞。右手則在練習張開到雞脖子的寬度。她挖著土,拔出帶有肋骨般光澤的白色蘿蔔。她像我母親那樣整夜坐在電視機前,臉上的藍光彷彿疙瘩,而她看的肥皂劇是關於女人嫁給參戰未歸的丈夫鬼魂。在其中一

個場景裡,妻子不想跟鬼丈夫一起睡,於是讓一隻死山羊穿著自己的衣服,擺到床上她睡的那一側。可是鬼丈夫沒上當。他報仇的方式是將山羊劈開,再把他的妻子縫進屍體裡。後來那隻妻子山羊被宰殺串烤,結果大家根本沒發現自己吃了什麼。我醒來後很想知道結局,但房間裡沒人能告訴我。

Cleave這個動詞有兩種意思:砍斷與黏住。另一個有雙重意義的詞:當我的母親提到母親,她指的是生下她的人,也是指試圖殺死她的人。

母親的切肉刀就像耳環掛在廚房的水槽上方,它的影子橫跨了整片地板。我取下它,握著仍然帶有她雙手溫度的木柄。母親說美國人會浪費錢買一套就有好幾件的刀組,可是我們只需要一把刀。切肉刀,她說,做的是記憶的工作。它只會讓東西成倍增加。我問切肉刀會不會因為自己所傷害的東西而感到抱歉,結果她說,為自己該做的事感到內疚根本沒有用。

- 313 - **女兒** 鳥的誕生

哥哥在阿公的臉附近放屁——他拉下褲子，把屁股移到作著夢的阿公嘴巴旁邊。有時候阿公會醒來，皮膚上的潰瘍閃著微光。有時候他的鼻孔會張得很開，全部都吸進去。我想像他的身體充滿了哥哥的屁，有一天他會從床上升起，就像我們鬆手放掉的氣球，然後用屁股撞開月亮取代它的位置。

我們把阿公的屎裝進罐子帶給中醫，他放到燈光下與黑暗中查看，拿著吸管戳來戳去，先以一邊的鼻孔聞，再換另一邊，然後把氣味告訴我們。中醫還用一根沙拉叉梳著那坨屎。我們不確定他在找什麼。說不定死亡可以像種子一樣從他的身體挖出來，重新種在別人身上。哥哥跟我花了不少時間想像怎麼殺死他，提前排練悲傷。在他因為自己的身體死去之前，我們發明了好多殺他的方法。塑膠袋。油炸鍋。吹風機。樹枝。輪胎鞦韆。在食品儲藏室裡用一根繩子。我們不知道他有多老，但我們想到還能用另一種方式殺他：把他當成樹砍掉，計算他的年輪。

母親前往米爾皮塔斯（Milpitas）的一間中藥房，想找一種能夠讓阿公的心智與回憶再次結婚的藥粉。結果，他們給了她艾草，要她用染黑的水替他洗澡，將靈魂召回他

的身體。他的靈魂就在他體內，母親說。只是他不認得。阿公在藥房後側拿著乾薑根摩擦自己的牙齒，還一邊想拍趕走陽光。我們付了薑的錢然後離開，此時阿公在窗子裡看見了我們的倒影，就朝那裡吐口水。我畏縮了一下，儘管我知道窗玻璃上並非自己真正的臉，只是臉所失去的形象。我們會用湯匙餵阿公香蕉和米飯泥，一天兩次。他把我們的沙發扶手當成小馬跨坐上去，用靴子模仿馬蹄聲，用鼻子模仿馬嘶聲。一條口水有如溜溜球掛在他嘴邊，下降以後又被他大聲吸上去。

艾草澡不但沒幫助他記起事情，反而害他拉肚子。我們用烤肉夾從馬桶挑出他大便裡的子彈碎片，免得弄壞排水管。母親給他吃維他命，導致他的乳頭皺縮，上面的黑色絨毛也脫落了。有時候維他命也會害他耳痛，而母親會在他的耳朵塞冰塊來舒緩。他的耳朵在哭，我一邊說一邊擦乾他的脖子兩側。

早晨去上學之前，我聽見母親在廚房用她的木碗跟杵磨藥丸。我看進碗裡，藥粉就跟灰塵一樣細，空氣彷彿充滿令人窒息的粉筆灰。她留著汗，不斷屈伸手臂將碎片碾成沙。我問母親是否找到了新的維他命來試試，而她的回應是磨得更用力，碗都在她手裡發出了嗡嗡聲。

在她上下擺動著杵的時候，我告訴阿公猴王的故事，說他從身上拔了一撮灰爐色的

- 315 - **女兒** 鳥的誕生

毛髮，示範如何讓自己的數量增加——每一根毛髮都變成了一位士兵。母親無意中聽到後，說我不應該給他這想法。於是我告訴他另一個猴子故事，是關於我母親的表親。表親的男朋友在她滿十九歲時送了一隻猴子。他用一個竹籠裝著牠，還用繩子在上頭打了個蝴蝶結。母親的表親說，我上了這個男孩，結果他給我一隻猴子？我還寧願他給我了梅毒哩。

她把猴子給了一位鄰居，他則把猴子綁在樹上，還在牠的脖子掛了顆鈴鐺。附近的男孩們喜歡過來朝牠丟石頭，把牠拉下樹，在街上踢牠。那隻猴子變得很凶，會尿在妳的頭上或射精在妳肩膀上，在妳走過樹下時把妳的頭髮當成牽繩用力拉扯。牠凶到有一次還跳到我母親身上，想將她的頭皮當成橘子剝開。母親用手指撥開她的頭髮，讓我看她頭上被猴爪勾住的地方，那裡禿了一塊，大小相當於一枚二十五分硬幣。

後來有一個月，猴子消失了，而阿嬤的手臂和臉頰上全都是傷，下巴的傷還嚴重到露出了骨頭。阿嬤讓那隻猴子自由了？我問，那不是故事的結局。結果猴子溺死在河裡，全身重傷，骨頭都被壓碎成橢圓形。動物一旦變壞，阿嬤很愛這麼說，就沒辦法讓牠再變好了。不能拯救的就殺掉。她的殺戮都是以憐憫為出發點。

我懂了，我對母親說。故事的寓意是妳其實什麼都救不了。母親笑著說，聽好了，

小肛門，故事還沒燒完呢：有天晚上，鄰居那棵曾經綁著猴子的樹燒掉了。沒人看見任何動靜或聞到煙霧，但某天早上那棵樹就沒了軀幹。那裡甚至連樹樁也沒留下，只有地面凹了個洞，流血流了一個月。做那件事的女人，母親說，也曾把我們丟進河裡。我說，或許她以為妳們是火。可是我又想到阿嬤說過的話：或許壞東西真的無法再變好。或許我的尾巴已經墮落成無法拯救的東西。我用它抽打了阿公。阿嬤把它當成牽繩帶著我走。我再也不知道該怎麼控制它，而晚上它想要依偎在我腿上時，我會用力拍開它，讓它獨自待在床的另一邊。

搗好藥粉後，母親蹲到沙發旁。她拿了顆靠枕撐住阿公的頭，試圖用手讓他張嘴再閉上。阿公，我說。他不吞，她說。她說她什麼都試過了：捏住他的鼻子、在湯匙上加糖、搔他的喉嚨。阿公，我說。如果你不吞，你的肚子就會變輕，最後飄出你的身體。你必須用實心的東西固定住它。他在聽。他吞下去了。

我記得割股的故事：為了治療父親而割下自己的肉來餵他。我看著母親的大腿，但那裡跟我記憶中的一樣沒有變化。那天晚上我一直醒著，因為我一直聽見父親的聲音說著大腿，說著刀子，說著父親。

我數著家裡天花板的漏洞數到厭煩，於是溜下床墊走到食品儲藏室，母親用來裝腳

趾的餅乾盒就在那裡。蓋子無聲打開,我看著裡面,心裡很清楚是什麼被拿走了。盒內空無一物,沖洗得很乾淨,只有我嘴巴的倒影。我想到母親在廚房磨了好幾個鐘頭的藥粉。那根杵讓她的腳趾骨數量增加了好多倍。要讓一個東西有新的形體,她這麼說過。就必須破壞它。

到了早上,阿公似乎回神了,在經過鏡子時沒朝裡頭的自己吐口水。母親把她的手拿鏡給他,向他介紹他自己,阿公則是點了點頭。然後指著我:你女兒的女兒。阿公接受了。他用手指抓著一塊冷凍格子鬆餅吃,餅的邊緣有碎冰。他問外頭是不是在下雪,我們解釋說那是北方野火的灰燼。他想去外面用嘴巴接灰燼,不過我們說灰燼是屍體變成的,空氣則用它的舌頭搬運骨頭。他在屋子裡看電視,把聲音關掉,用自己的記憶來取代對話：有一次,我跟我父親去釣魚。他教我該把哪些丟回去：他說如果魚比你雞雞還大,那就宰殺牠。如果沒有,就還給河流。

然而那個星期結束,下個星期開始時,阿公就用一種我從未聽過的方言重複著故事。我試圖把阿公講的東西重新排列成敘事內容,但他說話的節奏就像游泳,不斷進入又離開自己的故事,直到最後我什麼都聽不懂。有一次在一條河裡我把我父親活生生釣起來。他教我殺我。他想咬掉自己的舌頭,後來母親撐開他的下巴叫他停止,一邊背誦

虎靈寓言 BESTIARY　- 318 -

出在他體內仍然屬於他的東西。舌頭。骨頭。血。喉嚨。嘴巴。眼睛。耳朵。肛門。脖子。腸子。講完他體內的東西後,我們又用各種不同的方言全部重複一次:這是你的舌頭。這些是你的牙齒。它們不是敵人。

阿公學松鼠把我們那棵白樺樹的葉子全都摘下來吃掉。他不知道自己是什麼物種。我在網路上讀過,記憶可能會被嚇得躲回一個人的體內,也能像魔術師的絲巾那樣從嘴巴抽出來。哥哥跟我模仿戰爭的聲音,試圖嚇得阿公記起我們。我們將鵝卵石裝進鍋子,還刺破氣球來模擬槍聲。這招偶爾會有效,讓阿公像是掉進熱水一樣從床上跳起來,撫摸著腰際那支想像的槍,一邊喊我們鬼子、鬼子、鬼子。母親叫我們住手──她覺得我們可能會引發心臟病,這個詞在阿公的方言裡聽起來像心戰。那時候我還以為心臟病(heart attack)是心臟會長出腳,像士兵那樣走出胸口,然後入侵距離最近的身體。我以為腸子(bowels)是一種鳥,而排便(bowel movements)是牠們遷徙的方式。

阿公聲稱他曾經有一整年只吃麻雀,那時他根本不知道什麼是吃飽,而且有些麻雀全身都是骨頭。我們帶他去找附近一位僧侶祈福,曾經當過軍人的他告訴我們,想要治癒遺忘,唯一的辦法就是把自己的未來當成堡壘。說:投降。

那天晚上,我走到廚房,撫摸掛在水槽上方的切肉刀,看著刀身映照出自己那張

陌生的臉。母親說割股對阿公沒有用，因為她餵給他的腳趾只是骨髓：肉早就離開了骨頭，只有肉才能治好父親的遺忘。而我的尾巴除了骨頭還有肉跟腱。如果我切斷它，如果我拿它餵阿公，說不定就能讓它發揮傷害以外的用途。我的尾巴如鰭肢般在雙腿間瘋狂擺動，它知道我想對它做什麼。

隔天早上我打電話給班，告訴她：我必須切斷某個東西。早晨的天空是乳白色，它已經在替我哀悼了。班和我到院子碰面，「口」在我們腳邊呼吸，呼出了飛蛾，它們朝著屋內的燈光飛，紛紛撞上窗戶，被痛苦吸引著。班轉身面向我，輕撫我的耳後，那裡沒有光線存在。從我身上切掉吧，我說，然後讓尾巴從腰際滑出。它在我手中嗡嗡作響，看起來更細瘦，上次被阿嬤緊握後就改變了形狀。我告訴她阿嬤把它當成牽繩，以及我失去了控制它的能力。班說 cleave 這個詞有兩種定義，我說她知道我指的是哪一種。哥哥沒說錯，我的尾巴果然是個麻煩。

擁有身體也是麻煩，班說。而我喜歡妳的身體。我的尾巴靜止不動。我曾經以為靜止可以拯救我，就像某些動物選擇靜止，這樣就不會被視為活動的獵物。我轉身讓她看尾巴，它往下垂，幾乎碰到地板，重量有如錨。它很快就會讓我淹死，到時我就得撤離自己的身體。班站在我後面，腹部貼著我的背。她用手指梳著我的頭髮，往後抬離肩膀。

我假裝自己是一棵樹,而她伸進我頭髮的手是棲息的鳥。我試著成為她停留之處。

少了這條尾巴妳會怎麼樣,她邊說邊伸手向下抓住它。自由,我說,但我知道這不是事實。它是我的臍帶,而我最自由的時候就是在母親肚子裡,還有阿嬤的血纏繞著我。我的身體被她們的身體相乘。班用鼻子輕觸我的頸部。「口」在我們腳邊瞇了起來,透過連字號形狀的眼睛看著我們。

妳應該看看我的尾巴做了什麼,我告訴她。但我並不責怪尾巴傷害了他。我怪的是自己,班也知道,而她抽開身,拉著尾巴讓我倒退走進屋裡時,有一種溫柔將我倆連繫在一起,渴望因為她的牙齒而達到了最高點。她把我拉進門口,咬著我的下巴。她緊抓住我的腰際,用力到我後來還在那裡發現了她手指的輪廓線。我會把手指放在同樣的地方,重新上演那股以我為名的疼痛。她親吻我,讓我的膀胱差點自行解開拉鍊,等不及想排空,裝滿她所能給我的一切。我從雙腿間捲繞起尾巴,移到我們的肚腹之間,兩人隨即用力摩擦它。雖然會痛,不過那種痛能夠調和我的渴望,跟我最後面的牙齒所發出的呻吟搭配起來也很和諧。我能透過尾巴感受到她,那裡的毛因為我們的摩擦而捲曲,此外我也知道我無法不成為它的女兒。

阿公在我們後方沙發上發出蜂窩般的響亮呼吸聲,但我們仍然不知道該怎麼燻出他

- 321 -   **女兒**　鳥的誕生

體內的病。或許他永遠不會想起我們的名字,永遠無法從他扔掉我們的那片水中釣起我們的臉,可是這樣比較安全,我救不了他反而更安全⋯⋯他被泡在童年的鹽水裡保存,那時還沒有槍林彈雨,他還不知道自己能殺死什麼。

當他的雙手忘了怎麼拿東西,怎麼握拳、清槍或擦屁股,我們就在他的手指畫上臉,然後說:這些是你的家人,那些人死於戰爭,你的母親在大拇指,你的父親在食指,現在只要你舉起手就會跟他們在一起,現在他們正走在風上,現在他們再也不會從你身邊被奪走了。

母親說阿公還是男孩的時候——我想像那是好久好久以前,當時還沒有能讓膝蓋彎曲的技術——他曾經幫忙男人們在沼地鑽井,拖著裝滿鹽水的桶子。跑進泥沼的狗和牛會被壓皺,骨頭碎斷的聲音變成了歌曲。鹿陷得很深,只有鹿角突出地面,看起來就像長了絨毛的樹苗。

阿公在我們的牆壁上找鹽,用他的指甲摳掉了灰泥。他在水槽旁邊櫃子裡發現母

親的鹽碗後，就把手掌醃進去。有一晚，我趁他在沙發睡覺時，用湯匙把鹽倒在他的臉上、他的脖子、他的肚臍。我將鹽撒在他的褥瘡上，結果他痛得尖叫，那些又大又粉紅的褥瘡看起來彷彿燻腸切片。隔天早上，母親見到我做的事以後，就扶著他到院子，用水管沖洗他。我說鹽可以保存他，弄乾他的肉變成絲線，就像肉乾那樣。可是母親說要是我再那樣做，她就會把我的腳拿去醃，餵我吃下去。

阿公跟我一樣大的時候，曾把鹽磨成磚，然後用船運送到河的下游。他幻想將鹽磚丟下船，讓河變鹹成為血流。阿公被吩咐不准吃鹽，可是他趁船員睡覺時舔了每一塊鹽磚，無法抗拒它們的光亮。為了懲罰他偷竊，商人們不斷抽打他的雙手，直到他的皮膚如絲帶般脫落。今天晚上，我看見阿公在院子裡爬行，一直想要土壤交出他所埋藏的鹽，可是那些洞什麼也沒給。沙發靠墊的頂部長出了結晶。他睡覺時，上方的天花板垂下了鹽柱。母親拿掃帚敲碎它們，然後把鹽柱收集到桶子裡。我們煮飯時會捏起他變成粉末的汗來調味。我們吸吮著鹽的碎片，將我們的嘴巴保存成他名字的形狀。

親愛的阿嬤：

我要班把信帶來。雖然我翻譯了它們，但原版在她那裡。她到了之後，我拉她進門，接著她就像狗一樣舔遍我全身。她要叫我什麼名字都行。

我在院子裡接連把信餵給「口」，所有的洞彷彿結痂那樣閉合，然後又再度張開，裡頭空無一物。班問我在做什麼。我說我要把它們寄回給阿嬤。我從口袋拿出第六張紙打開，那封信弄皺了好幾次，到處都是容易斷裂的線條。我寫下文字又擦掉的地方有著網眼般的洞，這是我透過摩擦所創造的語言。

妳對女兒的定義　是　未經妳允許　在夜晚　對妳做的事　我　夢見阿公在窗玻璃裡

我在那張臉上尋找相似之處　我們唯一的共通點是　妳說很遺憾　沒有死亡這種事　只有負債　只有延期　下一段人生　我曾經以為是妳直接生下我的　完全跳過了我母親　妳懷上我的方式是尖叫　對著一棵桃子　吃光它種子周圍　種到妳的屎裡　澆水長成我　這故事就跟所有故事一樣　從妳身上長出　一切的故事都是關於擁有　我搞錯了：　妳不是虎靈　妳是它扮的　女人　妳告訴我選擇　是由男

人決定　軍人　語言並非說出來而是未說出的話　阿公今天告訴我　我可以模仿變成任何東西　他躺在每一條路中央　說　現在我往哪都能通到家了　我在紙上打洞藉此寫下他的嘴　阿公跪在院子裡　挖了個鳥盆　我在那裡洗手　妳說嘴巴是我唯一想要的　對妳而言我的名字很赤裸　婚前姓　表示　存活的　是我選擇記得的

ᛞ

餵完信之後，班和我站在洞旁邊看著它們呼吸。月亮是一顆裸露的牙齒。我們問自己的母親今晚是否能睡在院子裡，她們兩人都說不行，但我們仍然這麼做了，還用毯子跟掃帚搭了一座帳篷。

母親看著窗外的我們看了一個鐘頭，然後拿了件被子出來當我們的屋頂，就是中間縫著阿嬤的丹寧色河流那一件。她把被子的鑲邊舉到鼻子前，把布料上所有的藍色都吸掉。接著她將被子勾在掃帚柄，掛到我們上方，於是河流復活變成了我們的天空。班跟我一起睡著的姿勢就像引號，而我母親又在我們兩人中間，所以她就是我們所說的話。

- 325 -　**女兒**　鳥的誕生

我把頭靠在母親肚子上,聽著她的腸胃發出拍動翅膀的聲音。她將手指伸進我頭髮裡,用她的雙手替每一撮頭髮命名,一邊唱著阿公從烏鴉那裡學到的歌,內容是關於會長成女孩的樟腦樹。

母親讓我的頭滾下她肚子,接著伸手摸我的腳,說它們已經成熟到可以吃了。想像一下:我把妳的腳當成水果吃掉。我在離這裡很遠的某座城市拉出它的種子。種子長成一棵樹。妳走過那棵樹的時候,就會知道我曾經在那裡。妳砍倒樹,計算年輪,再加上我的年紀。無論妳去哪裡,我都已經到過了,都有一棵樹在等待。我按摩母親的腳直到她睡著,然後把指節塞進她的腳趾縫,試圖判斷它們何時會變得脆弱。我與小腿後方的每一條肌腱。把它們撥彈成音樂,藉由演奏消去它們的痛。有一次她告訴我,樹的葉子是耳朵:葉子會聆聽光線。我希望自己的皮膚上長出許多耳朵,這樣就可以用一整片原野來聽。母親在睡夢中放屁時,我會用手替那股蒸汽塑形,再當成霧放到外頭。我記得她講過一個故事給我聽,說所有的山原本都是薄霧打造而成,所以它們才會那樣移動,那樣上升與分解,回到天空的家譜之中。

晚上,班爬過我母親的身體,把頭靠在我的腋下。我們一直親吻到連舌頭都難分難解。我幻想咬掉她的乳頭,把那如硬幣般的東西吐回她手中。許個願望,我說,她則將

乳頭硬幣拋進嘴裡，吞了下去。我們同時醒來，我們的名字在彼此嘴裡，我們的溫度將月亮熔成膠水，而這表示我們成真了。

半夜，我們聽見了啁啾聲。起初我以為是天空正在下牙齒。班爬出我們的帳篷，然後伸長一隻手，彷彿那陣聲音是一條線，而她可以拉動、收餌。我跟著她爬出去，一隻手隨即滑進了其中一個洞。我們身上布滿蚊子，於是互相拍打對方大腿，手上都是我們從它們肚子裡偷回來的鮮血。有一片網狀翅膀黏在她嘴角，我靠過去舔掉了。我們掃視天空和圍籬頂部，可是什麼都沒發現。班說，注意聽，接著跪到地上。是從下面傳出的。聲音來自我們腳下，是被埋葬之物的交響曲。我將腳趾刺進土裡，似乎感受到有潰爛的翅膀。班脖子上的鑰匙是最近的光源，於是我伸手去拿。有一顆月亮停泊在我喉嚨深處。班的手往上伸，從半空中撥動了一條聲音，循著回到了它被種下的地方。我抓著她衣服下襬，讓她帶著我前往啁啾聲最明顯的「口」，而那陣聲音正在我們嘴裡形成琥珀。

我在院子的中央抬起頭，看見我們家那片濕屋頂的角度正好能捕捉到月亮，變成一面鏡子，這樣我們想讓黎明改變方向多久都行。班跪下去，說「口」就是從這裡開始的，此處的土壤跟鼻涕一樣軟，比我們周圍的夜晚還要黑。我們必須把它們挖出來，班

一邊說，一邊將雙手手腕互相摩擦削尖。她把我的手放在地上，我幾乎能感覺到有一種脈搏，有一個能夠分開土壤的地方。

我們將手伸進嘴唇瞇成細縫的「口」，就像在她父親土地上挖屎坑時那樣蹲著，同時想像要是我們挖得夠深，就會挖到水，而我們的屍會浮上來，變成我們一起建立的島嶼。我們的手奮力鑽進土壤，抓取又丟開，在身後堆疊起很快就會比我們還高大的土丘。班先挖到了金屬，就在底下三呎處：一個籠子的銀色頭皮。那是她的鳥籠，之前我們把它餵給了「口」，她還說不要為它哀悼。不過她的手速度愈來愈快，可見她想讓它再次回到自己手中，而鐵鏽則有如糖霜覆滿了她的手心。

我們的手指往下推進，讓籠子露出了柵欄的脊椎，以及鎖上的門。它雖然有凹痕，卻沒被消化，只少了幾根金屬。我們現在站起來，用腳跟碾踩著土，想將籠子連根拔起。班正喘著呼出一團珍珠狀的霧氣。我則是穿著自己的汗水。我在黑暗中尋找自己的手，發現它們正緊握她的手。

我們一起抬起籠子時，它也脫去了泥土外衣。裡頭裝滿了鳥。中間的棲木上挨擠著某種有翅膀的生物，每一隻體型都小如拇指，羽毛動起來就跟舌頭一樣靈活。牠們是黑暗的顏色，那種顏色只有我們的嘴巴才弄得出來。班放下籠子，我們跪在它前方。她將

虎靈寓言 BESTIARY　　- 328 -

鑰匙插進鎖裡，用小指勾開門。鳥成群湧出後，在黑暗中倍增了——牠們跟夜晚交配，數量變得好多。牠們飛向樹木，樹枝則像腿張開讓牠們進入。牠們降落在棚屋的屋頂，以及生鏽發紅的圍籬頂部。那些鳥用我們的聲音呼喚彼此。班跟我說好到了春天要一起剪掉頭髮撒在這裡，讓鳥叼走，用我們來築巢。我們會讓牠們在我們頭髮的黑暗中繁殖。

我們的洞噘起嘴脣，吐出一群黑色麻雀。牠們飛離「口」的喉嚨，在雲中進進出出，將黑暗縫合。天空中的鳥好多，以至於到了早上卻仍像夜晚。班大喊指著一隻肚子像甜瓜的鳥，體型大到都擠掉太陽了。在我們背後，房子前方的那條路正豎起並彎曲成一條河，瀝青熔化成墨汁，淹到了我們的腳。我們把河穿在腳踝上。它沿著我們的腿上升，因為即將分娩而裂開來。一條尾巴突破水面，接著出現了幾條腿涉水而行。在河路上　　那隻老虎跑向我們　　鮮豔潮濕　　嘴巴比夜晚更寬　　叫著　　母親母親
母親　　　　　　　　　　　　　　　　　　　　　　　　　　　母親

-329-　**女兒**　鳥的誕生

誌謝

感謝我的家人（我的 Sega World 團隊！）。給我的母親：妳是我所知最厲害也最有創意的故事高手，謝謝妳帶來的歡笑與閒聊。

感謝我的經紀人 Julia Kardon 成為我第一位支持者。妳在我們的第一通電話中說我們會是虎年團隊，我也很感激能有妳的支持鼓勵。

謝謝我的編輯 Victory Matsui 與 Nicole Counts。Victory：謝謝你引導我想到尾巴和洞，最棒的讀者莫過於你。你問過我的角色們渴望什麼，而在書寫那些渴望的過程中，我也明白了自己所想要的。

Nicole：謝謝妳將這個故事接生到世上，也謝謝妳成為最不可思議的擁護者。妳的熱情、慷慨與支持對我意義重大。每當有懷疑，我就會想到妳在原稿邊緣留下的意見。

謝謝提供支持且才華洋溢的 One World 團隊：Chris Jackson、Cecil Flores 以及其他

許多成員。謝謝 Dennis Ambrose 在文字編輯方面的專業知識。我要對這兩位致上最深的感激：Andrea Lau 設計了書的內頁，Michael Morris 繪製了我夢中的封面。

謝謝 Rachel Rokicki、Claire Strickland、Jess Bonet 以及整個宣傳與行銷團隊——你們的熱忱和創意鼓舞了我。

謝謝 Mikaela Pedlow 的熱心與支持——Harvill Secker 團隊熱情接納了這本書，我感激不盡。

謝謝 Deborah Sun De La Cruz 以及 Hamish Hamilton 團隊——你們對這本書的熱忱令我倍感鼓舞。

我要向 Mei Lum 和整個 W.O.W. 家族表達最深切的謝意，他們不但歡迎我，更讓我見識到說故事和代際社區的力量。

謝謝 Rattawut Lapcharoensap 提供的建議與支持，以及我們在文學和其他方面的所有對話——你在我作品中看到了我並不知道存在的東西。

謝謝 Jennifer Tseng 在讀過非常混亂的草稿之後，還能從中看見許多意義。非常非常感謝 Rachel Eliza Griffiths 讀了我最初的短文，告訴我可以寫出一整本書。我做到了，而這一切都是因為妳相信我。

謝謝 Marilyn Chin，是她的書讓這部作品成為可能。此外也要感謝 Maxine Hong Kingston、Jessica Hagedorn、Toni Morrison、Dorothy Allison、Larissa Lai、Helen Oyeyemi 以及其他許多人。

謝謝我的阿公。你最棒了。謝謝你的笑容，還有你雙手放在背後的樣子。我很想念紙風車以及有那棵樹跟辣椒叢的花園。無論你在哪裡，希望你的鴿子都跟你在一起，而且牠們也終於回到了家。

小說精選
虎靈寓言

2025年6月初版　　　　　　　　　　　　　　　　定價：新臺幣450元
有著作權・翻印必究
Printed in Taiwan.

著　　　者	張	欣	明
譯　　　者	彭	臨	桂
叢書主編	孟	繁	珍
校　　　對	金	文	蕙
	葉	懿	慧
內文排版	張	靜	怡
封面設計	朱		定

出　版　者	聯經出版事業股份有限公司	編務總監　陳　逸　華
地　　　址	新北市汐止區大同路一段369號1樓	副總經理　王　聰　威
叢書編輯電話	(02)86925588轉5318	總 經 理　陳　芝　宇
台北聯經書房	台北市新生南路三段94號	社　　長　羅　國　俊
電　　　話	(02)23620308	發 行 人　林　載　爵
郵政劃撥帳戶第0100559-3號		
郵 撥 電 話	(02)23620308	
印　刷　者	世和印製企業有限公司	
總　經　銷	聯合發行股份有限公司	
發　行　所	新北市新店區寶橋路235巷6弄6號2樓	
電　　　話	(02)29178022	

行政院新聞局出版事業登記證局版臺業字第0130號

本書如有缺頁，破損，倒裝請寄回台北聯經書房更換。　ISBN 978-957-08-7687-1 (平裝)
電子信箱：linking@udngroup.com

Copyright © 2020 by K-Ming Chang
Published by arrangement with Hannigan Getzler Literary, through The Grayhawk Agency.

國家圖書館出版品預行編目資料

虎靈寓言/張欣明著．彭臨桂譯．初版．新北市．聯經．
2025年6月．336面．14.8×21公分（小說精選）
譯自：Restiary
ISBN 978-957-08-7687-1（平裝）

874.57　　　　　　　　　　　　　　　　114005324